NOCHE OSCURA SOBRE BERLÍN

Si tienes un club de lectura o quieres organizar uno, en nuestra web encontrarás guías de lectura de algunos de nuestros libros. www.maeva.es/guias-lectura

Montaña Campón

NOCHE OSCURA SOBRE BERLÍN

UNA HISTORIA DE AMOR EN UNA CIUDAD
EN LA QUE NADIE ES LIBRE

MAEVA

© Montaña Campón, 2024
© MAEVA EDICIONES, 2024
Benito Castro, 6
28028 MADRID
www.maeva.es

1.ª edición: septiembre de 2024
2.ª edición: noviembre de 2024

ISBN: 978-84-10260-18-4
Depósito legal: M-14862-2024

Diseño e imagen de cubierta: Opalworks BCN sobre imágenes de © Trevillion
Fotografía de la autora: © Míriam Gómez
Preimpresión: Gráficas 4, S. A.
Impreso por ULZAMA
Impreso en España / *Printed in Spain*

A mis padres.

A Santi, Santiago y Rodrigo.

Los escenarios
de la novela

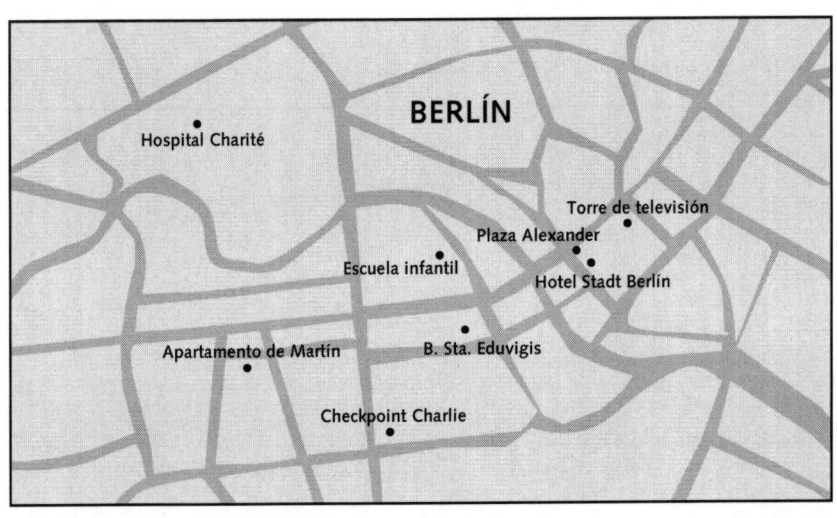

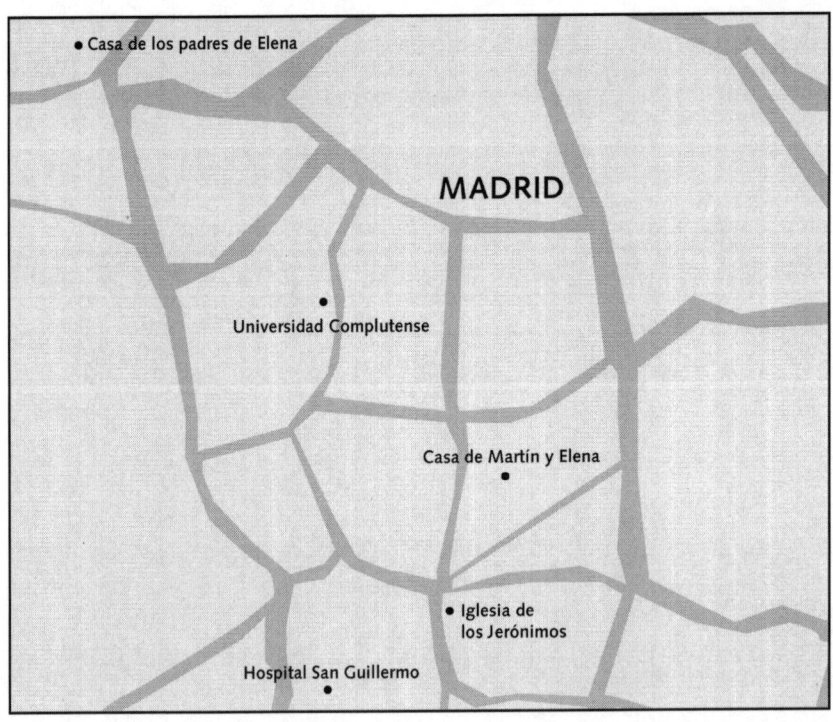

Madrid, 1976

Nada puede ir mal en una tarde dorada de junio en Madrid. Martín San Román, acomodado en una hamaca, contempla oculto tras las gafas oscuras de sol a su bonita mujer. Elena está en la piscina jugando con su hermana Silvia y sus dos sobrinos. Se lanzan una pelota hinchable y se salpican. Todos ríen. El jardín de la casa de sus suegros resplandece de exuberante verde y coloridas plantas exóticas. Los pájaros canturrean la proximidad del verano. Martín apura un vaso de whisky y, por primera vez en mucho tiempo, se siente en paz. Cree esperanzado que esa tarde va a marcar un punto de inflexión en su matrimonio. Tras tres meses de tensiones e innumerables intentos frustrados de acercarse a su esposa, que lo rechazaba una y otra vez, consigue atisbar los rasgos de aquella Elena coqueta y divertida de la que se enamoró.

Observa a las dos hermanas charlar en la parte baja de la piscina y, poco después, nadando con soltura, Elena se aproxima a él.

—Martín, cariño, he recordado que necesito el bolso de fiesta que guardo en mi armario, arriba, en mi habitación de soltera. Es uno bordado en pedrería que hace juego con los tacones que voy a llevar en la boda del sábado. ¿Puedes subir a buscarlo? Iría yo misma, pero estoy empapada y no quiero que se me olvide. Está en el último cajón, es de Balenciaga —dice mientras sonríe.

Martín mira el vaso vacío. No le iría mal otro whisky con hielo. Se levanta, entra al salón por el porche y se dirige a la primera planta.

El armario, de cuatro puertas y lacado en blanco, ocupa toda la pared frente a la cama. Su mujer había dejado guardados allí algunos vestidos, zapatos y bolsos antes de trasladarse a su piso cinco años atrás, cuando se casaron. Decía que así siempre podía disponer de alguna prenda si surgía un compromiso mientras estaban en casa de sus padres.

Martín abre el cajón y localiza varios bolsos, dos de ellos con bordados y piedras incrustadas. Duda y escoge uno, el que le parece más escondido, el del fondo del cajón. Lo abre para comprobar si tiene la etiqueta de la firma y descubre un papel doblado en el bolsillo interior. Lo saca con cuidado, lo desdobla y lo lee. Las letras se suceden ante sus ojos, las frases cobran sentido. La sangre del cerebro le presiona las sienes y tiene que sentarse en la cama.

No puede creer tanta mentira. No de Elena. Transcurren unos minutos y consigue incorporarse y entrar en el baño situado junto a la habitación. Se echa agua fría en la cara y en la nuca y respira hondo. Se apoya sobre el lavabo y fija la mirada en el espejo. El rostro sin color, los labios afinados. Tiene que callar. No puede armar un escándalo, no se siente con fuerzas. Al menos no esa tarde.

Se guarda el documento en la cartera y coloca el bolso donde estaba. Conserva la suficiente sangre fría para abrir el otro, que sí es el Balenciaga.

Cuando regresa a la piscina con el bolso en la mano la tarde ya no es dorada, el verde del jardín amarillea y los pájaros han dejado de cantar. Al menos en su cabeza. Elena grita entusiasta:

—Ese… ¡Es ese! Pero has tardado mucho, ¿qué estabas haciendo?

—Seguro que no lo encontraba, los hombres nunca encuentran nada —ironiza Silvia desde el agua.

Martín aprieta la mandíbula y fuerza una sonrisa. Es consciente de que su vida ha cambiado en un instante.

1

Martín camina con paso decidido por los pasillos del hospital San Guillermo. Las ventanas de la galería que asoma al jardín están abiertas de par en par; el calor en Madrid a principios de agosto empieza a ser asfixiante pasadas las once de la mañana. Acaba de salir de quirófano, todavía tiene la señal que ha ejercido la presión de la goma de la mascarilla bajo los ojos. Se ha lavado las manos y la cara, se ha cambiado de bata y ha recibido la nota de que el doctor Beltrán, director del hospital, quiere reunirse urgentemente con él en su despacho.

El viejo doctor era el mejor amigo de su padre. Martín se detiene frente a la puerta en la que todavía se distingue el nombre de su padre grabado en la pared, aunque hace más de seis años que falleció. Necesita tomar un poco de aire antes de entrar, imagina que la reunión con su jefe no va a ser del todo cordial. Seguro que ya le han informado del desastre del día anterior, cuando un desliz con el bisturí provocó una hemorragia en el paciente que Martín tardó demasiado en controlar. No se siente orgulloso de ello, no debería haber sucedido, pero ya no tiene remedio y, por fortuna, el paciente está estabilizado. Tras vacilar durante unos segundos, llama a la puerta del director con los nudillos. Desde el interior, una voz potente le indica que pase.

El médico siente que se adentra en una especie de santuario: las estanterías de madera de roble, el papel pintado con motivos geométricos que recubre aún las paredes, el pequeño aseo personal donde tantas veces vio afeitarse a su padre.

El director está sentado frente a una mesa llena de documentos: diagnósticos y tratamientos para pacientes, protocolos a seguir, partes de urgencias, facturas de proveedores. El doctor Beltrán lo recibe serio, con la cara abotargada y las eternas ojeras, como si llevara el peso de cada ladrillo del hospital sobre la cabeza. Cada vez que se reúne con él, Martín le augura una muerte temprana, fulminante, como la de su progenitor, un derrame que a los sesenta años le reventó el cerebro. Un cerebro que, de niño, Martín imaginaba lleno de datos, de números, de preocupaciones, de temores, de ambición. Un cerebro en el que no había espacio ni para él ni para su madre.

El hospital San Guillermo había sido el proyecto de dos soñadores, compañeros de universidad, socios hasta la muerte; en beneficio de los enfermos, pero de aquellos —y solo de aquellos— que pudieran abonar sus abultadas facturas.

El doctor le ofrece asiento. Martín arrastra el pesado sillón de confidente y se sienta frente a él. Al hombre le sudan la frente y los pliegues del cuello, y Martín piensa que vuelve a sufrir de tensión alta. Cada vez tiene las arañas vasculares de la nariz más acentuadas y las venas de las manos resaltan su color verdoso.

—Martín, sabes que no me gusta llamar al orden a mis doctores, pero los informes que me llegan de Cirugía —escoge un documento entre el maremágnum de papeles y clava el dedo índice en él—, uno de ayer mismo, indican que tuviste un error en el quirófano que nos podía haber costado muy caro: el riesgo que corrió el paciente y estos gastos en transfusiones no necesarios. Veo que últimamente no estás al cien por cien de tus capacidades, ni siquiera llegas al cincuenta. ¿Tienes algún problema que yo deba conocer? ¿Algún lío de faldas? A mí puedes contarme cualquier preocupación que tengas. Tu padre y yo éramos grandes amigos, además de socios, y te tengo muchísimo aprecio. Por eso te digo que esta desidia que llevo tiempo observando me tiene desconcertado.

—No tengo ningún problema —miente—. Es solo que no todas las operaciones se desarrollan igual.

—No me vengas con evasivas, San Román. —Al director se le tensa la mandíbula—. Puedo ser viejo, pero no te permito que me trates como a un necio. Además, no te habría mencionado el asunto si no me hubiesen llegado rumores de tus salidas nocturnas, tus excesos con el alcohol y tu lamentable comportamiento con los compañeros. No puedo consentir ciertas prácticas en mi hospital… ¡Y menos si llegan a poner en peligro la salud de un paciente!

Martín salta del asiento y apoya las manos sobre la mesa del director, desafiante.

—Que no puedes consentir…, ¿qué? ¡Soy tu mejor cirujano! Muchos de los pacientes que pasan por el San Guillermo acuden aquí porque quieren ponerse en mis manos. ¡En lo que otros se arrugan, yo obtengo resultados! Y esos rumores de los que me hablas… ¡Sé muy bien de dónde salen esos rumores! ¡De un advenedizo que no tiene talento ni para atarse los cordones de los zapatos!

El doctor Beltrán recula.

—Te ruego que te calmes, Martín. Puede que yo haya cometido un error dando pábulo a ciertos comentarios, pero escúchame con atención: la cuestión no es tan sencilla. El jefe de Cirugía también me ha informado de tus irregularidades, y a Alfredo Artiaga no puedo darle largas. Como no quiero que esta situación vaya a mayores, te sugiero que te tomes unos días de vacaciones y recapacites. El hospital no puede permitirse una denuncia por mala praxis; el Consejo de Administración te fulminaría, y a mí contigo. Y yo ya estoy mayor para volver a poner puntos de sutura en una Casa de Socorro.

—¡No pienso tomarme unas vacaciones! Sería otorgar la razón al enemigo. Estoy en perfectas condiciones para trabajar.

Y no me amenaces con el despido, tengo ofertas mejores que este hospital del siglo pasado.

Martín empuja con genio la silla, avanza hasta la puerta, la abre de un tirón y cierra dando un portazo que hace retumbar todo el despacho.

Atraviesa el corredor, furioso. El ambiente está cargado: no entra ni un soplo de aire por las ventanas. Tiene la impresión de que algunos compañeros se han asomado a la puerta de sus consultas al escuchar las voces en el despacho del director. No le importan los curiosos. Consulta el reloj: en unos pocos minutos debe subir otra vez a quirófano. Dos vesículas más y se podrá ir a almorzar. Debe calmarse, concentrarse en las operaciones, pero las palabras del doctor Beltrán han hecho mella en su estado de ánimo: «Habrase visto, poner en duda mi profesionalidad por un descuido puntual en el transcurso de una cirugía. ¡Bien sabe él que no son matemáticas! Y qué rápido le han ido con el cuento». Ese doctor Aparicio… Ya le habían avisado de cómo se las gastaba. «No deja de ser un maldito tarugo, ah, pero se ha convertido en el pelota oficial del cirujano jefe. Un espabilado más que quiere pisarle el puesto».

Se topa con un grupito de médicos y enfermeras que charlan alegremente en su tiempo de descanso. Entre ellos está el trepa que quiere desbancarlo. Es habitual verlo flirtear con las enfermeras. Se enciende aún más al acercarse a ellos, sospecha que el corrillo murmura, que se ríe en su cara.

—Creo que a nuestro cirujano estrella le ha caído una buena en el despacho del director —cree oír a una de las voces.

—Estaría de patitas en la calle si no fuera porque su padre fue socio fundador. Últimamente lleva más alcohol en sangre que botellas hay en el dispensario… —escucha que dice otra.

La reunión ocupa la totalidad del pasillo, ninguno se aparta para permitirle el paso. San Román no se frena, empuja con el cuerpo al rival para abrirse camino. El doctor Aparicio se desequilibra y enrojece, pero al ver que está rodeado de colegas aprovecha la ocasión para increparlo:

—Oye, imbécil, conmigo no la pagues, que yo no tengo la culpa de que estés perdiendo el pulso con el instrumental. Si ya no sirves para la cirugía, te buscas otra profesión. Además, si sigues cometiendo errores vamos a irnos todos al garete por tu culpa.

San Román se da la vuelta y se aproxima con vehemencia al insolente; lo supera en altura, lo arrincona contra la pared. El resto del grupo se aparta, nadie quiere líos con él. Martín se encara a su contrario: los ojillos de rata tras las gafas, los carrillos abultados. Se siente como si acorralara a un hámster en una jaula.

—En primer lugar, a mí me trata de usted. Segundo, por lo menos yo aprendí en su día el concepto de instrumental, porque, lo que es usted, no creo que sepa distinguir un bisturí de un cuchillo trinchero. Y tercero, y esto se lo digo como colega que es: como me siga buscando, al final me va a encontrar —dice entre dientes mientras levanta el puño con ademán airado.

Cuando Martín se aleja, el resto de los presentes acude al rescate de Aparicio. «Esto es increíble, es una vergüenza, una agresión en toda regla.» «Este hombre cada vez está más intratable. El doctor Beltrán debe conocer la realidad, saber la situación que estás viviendo en su equipo.» «Hemos sido testigos, si necesitas que vayamos a hablar con él…»

Martín sigue su recorrido frenético hasta el vestíbulo del hospital. Le palpitan las venas de la frente. Mira a su alrededor: la gran claraboya sobre la puerta principal, la larga escalera de mármol que sube hasta las habitaciones de los ingresados, las balaustradas, las hornacinas, las puertas batientes que anuncian las urgencias y los quirófanos. Todo un palacete decimonónico convertido en un refugio para indigentes que, por obra y gracia de su padre y el doctor Beltrán, se había transformado en un hospital privado para las mejores fortunas de Madrid.

«Si la medicina es un gran negocio, la cirugía es su mayor puntal», solía decir su padre. Y él, por complacerlo, se había convertido en cirujano. No en uno cualquiera, sino en uno de los más afamados. Para que ahora le vinieran con advertencias.

Saca la pitillera de plata. Se la regaló Elena, su esposa, al cumplir los treinta y seis en el mes de marzo. «Con todo mi amor», miente la dedicatoria. Se enciende un cigarrillo. La verdad es que llevan meses distanciados tratando de mantener las apariencias de un matrimonio feliz. Apenas hablan durante el tiempo que pasan juntos. No tienen relaciones, ella no quiere ni que la toque y, desde hace dos meses, él tampoco quiere tocarla. Por eso sale por las noches; así al menos se siente comprendido por sus amigos. Y bebe para no creerse tan infeliz.

Suena su nombre por megafonía. Lo aguardan otra vez en el quirófano. Apaga el cigarrillo en una aspidistra y coge un ascensor para subir a operar.

El jefe de Cirugía, el doctor Alfredo Artiaga, que ha sido testigo del encontronazo entre San Román y Aparicio en el pasillo, acude al despacho del director.

—Beltrán, tengo que hablar seriamente contigo. Ese protegido tuyo no hace más que crearnos problemas.

El director, a punto de hacer una llamada, suelta contrariado el auricular del teléfono para atender las quejas.

—Lo sé, Alfredo, lo sé. Acabo de tener una conversación con él. Se enmendará, estoy seguro de ello. Sabes que es un cirujano muy válido, el único que se atreve a asumir ciertos riesgos en el quirófano, y eso a veces pasa factura.

—Yo no te hablo ya del quirófano, que últimamente es desastroso, te hablo de los compañeros, de la actitud que tiene con ellos. Ahora mismo acaba de tener un enfrentamiento con el doctor Aparicio en el que ha estado a punto de llegar a las manos.

¡Eso sí que es un problema para el equipo! No se puede gritar a un compañero y exigirle cooperación bajo la lámpara de quirófano a los pocos minutos. Este hospital no se merece a semejante individuo, ni tampoco sus comportamientos. Me voy a negar a trabajar con él y se te va a plantear un problema muy grave con el Consejo de Administración.

El director se seca la frente de sudor. La situación está empezando a ser agobiante. Esos tira y afloja entre los doctores lo agotan. Era más fácil antes, cuando el padre de Martín dirigía el hospital y él no era más que una especie de interventor de cuentas. Los números no dan tantos problemas como las personas.

—Tranquilo, ya lo he amonestado por su comportamiento de las últimas semanas. Sé que le ocurre algo, pero no acaba de confiarme cuál es el problema. No sé, supongo que no será económico. En fin, Martín ha sido siempre muy reservado, al igual que su padre.

—Yo no puedo estar tranquilo con una bomba de relojería en mi quirófano. No es una persona estable, y tú deberías apartarlo. —Lo señala con un dedo acusador—. Beltrán, te digo que tarde o temprano cometerá un error que nos comprometerá a todos.

El director se afloja la corbata antes de levantarse del sillón y asomarse a la ventana. Necesita tomar el aire, pero a cambio recibe una bocanada caliente que lo irrita. Trata de serenarse.

«Alfredo es una persona demasiado insistente —piensa—. Debería superar el tema de los celos profesionales. Ya es jefe de Cirugía, ¿qué diantres quiere?»

—Déjalo en mis manos. Yo respondo por él. Su padre y yo pusimos en marcha este hospital y Martín es su digno sucesor. Tiene buenas hechuras, te lo aseguro. Todos sufrimos crisis laborales de vez en cuando.

—¡No en mi quirófano!

—Te diré lo que podemos hacer. —Beltrán se rearma de paciencia—. Le daremos unos días de margen, lo vigilaremos de cerca, a ver si se endereza. Verás como todo se soluciona. Es un gran cirujano. Sería un descrédito para nosotros prescindir de sus servicios.

—El problema es que no lo quiero en mi equipo —concluye Alfredo levantándose del asiento—. No confío en él, y tú tampoco deberías hacerlo. Las personas que abusan de la bebida no son buenos profesionales. Beltrán, si ocurre algo, tú serás el responsable. Yo no quiero saber nada más de este individuo, por mucho que se apellide San Román.

El director lo observa abandonar el despacho con las manos a la espalda y los andares de pazguato. Hace años que no lo soporta. Es un cargo puesto a dedo por los inversores que los sacaron de la última crisis financiera. «No puedo rendirme ahora —piensa—. Martín San Román será mi digno sucesor cuando me jubile. No voy a dejar el hospital en manos de mediocres como este tipo», se promete.

2

LAS DOS OPERACIONES programadas se han alargado más de lo previsto y Martín conduce con sopor hasta la casa donde viven sus suegros, en El Pardo. Es una casa señorial de tres plantas con una bodega subterránea y un jardín de especies exóticas, rodeada por un muro de piedra. Quedaba patente que su suegro había hecho una gran fortuna como asesor financiero de la camarilla de Franco. Las puertas automáticas se separan para dejar avanzar el coche. Martín encara el camino de tierra pespuntado por palmeras y agradece el frescor que invade el cubículo. Es tarde; ya ha pasado la hora del almuerzo. Siente la espalda empapada en sudor y se despoja de la chaqueta. El día ha sido complicado.

Sus dos sobrinos adolescentes se refrescan en la piscina de color turquesa. Lo invitan desde el agua a nadar con ellos.

—No, vengo cansado del hospital. Tal vez luego.

—¡Vamos, tío! ¡No seas muermo! —le salpica uno.

—¡He dicho que no! —grita secándose las gotas que constelan los bajos de sus pantalones—: ¡Cada día estáis peor educados!

Su suegra lo saluda alegre desde la terraza. Martín se aleja de los chicos con mala cara. Los padres de Elena están a punto de tomar café.

—¡Qué tarde llegas! Elena está arriba con Silvia, en la pista de tenis. Se han empeñado en jugar un partido con este calor… Si quieres le pido a Lalita que te prepare algo para comer.

Martín rechaza el ofrecimiento.

—Mejor tomaré un coñac.

—A mí sírveme otro —apunta su suegro.

La mujer entra a la casa a preparar las bebidas mientras los dos hombres conversan.

—¿Has visto la portada del *ABC*? Cinco de agosto de 1976, no hace ni un año que ha muerto Franco y ya han abierto el Palacio Real de El Pardo como museo por deseo expreso del rey.

—Bueno, la gente tendrá curiosidad…

—¿Curiosidad? ¿Las intimidades del jefe del Estado durante cuarenta años expuestas ante cualquiera? Los enemigos de la patria se frotarán las manos. Abrir el palacio al público como si fuera un bazar. ¡Un verdadero sacrilegio! ¿Qué será lo próximo? Me temo que esta zona se va a llenar de indeseables, de maleantes. En fin —suspira y dobla el periódico—, no quiero sulfurarme con la política. ¿Cómo van esos pacientes?

Martín mascula que bien, que todo en orden. De buena gana se enfrentaría a su suegro y a sus opiniones trasnochadas. Representa el tipo de hombre que él detesta, es más, le recuerda a su padre, siempre tan duro, tan distante.

ÉL TIENE SIETE años, un compañero le ha pegado en el colegio. Su madre lo consuela abrazada a él junto al cabecero de la cama. Su padre entra en el cuarto, la echa con malos modos de su lado y le grita:

—¿Te has dejado pegar en el colegio? —Arrima una silla para sentarse. La ropa le apesta a líquido antiséptico.

Martín asiente, se hunde más entre las mantas y se abraza a su osito de peluche. Unos lagrimones salados le empapan las mejillas. La luz de la chimenea dibuja sombras perversas en las paredes.

—¡Te estás convirtiendo en una nenaza, hijo! Todo el día bajo las faldas de tu madre… ¡Esa actitud no nos va a traer nada bueno!

A partir de ahora, Martín, las cosas van a cambiar en esta casa —anuncia, arrancándole el osito de los brazos—. Debes hacerte fuerte, comportarte como un hombre. Si alguien te pega, nada de ir con el cuento al maestro; le sacudes y punto. La fragilidad es cosa de mujeres. Que no me tenga yo que avergonzar por un hijo frágil. En cuanto a mamá, debes empezar a distanciarte de ella: ni le pedirás besitos antes de acostarte, ni habrá secretos entre vosotros, ni acudirás a sus brazos llorando por insignificancias. Los hombres de verdad no caminan de la mano de su madre. Eso es... de enfermos, de desviados. Y yo no quiero un hijo desviado. ¿Me lo prometes, campeón?

Martín susurra que sí, confundido, empequeñecido por las palabras del gigante. Su padre se levanta, le alborota el pelo con las manos y arroja el osito al fuego de la chimenea.

Su suegra regresa con una bandeja y él entorna los ojos. La escena del pasado desaparece como en un fundido a negro. Sin embargo, los recuerdos amargos no forman parte de una película; ya quisiera él. El eco de las palabras retorcidas de su padre, el terror que su presencia le infundía de pequeño, lo ha golpeado como un latigazo, y de un modo tan vívido que incluso le tiemblan las piernas.

Martín se levanta para ayudar a la mujer a colocar las bebidas en la mesa. Agarra el vaso y bebe un trago de coñac que le alivia la garganta seca y lo ayuda a desprenderse de la bola de acero que se le ha instalado a la altura del esófago.

—Es muy importante en estos tiempos de incertidumbre —prosigue su suegro, ajeno a la desazón de San Román— mantener el estatus, el puesto y el sueldo. Me alegro de que mi hija Elena se haya casado contigo, Martín, un cirujano excelente de una de las mejores clínicas de Madrid. Con prestigio, como debe de ser. Pero todavía te toca trabajar mucho: el puesto de jefe de Cirugía tiene que ser tuyo cuanto antes.

Martín se revuelve en el asiento y da otro sorbo al vaso de coñac.

—Siempre pensando en el trabajo. No le hagas caso, hijo —interviene la mujer—. Lo que tienes que hacer es compartir más momentos con Elenita, que está mucho tiempo sola. Sois jóvenes aún, casi recién casados. Tenéis que salir más y ver mundo.

—Ver mundo, ver mundo. Traer hijos es lo que tienen que hacer. Que a esos dos —dice mientras señala a los adolescentes de la piscina, que parecen alborotarse cuando los menciona— ya los tenemos criados. Además, tú pasabas también mucho tiempo sola y nunca te quejaste.

—Estaba muy ocupada con las dos niñas. No me daba tiempo a pensar si estaba sola o acompañada. Lo mismo le ocurre a nuestra Silvia, todo el día pendiente de esas dos criaturas. ¿Tú crees que tiene tiempo para pensar en sí misma? Además, pasa la mayor parte del día con nosotros, prácticamente vive aquí. En cambio, mi Elena —se dirige a Martín—, entre que no tenéis hijos y vivís en la capital, lo tiene más complicado. Pero, cuando vengan mis nietos…

Martín se siente incomodado por las palabras de su suegra. Entiende que su hija tampoco le ha contado nada. Se enoja con esa mujer absurdamente satisfecha de sí misma, que lo ha tenido todo fácil, que ha vivido entre algodones, primero bajo la tutela del padre aristócrata y luego bajo la del marido. Le dan ganas de decirle que no habrá más nietos para ella, que no todos los deseos se cumplen, que ¡oh, cielos!, su queridísima hija pequeña, su Elenita, les ha mentido a todos. Les ha ocultado que mucho antes de casarse ya se había hecho pruebas ginecológicas, pruebas que él encontró ocultas en un bolso una maldita tarde de junio. Recuerda el momento y revive la rabia en su interior.

Ese documento le ha trastocado la vida. Un informe médico fechado un año antes de su boda con un diagnóstico concluyente:

útero hipoplásico, es decir, matriz inmadura. Casi nulas posibilidades de llevar adelante un embarazo.

Se siente decepcionado, furioso, impotente. ¿Por qué Elena no se lo había contado? ¿por qué no fue capaz de confiar en él? Estaba muy enamorado de ella y se habría casado de todos modos.

Ahora, durante ese verano caluroso y solo dos meses después de su hallazgo, solo siente frustración por el engaño, por el tiempo malgastado en tratamientos, por la falsedad que gobierna su matrimonio. ¡Si hasta él se había hecho pruebas de fertilidad, por Dios! Cuando Elena le dijo llorando que el tratamiento no funcionaba, él había sido afectuoso; lo volverían a intentar. Y, si no, seguirían adelante, había mil cosas que ella podía hacer: estudiar, encontrar un trabajo de su interés o dedicarse a alguna actividad gratificante. Sin embargo, ella se distanció, y él se refugió en el hospital y en sus pacientes. Hasta que descubrió el informe y comprendió que Elena siempre había sabido que los tratamientos no funcionarían. Nunca podrían funcionar.

«Pues sí, señora, su hija oculta secretos.» Pero calla y mira a los ojos de su suegra, que retira las flores marchitas de un jarrón. Ella percibe la mirada llena de resentimiento, irracional, sin sentido. Intuye que algo no marcha bien. Martín abre la pitillera de plata y, una vez más, siente repulsa por la frase que hay grabada en ella.

ELENA LLEGA CON su hermana Silvia de las pistas de tenis. Empapadas en sudor, divertidas, con una competitividad sana. Los chicos de la piscina palmotean cuando ven acercarse a su madre y a su tía. Elena le da a Martín un beso efusivo que él no se espera y que provoca caras de complacencia en sus suegros. Le pide que la ayude en la cocina, que tiene ganas de un refresco. Pondrá también unos vasos para los niños. Martín se levanta con apatía y sigue a su esposa. Lalita, la interna cubana de la familia, ha empezado los preparativos de la cena. La sensación de calor es agobiante; los fuegos encendidos, el sol canicular que penetra a borbotones. En la radio murmura la voz melodramática de un folletín.

—Lalita, ¿me harías un sándwich para comer?

—Claro, señor —contesta con voz cantarina al tiempo que introduce un besugo en el horno.

—No te apures, Lalita. Ya se lo preparo yo al señor —dice Elena, que parece contrariada de repente.

La cubana cierra el horno y se dispone a pelar zanahorias sobre la encimera de mármol.

—¡Eso puedes hacerlo luego, Lalita! ¡Déjanos a solas! —le grita.

—Por supuesto, señora —obedece la otra.

Se despoja del delantal y, cabizbaja, sale de la cocina.

—Eres grosera con ella —le recrimina Martín cuando cree que ya no puede oírlos.

—Esta mujer cada día está más torpe —protesta Elena enfurruñada mientras dispone media docena de vasos en una bandeja—. Pero bueno, no voy a permitir que las faltas de Lalita me pongan de mal humor. Además —se anima—, por fin tengo una buena noticia que darte.

Martín está sorprendido por la actitud de su mujer, el beso en público, el mal trato a Lalita, el entusiasmo de ahora. La mira con desconfianza.

—Estos meses he estado un poco deprimida, distante contigo. Y tienes que reconocer que tú te has comportado de una manera muy fría también durante las últimas semanas. Pero esta tarde he hablado con mi hermana y tengo la solución a todos nuestros problemas, ¿te imaginas?

Martín asiente con la cabeza, distraído. Abre el mueble donde sabe que están las bebidas alcohólicas, desprecinta una botella y se sirve otro vaso de coñac. No parece que Elena se acuerde de su sándwich.

—Martín —dice en voz baja—, ¡podemos adoptar un bebé! —se sonroja al oír sus propias palabras—. Me ha contado mi hermana que hay cientos de mamás que no quieren a sus hijos recién nacidos. Mujeres demasiado jóvenes, con otros hijos a los que criar y problemas económicos. Bebés que irían a parar a un hospicio y que un sacerdote se dedica a rescatar de la miseria. Mi hermana dice que este buen hombre busca parejas católicas y bien situadas, ¡figúrate! Y tú eres cirujano. El mejor de Madrid. Y tenemos un piso precioso en el centro. Solo piden cien mil pesetas para ayudar a esas madres a reconducir su vida. —Agarra la mano de su marido y sonríe, Martín percibe un atisbo de obsesión en sus ojos y se suelta—. Eso sí, tendríamos que fingir que estoy embarazada, para inscribirlo como nuestro desde el principio.

Martín se enerva ante la idea de su mujer y levanta la voz.

—Solo cien mil pesetas… ¿Te das cuenta de lo que dices? ¡Comprar una criatura como si fuera un objeto! ¡Un capricho! —Golpea el mármol de la encimera y los vasos de cristal campanillean sobre la bandeja—. Te lo voy a decir una vez y no lo repetiré jamás: nunca, nunca, acogeré en mi casa al hijo de otra persona. ¡Es un delito pagar por un niño! Peor que eso… ¡Es obsceno!

—¡Ya habló el moralista! ¿Cómo va a ser malo criar a un niño al que le estamos salvando la vida? Nos estaría agradecido siempre, seríamos sus padres, sus protectores. Lo llevaríamos a los mejores colegios…

—Pero ¿te das cuenta de lo que me pides? Quieres que le dé mis apellidos a un niño que no sabemos de dónde procede. ¡Olvídate!

—¿No entiendes que mi vida está vacía? ¡Todo el santo día sola! ¡Y últimamente las noches también!

—La culpa es tuya: si encontrara en casa lo que necesito, no tendría que salir todas las noches.

Elena se siente ofendida y sale de la cocina sollozando. Martín enciende un cigarrillo y se sirve otra copa. Lalita pide permiso para entrar y retirar el besugo del horno. El cirujano le dice que ya puede pasar. La mujer lo observa beber en soledad y pasarse los dedos por el flequillo largo. Es un hombre guapo, a pesar de los rasgos marcados: la barbilla cuadrada, la nariz recta, los ojos negros, penetrantes. Lo imagina soldado perdedor de una dura batalla.

—Ustedes son jóvenes todavía, no deberían pelear. No me gusta ver sufrir a la niña Elena. Yo la he criado y…

—No me venga con sermones, Lalita —la corta Martín con sequedad.

Cuando Martín regresa al porche, su suegra y Silvia lo miran con desagrado. Elena, abrazada a su madre, tiene la cara enrojecida por el llanto. La oye musitar: «Es insoportable, ¡insoportable!». La madre le retira el cabello pegado en la cara y la consuela diciendo que son peleas de enamorados, que esas cosas pasan, que ella discute también con su padre y ahí siguen, después de treinta y cinco años casados. El padre de Elena, impasible, le ofrece asiento a Martín. Estima que esos dramas son cosas de mujeres y no le da más importancia.

—Se le pasará. Siempre ha sido muy llorona. De niña…

—O tal vez no se le pase. Puede ser, papá, que Elena tenga un problema grave con su marido, no todas las mujeres padecen de histeria —se entromete Silvia.

—¡Silvia! —grita Elena con la cara desencajada y un pañuelo retorcido entre las manos.

—¡No! ¡Deben ser conscientes de lo que te ocurre! ¡Son nuestros padres! Necesitan saber que tú…

Las palabras de Silvia agitan a la madre, que entra en una especie de ataque de nervios.

—¿Qué le pasa a mi hija? ¿Qué le pasa? —chilla llevándose la mano al corazón para frenar la taquicardia.

—Nada, mamá, tranquila, no me pasa nada —contesta Elena mirando a Martín.

—Sí le pasa, le pasa que lleva meses haciéndose pruebas para quedarse embarazada. Y el intratable de su marido no hace más que chincharla y salir de juerga con sus amigos.

—¡Silvia! ¡Ocúpate de tus cosas y no te metas en otro matrimonio! —interviene su padre.

—¡Oh, cariño! —levanta más la voz su madre, pese a que ambas mujeres están muy cerca—. ¿Por qué no me lo habías dicho? ¿Están seguros los doctores? Mira que a veces se equivocan. ¿Y están seguros de que eres tú? Porque también hay muchos hombres que no pueden ser padres. —Se lleva la mano a la boca para tapar su indiscreción.

—Es seguro, mamá. Soy yo la que no funciona en este matrimonio.

—¡Oh, cariño, nadie piensa eso! Eres una buena esposa. Martín te adora, ¿verdad, hijo?

—Sí, claro —miente mientras se afloja el cuello de la camisa, incómodo con la situación.

—Entonces todo se arreglará. El amor lo puede todo. Ya veréis como en unos meses estamos preparando la canastilla para el bebé.

«Sería un verdadero milagro —piensa Martín—. Un milagro para hacer llegar a las mismísimas puertas de El Vaticano.»

Lo más irónico es que si ella se lo hubiese contado, él la habría apoyado. Incluso en ese momento, podrían haber resuelto sus problemas si ella no estuviera tan obsesionada con el tema. Él tiene su carrera, sus pacientes, tener un hijo no lo es todo. El problema no es la infertilidad, es la actitud de Elena ante la vida, su falta de interés por formarse o por trabajar. También es cierto que él ha sido un cobarde, que debería haberse encarado con ella cuando descubrió el engaño. Pero no se siente con fuerzas. Todavía no.

DESPUÉS DE CENAR, Martín y Elena regresan a su piso en el centro de Madrid. El tráfico es espantoso, el aire en el interior del coche es pesado y ambos viajan callados, sumidos en sus propios pensamientos. La velada en casa de los padres de Elena ha sido un ir y venir de opiniones sobre cómo deberían encarar la llegada de un hijo que ambos saben que nunca llegará.

El piso los recibe a oscuras. Elena se adelanta y enciende una lamparita en el salón. Martín se sirve una copa. Ella se encierra en el cuarto y se desviste despacio. Se observa el cuerpo: el vientre plano, un vientre que nunca acogerá al hijo deseado; los pechos tersos y pequeños; las piernas, largas y torneadas, que no sufrirán nunca el peso de un embarazo. Odia la belleza de su figura. Desearía ser como esas matronas entradas en carnes, que llevan de la mano a dos o tres niños hermosos. Odia a Martín por no tratar de comprenderla en su empeño de adoptar una criatura. Se tumba en la cama de matrimonio y las lágrimas le recorren las mejillas hasta empapar la almohada.

En ese instante, el teléfono suena en la sala y Martín responde. Le habla el doctor Beltrán, el director del hospital San Guillermo. Le han programado una operación a primerísima hora.

—Es un compromiso, tienes que entenderlo. La marquesa ha exigido que seas tú el que opere a su hija adolescente. No confía ni en Alfredo Artiaga para esto.

—No sé qué decirte, Beltrán. Estoy valorando tomarme esas vacaciones que me has aconsejado hace unas horas —remolonea Martín—. Además, tengo que supervisar las pruebas de anestesia, las analíticas, el electroencefalograma… ¿Le habéis hecho la batería completa, no?

—Pues claro, era el doctor Escalona quien tenía que operar, y ya sabes lo minucioso que es con el preoperatorio. No me vengas con excusas, muchacho. ¡Nos jugamos mucho con esto! Si algo fallase… ¡Podrás tomarte tus puñeteras vacaciones cuando le repares a esa chica la válvula mitral!

—Tranquilo, estaré listo a primera hora de la mañana.

—No es una broma, Martín. Eres el cirujano idóneo para esta operación. Si la realizara el doctor Escalona y algo saliera mal, esa mujer podría destrozar nuestra reputación. Es más, no sabría cómo parar a Alfredo contra ti. ¡Esta tarde me ha amenazado con llevar tu caso ante el Consejo de Administración! No debes darle ni una razón más de queja, porque si el Consejo decide despedirte, yo no podré hacer nada.

Martín enciende un cigarrillo. Es la primera vez en su vida que se siente tan presionado. Ni siquiera cuando su padre le exigía que sacara las mejores notas de la facultad y le insistía en que, si quería trabajar en el San Guillermo, tenía que ser el mejor de su promoción. Le aseguraba que él no movería un dedo para favorecerlo si no demostraba su valía con creces, mientras sostenía que cualquier error en el quirófano podía ser fatal para el paciente. Y que no asumiría riesgos si no lo consideraba lo bastante preparado.

Y desde luego que su padre no asumió riesgos con él. Después de haberle demostrado a diario ser el mejor de los cirujanos nombró cirujano jefe al doctor Alfredo Artiaga, a pesar de que Beltrán no hubiera dudado en otorgarle ese puesto a él. Y en la actualidad era precisamente Alfredo, y ese arribista de Aparicio, los que estaban haciéndole la vida imposible en el hospital. No, su padre no fue justo con él.

Le apetece salir a tomar una copa. Toca levemente en la puerta de la habitación de matrimonio y le anuncia a su mujer que va a salir. Elena no le contesta; Martín apoya con hastío la frente en la puerta. Percibe el olor avainillado de su perfume. La siente revolverse entre las sábanas. La oye sollozar. Le duele ser el responsable de su desconsuelo. Lo lamenta por ella, pero su decisión es firme: no pagará por un niño, por mucho que la operación la auspicie el más santo de los sacerdotes.

BAJA DE INMEDIATO a la calle. El calor emerge inclemente desde el asfalto. Las ramas de los árboles no encuentran una pizca de viento que las acune. Los edificios de hormigón y el cielo turbio de Madrid intensifican la sensación de ahogo. Camina sin cruzarse con nadie hasta un bar cercano en el que suele coincidir con un par de amigos de la universidad. Cuando entra, solo hay una pareja tomando un refresco y un hombre solitario al fondo de la barra. Un ventilador de techo remueve el aire caliente. La máquina de *pinball* centellea en un rincón y el local huele a fritura. Sus amigos no han llegado aún. Está a punto de volverse sobre sus pasos. Lo mismo no aparecen. Es lunes, un lunes bochornoso en Madrid. Se sienta en un taburete junto a la barra y el camarero lo atiende cordial. Viste pantalones vaqueros y tiene unas patillas largas que le enmarcan la comisura de los labios.

—¿Lo de siempre, señor? —dice poniendo un vaso largo sobre el mostrador.

—Esta noche doble, Paco.

—¿Un mal día? —pregunta mientras saca con cuidado los hielos de una cubitera.

—De los peores —contesta el médico, que observa el líquido ambarino derramarse sobre los hielos.

Se lo bebe de golpe e indica al camarero que le sirva más. El hombre vuelve a desenroscar el tapón de la botella y vierte otro trago en el vaso. Martín mira dentro. Menea los cubitos de hielo y da un sorbo corto. Se gira al oír que la puerta se abre y se alegra de ver a sus amigos.

—¡Anda, si está aquí Martín! ¿Qué tal le va al mejor cirujano de todo Madrid? —lo saluda Sebastián, un apuesto traumatólogo del Puerta de Hierro.

—No he tenido un buen día, necesitaba un trago —responde el médico apurando la copa.

—Paco, una ronda de lo mismo para los tres —se adelanta Ramón, un médico de cabecera de bigote espeso y mofletes rosados.

—¡Quién tiene un buen día un lunes! A ver, ¿a cuántos ricachones has salvado hoy de la muerte? ¿Dos, tres, cuatro? —El traumatólogo simula el conteo con los dedos de la mano.

—Cuatro, pero eran intervenciones sencillas, rutinarias.

—Entonces, ¿de qué te quejas? Hoy he visto siete caderas partidas y cuatro rodillas, y lo peor, un trauma cerebral a causa de un accidente de tráfico. ¿Quieres saber cuántos años tiene el desdichado que no volverá a poder moverse en lo que le queda de vida?

—No, no quiero saberlo —suspira Martín.

—Veintidós primaveras. Guapo, universitario, de familia decente. No veas cómo lloraba la madre. Y le echaba la culpa al padre por haberle comprado el coche nada más sacarse el carné. Un cuadro, vamos. Si le ocurriese algo parecido a uno de mis hijos…

—Venga, no seáis cenizos —les corta Ramón—. Hemos salido a divertirnos, ¿no? Me han hablado de un local nuevo, a diez minutos de aquí, con buena música, copas generosas y chicas atrevidas.

—Yo opero mañana a primera hora, debería irme a dormir. —Martín deja el vaso en la barra y se levanta del taburete.

—Venga, hombre. No vamos a dejar que te vuelvas a casa sin echar por lo menos una ojeada. Nos lo merecemos, después de este lunes mortal.

—No debería…

—Son solo las once. Nos tomamos una más aquí y pedimos un taxi.

Martín no está convencido de querer seguir con la fiesta. Debería volver a casa, descansar para la operación, pero la imagen de Elena llorando en el cuarto hace que rechace la idea. Se siente atrapado en un matrimonio que no funciona. Decide acompañarlos un par de horas antes de regresar a casa.

EL LOCAL RECIÉN inaugurado del que les ha hablado Ramón destaca en la calle con un letrero grande de neón. Los tres se bajan del taxi y se unen a una cola considerable. Ramón les dice que no piensa esperar, se aproxima al hombre que ejerce de relaciones públicas y le habla al oído. El otro asiente, retira la cinta que los separa de la entrada y los deja pasar.

—¿Cómo lo has conseguido? —grita Sebastián para superar el exceso de ruido.

—Conozco a una de las chicas que bailan aquí —contesta Ramón mientras saluda a una joven que se contonea en un pequeño escenario.

—¿Amiga de tu esposa? —ríe Sebastián.

—¡Íntimas! —sigue la broma Ramón.

A Martín lo incomoda que se burlen así de sus mujeres. Por esa razón prefiere evitar ciertos temas con sus colegas. Un empleado los acompaña hasta un reservado, donde un sofá semicircular mullido los acoge. Desde allí se puede observar toda la sala: música en directo, luces que se atenúan con las lentas y brillan hasta la ceguera con las más enérgicas; chicas semidesnudas que bailan mientras una jauría de personas se agolpa a los pies del escenario. Martín pide una copa. Ramón y Sebastián lo secundan.

—Parece un sitio estupendo —concluye Ramón satisfecho.

—Creo que a nuestro cirujano le aburre —contesta Sebastián con la mirada fija en Martín, que no levanta los ojos de la copa.

—Eso es porque todavía no conoce a mi chica.

En ese momento invaden el reservado dos jóvenes; una de ellas es la chica a la que Ramón ha saludado. Tienen la melena larga, una luce un minivestido de seda estampada y la otra una falda blanca ceñida; ambas calzan sandalias de tacón. Martín se levanta para permitirles el asiento y ellas se hacen hueco entre los amigos.

—¡Has venido! Ramón, ¡no sabes la alegría que me has dado! —dice entusiasta la chica del minivestido—. Esta es mi amiga Covadonga, también trabaja aquí.

—Encantado, ¿qué vais a tomar?

—Lo mismo que vosotros —contesta la primera sentándose sobre las piernas de Ramón. El hombre la besa en los labios. Martín se disgusta.

—¿Quieres bailar? —le invita la otra joven.

Martín se niega, pero Sebastián se apunta. La chica del vestido estampado y Ramón salen retozones hacia los baños. San Román se queda solo y se levanta dispuesto a marcharse, pero una mujer despampanante se sienta a su lado.

—Horrible, ¿verdad? —le pregunta al oído.

El médico asiente en silencio. Es morena, bella, distinta. Lleva una falda de cuero con una abertura por delante que él no puede evitar mirar.

—Yo no quería venir, ¿sabe? —dice ella antes de abrir el bolso y sacar un cigarrillo. Martín le acerca la llama de un mechero—. Me han obligado unos compañeros del bufete. Hemos ganado un caso importante y había que celebrarlo, pero estoy deseando salir de este antro.

—¿Por qué no lo hace? —pregunta él jugueteando con su pitillera de plata entre las manos. «Con todo mi amor», recuerda.

—Porque he traído yo el coche y me han quitado las llaves —ríe ella. Tiene una boca carnosa, roja, apetecible.

—Muy listos sus amigos —admite él.

—¿Y usted? No lo veo divertirse tampoco.

La pierna de ella le roza la pantorrilla. Martín siente una oleada de calor.

—Algo parecido. Arrastrado hasta el abismo por unos amigos.

—Somos un poco patéticos, ¿verdad? —dice ella dando una calada al pitillo—. Dos extraviados que se encuentran en un territorio hostil. —Le toma la mano para seguir con la broma.

Martín observa entre sus manos esa mano femenina, las uñas cortas, la piel suave. La acaricia. Ella sonríe. En ese momento regresan Sebastián y Ramón.

—Venga, venga, ahora no te puedes entretener, San Román, nos vamos a tomar la última a otro sitio. Resulta que la chica esa tenía novio y casi me pega una paliza... —grita Ramón echándose sobre ellos.

Sebastián le hace señas para darle a entender que está borracho. La mujer se siente desplazada y se despide de Martín, no sin antes darle una tarjeta y un beso en la mejilla.

—Por si algún día quieres que nos encontremos en un territorio más apropiado.

En la puerta del local el cirujano trata de despedirse de sus amigos. No está dispuesto a seguir la juerga con ellos, se le ha hecho tardísimo y al día siguiente tiene que operar. Los otros dos insisten en que los acompañe, tiran de él con una fuerza inusitada y lo arrastran varios metros. Martín se los quita de encima y les grita que se vuelve a casa:

—El doctorcito tiene deberes mañana —le espeta Ramón, indignado con la actitud de su amigo.

—¡Ese Beltrán te tiene agarrado por el cogote! Te mereces lo que te sucede —le despiden.

Martín los ignora y aprieta el paso en dirección contraria. Regresa a casa con las manos en los bolsillos, renegando en su cabeza de Beltrán y Alfredo, de Aparicio, de las ideas excéntricas de su mujer y las idioteces de sus amigos. Se cruza con grupos de chicos y chicas que ríen y festejan la noche, parejas de enamorados que suben a un taxi o se besan antes de entrar en un portal. Piensa en su vida, en su esposa, insatisfecha siempre, y en la chica de la discoteca, tan fresca, tan atractiva. Tan viva.

Por primera vez se siente agobiado con su existencia gris, envidia a las personas que se cruzan con él, a las parejas que se demuestran cariño, a los grupos de amigos con pocas responsabilidades. Antes de entrar en el portal enciende un cigarrillo. Tiene que estar fresco a primera hora de la mañana para no fallar a Beltrán, para no caer en la trampa de los que quieren arrebatarle el puesto. Sube en el ascensor hasta su casa y procura entrar sin hacer ruido, apaga la luz del baño que Elena se ha dejado encendida. No le atrae nada acostarse junto a su esposa, percibe la frialdad de su cuerpo, enroscada en posición fetal sobre las sábanas. Se desnuda y se pone el pijama. Se tumba a su lado. Pronto, la oye respirar con desasosiego, gimotear entre sueños. Exasperado, regresa al salón, se recuesta en el sofá y fija la vista en el techo blanco, inmaculado, apenas iluminado por el reflejo apático de una farola. Por fin se queda dormido. Son las cuatro de la madrugada.

3

MARTÍN SE DESPIERTA sobresaltado. Consulta la hora en el reloj de muñeca: marca casi las ocho de la mañana. El despertador no ha sonado y se tambalea al levantarse del sofá. No le da tiempo a ducharse, tiene que cruzar medio Madrid para llegar al hospital; duda de si debe llamar a Beltrán para avisarle del retraso. El director se pondrá hecho una furia con él. Entra en el baño y se observa en el espejo. La noche anterior había bebido demasiado. Sus ojos negros han perdido brillo, lucen sanguinolentos y se le han formado unas grandes bolsas oscuras bajo los párpados. Se lava la cara con agua fría. Al asomarse de nuevo desde la toalla el aspecto no ha mejorado. Le duele la cabeza. Abre el armario de las medicinas y se traga dos optalidones. Corre hasta el vestidor para cambiarse de ropa, debe llegar cuanto antes a la operación.

Elena aparece en el vestidor como un alma en pena, agotada y desgreñada después de una noche repleta de pesadillas. Ve a su marido ponerse unos pantalones, peinarse con los dedos de la mano; desaliñado y sin afeitar, apenas se abrocha los botones de una camisa blanca recién descolgada de la percha.

—Ayer volviste de madrugada —le reprocha mirando la ropa tirada en el suelo.

—No tengo tiempo para hablar, Elena. Me esperan en el quirófano y llego tarde.

—¡Claro que llegas tarde! ¡Después de otra noche de juerga con tus amigotes! Últimamente no haces más que salir y salir, y dejarme sola. ¡Y no hablemos de lo que bebes! ¡No sé a dónde quieres llegar! ¡Esta será tu forma de cuidar de tu familia!

Los gritos de Elena le retumban en las sienes.

—Tú y yo no somos una familia. Y tú eres mayorcita para cuidar de ti misma. Además, están tus padres… —le contesta con crueldad para librarse de ella.

—Yo por lo menos trato de buscar soluciones —sigue enfrentándose a él—. Pero no, el hombre es tan hombre que no puede ceder ante mis deseos de ser madre.

—No me vuelvas con eso, Elena… ¡No me vuelvas con eso!

—¿Y qué vas a hacer conmigo? ¿Te buscarás a otra? Sé que lo harás, te conozco bien. Puede ser una compañera del hospital o alguna mujer que te encuentres cualquier noche de estas. O puedes haberla conocido ya y por eso te ausentas. ¡Oh, claro! ¡Qué estúpida soy! Ya tienes a otra y por eso no quieres ni oír hablar de la adopción.

Martín se dispone a marcharse. Elena, fuera de sí, lo persigue hasta la puerta. Se abalanza sobre él y lo agarra del brazo:

—Ya tienes a otra, Martín San Román, y lo que quieres es abandonarme. ¡Mírame a los ojos y dime que no es cierto que tienes a otra mujer!

Martín se suelta de un tirón:

—¡Te repito que no puedo hablar contigo ahora, que tengo una cirugía y me están esperando!

—¡Yo también te espero, cada día, cada madrugada! Contéstame, ¿cuándo podrás escucharme si nunca estás en casa? —le grita desesperada doliéndose de la mano.

—No lo sé, ¡maldita sea!

Elena se tapa los oídos para no oír el sonido atronador de la puerta al cerrarse. Vuelve sobre sus pasos, desequilibrada, caminando con los pies descalzos. Se siente atrapada entre las cuatro paredes del vestidor cargado de ropa y zapatos de tacón. Se agacha y recoge el pijama que Martín ha dejado tirado. Lo huele y rompe a llorar.

EL CIRUJANO CONDUCE de camino al hospital. Hay demasiado tráfico y parece que todos los semáforos lo pillan en rojo. La cabeza le duele muchísimo, los optalidones no están funcionando. Piensa en las palabras de su esposa. La ha visto muy alterada. ¿Cómo puede creer que vaya a abandonarla? Sí, sí, están pasando una crisis terrible, ayer se sintió atraído por otra mujer, pero ni por asomo alberga esas intenciones. Adoptar no, pero abandonar a Elena... Un matrimonio es para toda la vida. Además, pueden llegar a ser felices sin hijos. Hay muchas parejas sin hijos. Su padre siempre le decía que él y su madre habrían sido más felices si él no hubiera nacido. Le reprochaba la complicidad que tenía con su madre, el tiempo que pasaban juntos. De qué demonios se quejaba... ¡si nunca estaba para ellos! Le reprochaba incluso que ella hubiera enfermado tan joven.

Elena tiene que entender que él la quiere, que desearía que las cosas fueran de otra manera, olvidarse de ese disparate de comprar un bebé.

Cómo le duele la cabeza. Y ¡maldita sea! Se ha quedado atrapado en un atasco. Además, se siente culpable por las palabras ofensivas que le ha dicho a su esposa. Nada más cerrar la puerta ya estaba arrepentido. No sabe cómo manejar sus emociones. Echa de menos a su madre, la única persona con la que podía sincerarse, desprenderse de la máscara de triunfador que se había creado para satisfacer las exigencias de su padre. El único vástago del exitoso doctor San Román, el fundador de una de las clínicas más importantes de Madrid. Y Martín, el hijo varón, el elegido, sangre de su sangre, el que de ningún modo podía parecer sensible, vulnerable. No, la ternura, el temor, la indecisión eran cualidades inherentes al sexo femenino, según el viejo médico, y él estaba demasiado apegado a una mujer, a su madre, y había que ponerle remedio. Y vaya si se lo puso: lo condenó a estar lejos de ella, lo obligó a relacionarse con sujetos ávidos de poder, de gloria. Nada de debilidades.

Odia en lo que se está convirtiendo; la noche anterior había sentido asco de sus amigos, asco de sí mismo.

La calle se convierte en una fumarada de tubos de escape. Los conductores aporrean el claxon de los coches y Martín sube los cristales de las ventanillas. Un tipo trata de limpiarle el parabrisas para sacarse unas pesetas. Martín lo despide con aspavientos desde el interior. El calor es insoportable y el dolor de cabeza no remite. Revuelve en la guantera en busca de un frasco y se traga otro optalidón.

Ya habrán bajado a la hija de la marquesa a quirófano. El equipo lo estará esperando y no hay manera de localizarlo. Puede mentir, decir que Elena ha sufrido un desvanecimiento y que ha tenido que atenderla. Pero debería haber llamado a primera hora a Beltrán para avisar de que iba a llegar tarde por ese motivo. Habría sido lo más inteligente; mejor que salir corriendo de casa para meterse en ese atasco. Otra vez parados. En medio de la nada. Tanto *scalextric* en Madrid para este lío de tráfico. «¡Tira, hombre, no seas lento!» ¡Qué agobio!

Y Elena seguirá en casa llorando, disgustada, qué mal la ha tratado por la mañana. Qué lejos quedan aquellos días de besos apasionados antes de salir hacia el hospital, de entrega infinita, cuando hasta sus cuerpos parecían resistirse a tener que separarse por unas horas, que se hacían tan largas, el uno sin la compañía del otro.

Ahora, por fin, el tráfico avanza. Cinco minutos y llegará al garaje del hospital. Ya se ve, ya se ve el edificio. Casi las nueve de la mañana. Otra vez un semáforo en rojo. Si acelera se lo salta. ¡Dios Santo! ¡Una mujer con un carrito de bebé! Lo siento, lo siento, he estado a punto de atropellarla. ¡Qué maldito susto se habrá llevado! Y encima todos estos sinvergüenzas pitando. ¡Panda de energúmenos!

Aparca el coche en su plaza de garaje del hospital. El suelo de cemento apesta a aceite de motor y ve correr una cucaracha desorientada por la luz del fluorescente. Se dice a sí mismo que debe mantener la calma. No debe parecer alterado al entrar en el quirófano. Eso lo haría vulnerable y no es el mejor momento para mostrarse así. Necesita un trago, pero no puede pasar por el despacho. Accede por la puerta principal, una enfermera trata de decirle algo, pero Martín ya lo sabe, lo esperan en quirófano. Se dirige directamente a las puertas batientes que lo llevan a las salas. Cuando entra en la antesala se encuentra cara a cara con Alfredo, el jefe de Cirugía, que se está lavando para entrar a operar.

—Una vez más llegas tarde, Martín. Y, por tu aspecto, no vienes en las mejores condiciones.

—¿Me vas a asistir en la operación? —le pregunta mientras se cambia de ropa.

—La operación la va a dirigir el doctor Aparicio. De hecho, ya han subido a la chica hace media hora.

—No digas tonterías, Alfredo. Sabes que era paciente de Escalona y que la madre de la chica ha exigido que la opere yo.

—Mira, San Román, puedes engañar a un par de viejas amigas de tu padre, pero a mí no me engañas. Te has convertido en un fraude y pondré tu caso en manos del Consejo de Administración. He tenido que abandonar mi trabajo para poner orden aquí, porque tú, una vez más, no llegabas a tiempo.

—Pues ya he llegado, así que puedes dedicarte a pintar cruces en tus formularios. Procura no salirte de la casilla.

—Tu soberbia no te librará del despido —le contesta el jefe de Cirugía.

—Si me permites, Alfredo, voy a hacer mi trabajo.

Solicita que una enfermera le acerque las pruebas preoperatorias que ha realizado el doctor Escalona y el historial de la chica mientras se asea en el lavabo de acero inoxidable. Paciente femenina de dieciséis años a la que debe cambiar una válvula mitral dañada por fiebres reumáticas. Tiene que reemplazarla por una válvula de titanio. Arrastra esa patología desde la infancia y sufre de arritmias y, si no se soluciona, terminará por tener algún episodio de infarto. «Sí, sí, válvula nueva, pero se verá obligada a tomar anticoagulantes toda la vida», piensa Martín. Se pone los guantes y toma aire antes de que le ajusten la máscara. Aunque el piloto está en rojo, entra en la sala de quirófano. Todo está preparado. Las enfermeras, el instrumental desinfectado, la luz blanca, potente. El anestesista ha completado la sedación de la paciente y Aparicio sostiene un bisturí en la mano, concentrado en la primera incisión. El nerviosismo que genera la entrada de Martín es evidente:

—¿Qué demonios cree que hace? Por favor, que alguien saque a este individuo de mi quirófano.

Aparicio levanta los ojos. La jefa de enfermeras se acerca a San Román:

—Hemos empezado ya, doctor. Alfredo Artiaga ha ordenado que la operación la dirija él —le susurra.

—No me hagas reír, Elvira. ¡Sabes perfectamente que en mi quirófano no acato órdenes de nadie! —grita Martín.

Aparicio le planta cara. Las enfermeras se retiran con aprensión. La jefa de enfermeras se tropieza con la mesa de instrumental, varios escalpelos caen al suelo y ella los retira de un puntapié. Los dos cirujanos se miran retadores y el anestesista se ve obligado a intervenir:

—¡Discutir aquí no es una opción! ¡Estáis perdiendo un tiempo valiosísimo!

—Está bien, está bien —dice Martín asumiendo el mando—. Empezamos.

—¡Pero usted se ha visto! No creo que esté en condiciones... —alega Aparicio.

—Enfermo y todo sería capaz de operar mejor que usted. ¡Lárguese de una vez!

El otro cirujano se encoge de hombros y se quita los guantes.

San Román toma un bisturí, observa las radiografías de tórax en el negatoscopio y se concentra en la operación de la chica. El dolor de cabeza se agudiza. Es molesto y paralizante. Le tiembla el pulso al realizar la incisión en el corazón. El músculo le ofrece resistencia. Pone más presión en el escalpelo. El corazón se divide. La válvula mitral que permanecía cerrada se abre demasiado y se produce una hemorragia que la asistente trata de controlar. El anestesista advierte que algo no va bien en las pulsaciones, están descendiendo de forma vertiginosa. La sangre sigue fluyendo sin control y las enfermeras no dan abasto para tratar de frenar la hemorragia. Martín no ve correctamente para colocar la válvula de titanio. La operación está siendo demasiado sucia; Martín precisa de más luz, necesita claridad en el cerebro, pero algo no está funcionando, está perdiendo a la paciente. La joven entra en paro cardíaco, tratan de reanimarla, el monitor de signos vitales se vuelve loco, el corazón deja de dar señal. Martín no puede creer la información que le arroja el monitor. Insiste e insiste en la reanimación, pero el resultado es el mismo: la hija de la marquesa ha fallecido.

EL CIRUJANO ABANDONA el quirófano, se arranca el gorro y la mascarilla y tira la bata empapada de sangre en los contenedores de ropa sucia. Enciende un cigarrillo. La enfermera jefe entra en la antesala. Le habla tranquilizadora:

—No ha sido culpa tuya, Martín, todos sabemos que era una cirugía complicada. Una válvula mitral...

—He cambiado válvulas decenas de veces, Elvira. A pacientes de muchísimo más riesgo que esa joven. Sé que no ha sido culpa mía.

Ella se retira el gorro y se lava con agua fría. Observa como el líquido rojizo desaparece por el desagüe de la pila de acero. Se mira en el espejo, las arrugas en la frente, la nariz más afilada. No lleva bien las pérdidas humanas. Se frota las salpicaduras de sangre en las mejillas.

—Pero sabes que te investigarán por lo ocurrido en el quirófano con el doctor Aparicio. Me llamarán para que informe de lo sucedido, he sido testigo…

—Tendrás que informar de lo que corresponda —le contesta él expulsando el humo del cigarro.

—Te tengo mucha estima, Martín, me apena verte en una situación como esta.

—Lo sé, Elvira —contesta al dar la última calada al cigarrillo—. Ahora debo hablar con la familia.

—Te acompaño. Nunca es fácil… —Elvira se recompone el moño desordenado.

La marquesa aguarda noticias en la habitación asignada a su hija. Hay un silencio insólito en los pasillos del hospital. Como si el mismo edificio contuviera la respiración ante el dolor que generará la muerte de la joven. Martín y la enfermera jefe llaman a la puerta. La mujer les abre y, al ver la expresión funesta en el rostro del cirujano, comprende que la operación ha fracasado. Palidece y cae al suelo como una hoja seca.

San Román se encierra en su despacho. Tiene que pensar, no desea ver a nadie. Es una estancia amplia, la persiana está echada, no entra mucha luz, pero sí nota el bochorno exterior. Siente las manos pegajosas y la frente le suda. Se acomoda tras la mesa y saca de un cajón con llave una botella de whisky. Pega un trago de la botella. «Esa hemorragia no ha sido culpa tuya —se consuela—. Tal vez habrías reaccionado mejor si hubieras estado más lúcido, has venido casi sin dormir —se recrimina—. Has tomado un camino de difícil retorno, Martín. Tu padre se sentiría muy defraudado contigo.» Martín percibe la boca seca, está asustado y se mesa los cabellos. Esto no tenía que pasar, se siente rabioso como un perro al que le arrebatan su hueso. Bebe otro trago. El olor a alcohol le penetra por los agujeros de la nariz. Lo sosiega. En fin, no ha sido culpa suya. Lo mismo no estaba en las mejores condiciones, pero él no ha provocado la hemorragia. Aunque el pulso le temblaba con el bisturí en la mano. Y tal vez presionó demasiado. Claro, después del conflicto con Aparicio... Levanta la mano y la observa en el aire. Detecta un ligero temblor que le asusta. Se sujeta la mano y la aparta de su vista.

¿Qué va a pasar ahora? Alfredo Artiaga le tiene ganas, desde luego; hará lo imposible por dañar su prestigio. Y ese Aparicio va a apoyarlo en todo, claro está. Tienen testigos del enfrentamiento. Y aunque la enfermera jefe hable en su favor... El Consejo de Administración va a machacarlo. Se angustia al pensar que lleguen a despedirlo. No puede ser, es uno de los mejores cirujanos de Madrid. El hospital no podría prescindir de sus servicios. Aparicio es un inútil y Alfredo está viejo para el día a día del quirófano. Pero, si lo despidieran... ¿Qué le diría a Elena? ¿Qué pensarían sus suegros? No, no, no van a despedirlo, no pueden hacerlo. Pero... ¿y si lo hicieran?, ¿dónde podría trabajar con la responsabilidad de una muerte reciente a sus espaldas?

EL DIRECTOR DEL hospital entra en el despacho. Levanta la persiana para iluminar la estancia. Mira con desagrado la botella de whisky. Ha pasado sin llamar, parece haber envejecido diez años. Se sienta frente a Martín y pone unos documentos sobre la mesa. Lo mira a los ojos. Carraspea:

—La primera pérdida en el quirófano es muy dura. Para eso no te preparan en la universidad.

—No me trates con paternalismo, Beltrán. Quiero saber a qué me enfrento realmente —le ofrece un cigarrillo de la pitillera. El otro no lo acepta, él enciende uno.

—La marquesa no denunciará. Bastante tiene la mujer con haber perdido a su hija. Además, es sorprendente que confíe de manera ciega en tus buenas prácticas. De todas formas, si cambiase de opinión y decidiera denunciar, ya sabes la política corporativista que seguimos: ninguno de tus compañeros pondría en duda que la operación se hizo de manera correcta.

—Pero…

—Otra cosa es el Consejo de Administración, Martín. Alfredo y Aparicio te van a acusar de temeridad. Y yo no puedo hacer nada por ti. Solo rezar para que esta cuestión no me salpique.

—¡Valiente defensor me has salido! ¡La hemorragia de esa joven no ha sido culpa mía! Llevo cientos de operaciones aquí, nunca os he fallado. Y tú tienes la cara dura de decirme que solo te importa salvar tu culo.

El doctor Beltrán se indigna:

—¡Ayer mismo te advertí de que no ibas por buen camino! Da gracias a que esto no salga de aquí. ¡Te has presentado tarde a una operación complicada y en malas condiciones! ¡Has faltado a tu superior y te has enfrentado con un colega en el quirófano! ¡En el quirófano, Martín! Y encima te permites llamarme caradura. Al final, voy a tener que darle la razón a tus enemigos, San Román.

—Haz lo que consideres oportuno —le contesta indiferente.

—No me hables como un niño malcriado. Este lío es importante y tenemos que tomar decisiones. Deberías, de alguna manera, quitarte de en medio. Cómo explicarlo… Ya que sabemos que se aproxima una tormenta, hay que refugiarse hasta que amaine.

—¿Qué quieres decir? ¿Darle tregua a los que conspiran contra mí? De verdad, no sé de qué parte te estás poniendo.

—Siempre de la tuya, Martín, de la tuya y de la de tu padre, mi socio, mi amigo. La muerte de esa chica en la mesa de operaciones te va a complicar la vida. Si te suspenden de empleo y sueldo, tu prestigio quedará dañado, pero si te adelantas y tomas la decisión de marcharte, eso desconcertará a Alfredo y Aparicio, y tal vez sean más suaves en las acusaciones.

Martín machaca la colilla del cigarrillo en el cenicero:

—¿Irme yo? ¿Dónde diablos quieres que me vaya?

Beltrán junta los labios en una pequeña sonrisa triunfal y le aproxima los documentos de la mesa.

—Hace semanas me llegó una oferta de un hospital alemán. Van a mandar allí a un equipo de investigación sobre trasplantes. El hospital es puntero en esa materia y ofrece plazas de colaboración a otros hospitales de Europa. Posiblemente para dar una imagen aperturista de la política del otro lado.

—¿Aperturista? ¿De la política del otro lado? ¿De qué Alemania estamos hablando?

—De la del Este del muro. La investigación es en el Hospital Universitario la Charité de Berlín —dice Beltrán consultando el dosier.

Martín bufa y se levanta de un brinco del asiento:

—¿Me quieres mandar a la Alemania del Este? ¿Esta oferta qué significa? ¿Una especie de destierro a Siberia? De verdad, esto se está convirtiendo en una maldita locura.

—Piénsalo bien, hijo. Te ofrezco trabajar con un buen equipo, en un gran hospital, una oportunidad inmejorable. En Madrid se te van a multiplicar los problemas. Está en tus manos apartarte y ahorrarle a Elena todo el proceso. Unos meses en Berlín trabajando en el campo de los trasplantes y recuperarías tu posición entre tus colegas y en el San Guillermo. El Consejo de Administración estará encantado de contar con un cirujano con los últimos conocimientos en trasplantes. Aquí tienes el dosier con la invitación y los objetivos. Tienes cuarenta y ocho horas para tomar una decisión —dice mientras tiende los documentos, pero Martín no los acepta. Los deja cuidadosamente sobre la mesa.

Martín ve salir a Beltrán del despacho y duda. Desde luego que sería el candidato idóneo, ninguno de sus colegas maneja el idioma como él. Una demostración más de la educación férrea que le impuso su padre: estudiar en el Colegio Alemán de Madrid. O tal vez una demostración más de que no lo quería cerca de su madre. Aquellos años de adolescente complicado no habrían casado bien con el principio de la enfermedad de ella. Con apenas cuarenta años se volvió taciturna, olvidadiza. Se irritaba constantemente, se divertía con las cosas más inusuales. Subió de peso, y arrastraba su cuerpo irreconocible por el piso. No se aseaba, vestía todos los días la misma camisa y las mismas pantuflas desgastadas. El encierro en aquel colegio de élite duró dos años. El tiempo justo para detestar el idioma y para comprender que había perdido a su madre para siempre.

Observa de reojo el dosier que le ha dejado el director sobre la mesa. Lo agarra con arrogancia y sale del despacho. En su caminar solitario por los pasillos del hospital de pronto lo ve todo claro. Beltrán también quiere quitárselo de en medio. El viejo cobarde haría cualquier cosa por mantenerse en el sillón de director. Su presencia en el San Guillermo molesta, y quieren darle billete hasta el otro lado de Europa. Todos le envidian, están confabulados contra él. El mejor cirujano de Madrid. El mejor cirujano que no ha sido capaz de sustituir una mitral a una joven sin otras patologías. El mismo que acaba de perder en una mesa de quirófano todo el prestigio aprehendido. El mismo Martín San Román que descarga la frustración golpeando las paredes del garaje.

4

Martín conduce hasta su casa. Le urge hablar con Elena, explicarle lo sucedido, la mala situación en la que se encuentra en el San Guillermo. Debe conocer lo ocurrido con la joven y prepararse para los meses duros que vendrán. Tal vez tengan que vivir de los ahorros una temporada, hasta que todo se aclare y lo readmitan en su puesto. Exigirá una segunda autopsia si la primera lo hace responsable directo de la muerte. Confía en sí mismo, sabe que él no es el culpable de la hemorragia. Tal vez busque un nuevo lugar de trabajo. Pero tendrá que ser cuando recupere su buen nombre, porque ya se ve ejerciendo de médico de cabecera en una consulta de distrito.

Al entrar en la casa, lo recibe la asistenta, que sin cofia ya, parece a punto de salir. Percibe el olor a limpio y eso lo anima:

—¿La señora?

—La señora marchó a primera hora de esta mañana. Ha dejado recado para usted —dice rebuscando en un bolsillo del uniforme. Le alarga un papelito doblado.

Martín toma el trozo de papel y se despide de la mujer. Entra en su despacho y lo lee:

Martín, me voy a casa de mis padres a pasar el día. Allí, por lo menos, me siento acompañada.

Claro, en casa de sus padres, ¿dónde podría refugiarse la esposa de un marido como él? ¿Adónde puede ir con sus sentimientos heridos, si no es a casa de las personas que están incondicionalmente de su lado? Casi la detesta por tener la posibilidad de contar con ese bastión imperturbable. Cada vez que surge un conflicto en su matrimonio, siente que lo juzgan. Piensa en lo que diría su suegra si lo tuviera delante: «Martín, has faltado a las palabras que pronunciaste aquel día frente al altar. Tomaste a nuestra niña jurándole la fidelidad perpetua, el amor perpetuo y el respeto perpetuo. Y una vez más has causado dolor a nuestra hijita. Tan entregada ella, tan frágil, tan vulnerable».

—Sí —murmura Martín—. Tan frágil y vulnerable. Tan mentirosa.

Abre una botella de whisky y se sirve un vaso. Medita sobre la situación profesional en la que se encuentra. El doctor Beltrán no es el enemigo. Jamás ha jugado ese papel. Ni siquiera cuando su padre lo acusaba, poco antes de fallecer, de haberlo traicionado. Ni siquiera entonces, con los ojos brillantes de dolor, soltó al moribundo de la mano, al amigo, al socio.

Lo único que fue capaz de echarle en cara a su padre en cuarenta años de amistad fue su actitud resignada ante la enfermedad de su esposa, en aquel despacho de hospital, ese que aún conserva el papel pintado con motivos geométricos y las estanterías de madera de roble.

—Si hubiese sido mi esposa, la hubiera llevado a los mejores especialistas, hasta los Estados Unidos, si hubiera tenido noticias de que allí había posibilidad de tratamiento —protestó un día delante de Martín que, liberado del Colegio Alemán, fingía estudiar con los libros de texto esparcidos sobre la mesa de reuniones.

—¡Qué idea tendrás tú de lo que es un matrimonio! ¡Si jamás te has casado! —lo repelió su padre dando un golpe en la mesa.

—No, no me he casado. Pero eso no me impide saber qué habría hecho si mi mujer hubiera estado enferma. Desde luego no la habría internado en un asilo para apartarla de todo. Que la alejaras de su hogar y de los suyos, aceleró su muerte —le contestó extendiendo un dedo acusador.

—Que la alejara de todo… ¿también la alejé de ti, amigo Beltrán? ¿Tú eras uno de los suyos? —apuntó su padre con malicia, con los ojos entrecerrados.

—No digas memeces —respondió Beltrán, y se marchó airado.

Su padre se levantó y cruzó el despacho para mirar por la ventana. Martín observó su silueta de viudo, una silueta encorvada, lastrada. Pensó que ojalá Beltrán hubiera sido amante de su madre, al menos no habría estado tan terriblemente sola.

Martín apura el vaso.

Beltrán no es su enemigo, pero tampoco puede hacer mucho por él en esta ocasión. Teme ser juzgado indirectamente por el Consejo de Administración, teme que el problema lo salpique. La situación es tan grave que el jefe de Cirugía y Aparicio tienen todas las de ganar. Presentarse tarde y resacoso a una operación de riesgo… Una insensatez. Discutir con otro cirujano en el quirófano, un disparate. Una muestra más de que su vida va a la deriva. Los desencuentros con Elena lo desestabilizan, lo frustran, y ya se sabe dónde acaban los hombres frustrados: en las barras de los bares. Y el alcohol no es solución a los problemas, pero los diluye en la mente.

Desenrosca de nuevo el tapón de la botella, observa el líquido cobrizo mientras cae en el fondo del cristal.

Él no ha provocado la hemorragia, pero tampoco estaba en las mejores condiciones para decidir cómo pararla. No puede devolverle la vida a la chica y ese error va a propiciar que su reputación se vea en entredicho. Pronto será la comidilla de medio Madrid. No se puede quedar en el hospital San Guillermo. No mientras el caso no se aclare. Pero marcharse de España y empezar una nueva vida en Alemania del Este lo aterra. Un país comunista, que mantiene a la población encerrada detrás de un muro inquebrantable. Abre el dosier que Beltrán le ha entregado. Es un estudio pormenorizado sobre los beneficios que aportarán los trasplantes a la medicina del siglo xx y la necesidad de seguir investigando. Apoya los labios en el borde del vaso. El gusto del alcohol le templa el paladar:

> El hospital universitario la Charité ofrece a los investigadores todos los recursos humanos y materiales necesarios para sacar adelante un proyecto común que abrirá las puertas de futuras intervenciones a todos los cirujanos de Europa.

Advierte que es un panfleto propagandístico. Martín siempre ha tenido una opinión negativa sobre los trasplantes. Médicos que aguardan como perros de presa a que el corazón del moribundo deje de latir para usurparle los órganos y alimentar su endiosamiento. ¿Cuánto resiste el paciente trasplantado con vida? ¿Quince días, un mes, nueve? ¿Atiborrado a corticoides? Y cuando llega la inevitable septicemia y el paciente fallece sufriendo dolores insoportables, ¿dónde están aquellos que se creían dioses? ¿Escondidos tras las puertas de sus despachos sin saber cómo aliviar al estafado, al que engañaron con la promesa de una vida digna y larga con ese órgano que usurparon a un pobre cadáver? Él mismo se creía una especie de dios y acaba de bajar a los infiernos. Cierra el dosier con rabia y lo arroja sobre la mesa.

ELENA REGRESA TARDE de casa de sus padres. Encuentra a su marido en el despacho iluminado por una luz tenue, lívido, desencajado, como enfermo. Observa que hay un vaso con un dedo de licor en la mesa y decenas de colillas aplastadas en un cenicero.

—¿De dónde vienes a estas horas? —le pregunta él con la lengua pastosa.

—De casa de mis padres, te dejé una nota —dice soltando la bolsa de piscina en el suelo—. ¿No te la ha dado la asistenta? Esta mujer…

—Sí, sí, me la ha dado. Quiero decir, ¿cómo has vuelto? No creo que haya sido en el metro.

—Me ha traído Luis, el marido de mi hermana. No ha tenido más remedio, como tú no te has dignado a presentarte…

—¡Ah, el bueno de Luis! ¡Qué hombre tan complaciente! Una casa en las afueras, una mujer hermosa, dos hijitos educados y ahora una cuñada en apuros. Una medalla merece, como poco, ese Luis.

—Vengo cansada para escuchar tonterías, me voy a dormir —contesta Elena tomando la bolsa de piscina.

—Siéntate. Todavía no puedes irte a la cama, necesito hablar contigo —se levanta y le retira la silla para que la ocupe.

—¿No puedes esperar a mañana? De verdad, vengo agotada, no estoy para tus sermones. No después de lo de esta mañana.

—¡Escúchame por una vez, Elena! —grita.

Ella se sienta asustada. Hasta su nariz llega entremezclado el hedor de las colillas acumuladas y el alcohol del vaso semivacío. Se reprime las ganas de llorar. Él se sienta frente a ella y la mira a los ojos:

—Necesito hablar contigo, Elena. Ha pasado algo terrible.

—¿Me vas a abandonar? —Empuja sin querer el cenicero de la mesa, que cae al suelo y esparce las cenizas por la moqueta. Llora sin poder aguantar más la tensión.

—No, no se trata de nuestro matrimonio —dice Martín alargándole un pañuelo de tela que saca del bolsillo—. O tal vez sí.

—¿Qué es lo que ocurre? Me tienes en ascuas.

—Hoy he matado a una adolescente en el quirófano —responde él.

Elena se tapa la boca con el pañuelo estrujado en la mano. Titubea un poco al expresarse:

—Es una lástima, pobre chica. Supongo que estás afectado porque es la primera vez que te sucede. Pero no veo el problema, Martín. Eres un gran cirujano. El mejor de Madrid. La joven habrá fallecido porque le ha llegado su hora, todos tenemos un día señalado para dejar este mundo. Mamá dice…

—¡No me escuchas, Elena! ¡Ha sido culpa mía! ¡Se ha producido una hemorragia cambiando una mitral que no he sabido parar! ¡Una simple hemorragia y no he tenido reflejos para encontrar una solución! Ha sido un error irreparable… ¡Y no es el primero que cometo en el San Guillermo! —Se tapa la cara con las manos.

Elena se levanta y se acerca a su marido. Le acaricia el cabello negro. Nota el sudor frío entre los dedos. Con ternura, le retira las manos de la cara y le besa la frente.

—Tranquilo, debes serenarte. Estás muy nervioso y por lo que veo has bebido demasiado esta tarde. Te prepararé una infusión, una tila que te calme un poco.

—Hay más, Elena —dice él sujetándole la mano.

A ella le palpita el corazón. Se suelta de su marido y se lleva la mano al pecho esperando lo peor.

—De momento, no puedo volver a trabajar en el San Guillermo. El jefe de Cirugía va a llevar el caso hasta el Consejo de Administración. Él y otro cirujano quieren acusarme de temeridad. Beltrán me ha ofrecido retirarme una temporada, hasta que todo esto se aclare. O acepto su oferta de marcharme a Berlín para unirme a un equipo de investigación sobre trasplantes o nos vemos en la calle. Lo siento mucho.

Elena no puede creer lo que acaba de oír. Se lleva las manos a la cabeza y entra y sale del despacho varias veces, como trastornada.

—¡En la calle! ¡Pero eso es imposible, debe tratarse de una broma!

—No, no lo es —contesta Martín—. Toda la información está en este dosier que me ha entregado Beltrán.

Elena hojea el dosier, al poco se lo devuelve.

—No entiendo nada.

—La información está en alemán. Ya te he dicho que es un proyecto de investigación de la RDA, en un hospital de Berlín.

—¿La Alemania comunista? ¿Al otro lado del muro? —Se le contraen las pupilas de disgusto cuando Martín asiente con la cabeza—. ¡Eso no puede ser! Tanto castigo por una fallecida en el quirófano. Hay algo que no me cuentas. ¿Es que has causado más problemas graves como este? Últimamente bebes demasiado…

El cirujano desvía la mirada hacia las estanterías curvadas por el peso de los libros de medicina.

—Oh, Dios mío, ¡has operado bebido a esa chica! ¡No puedo creerlo! ¡No puedo creerlo! —La mujer rompe a llorar con amargura.

Martín se incorpora para consolarla, pero ella lo rechaza: su marido ha cometido una gran falta, operar sin la debida pericia, con las aptitudes mermadas por el alcohol que había bebido la noche anterior. Elena ya intuía que algo malo iba a suceder, Martín no se comportaba últimamente como el hombre con el que se había casado. Tanto salir, tanto trasnochar. Eso no podía acarrearles nada bueno. Pero irse a Alemania del Este, no, eso no es para él. Tiene que hablar con su padre, aún es un hombre influyente, con muchos contactos. Se aparta de él, entra en la salita, se sienta junto al pedestal dorado del teléfono y descuelga el auricular. Su marido se coloca a su lado.

—¿A quién llamas? —le pregunta al verla girar la ruedecilla del teléfono.

—A mi padre, él es el único que sabrá cómo sacarte de este embrollo. Mantiene buenas relaciones con gente muy importante.

—¡No quiero que tu padre nos ayude! —Le arrebata el auricular y cuelga muy enfadado.

—¿Nos ayude? —Elena cruza los brazos—. ¡No pensarás que voy a acompañarte en esa locura de marcharte a Berlín! Yo... Yo no puedo dejar Madrid. Aquí está mi familia, mis amistades. ¿Qué podría hacer yo en Berlín, si ni siquiera entiendo el idioma, encerrada entre comunistas? ¡Bastante tiempo paso sola aquí, en Madrid! Además, esas personas ni siquiera comparten nuestra religión. Te digo que no, que no y ¡cien veces no!

—Tu deber como buena esposa es acompañarme —apostilla el médico muy serio.

—Como buena esposa... ¡Como buena esposa! ¿Acaso eres tú un buen esposo, Martín? No puedes pedirme que viva más sola de lo que vivo aquí, en este piso en el que no entra ni siquiera la luz de la calle —le reprocha, y señala las ventanas abiertas a la negrura de la noche.

Martín regresa al despacho furioso. Una colilla mal apagada ha dejado en la moqueta un cerco marrón. Apesta a cabello quemado. Bebe un último trago y baja a la calle.

«¡MALDITA SEA!», PIENSA al poner un pie en la acera aún caliente. No se ha casado con una mujer, se ha casado con una niña caprichosa, incapaz de afrontar los problemas como una adulta. Cualquier esposa en sus cabales lo acompañaría. Anda que no hay mujeres que se alejan de su familia y amigos en busca de una vida mejor junto a sus maridos. Algo que para Elena es impensable, y ya trabajar no digamos.

Martín recorre las aceras sumido en sus pensamientos. Cada paso que da sobre el asfalto acrecienta la rabia que siente hacia

Elena. Parte de todo lo que le ocurre es culpa de ella, de sus engaños, su egoísmo y su falta de comprensión. Se para frente a una de las puertas del parque del Retiro, una ligera brisa nocturna lo anima a entrar. La luna llena recorta las copas vanidosas de los cipreses. El oxígeno que desprenden las fuentes y el rumor de sus pasos por el sendero de tierra lo invitan a reflexionar. No debería cargar toda la responsabilidad de la crisis de su matrimonio sobre Elena. Ella no tiene la culpa de los errores que él comete. Es algo inmadura, es cierto, y sus mentiras le han causado mucho daño, pero él tampoco ha tenido un comportamiento ejemplar. De hecho, ayer mismo estaba flirteando en una sala de fiestas con una desconocida. Si él no cumple, no puede ser tan ruin como para exigirle sus deberes como esposa. ¡Por Dios! Están en los años setenta y le ha hablado como lo hubiera hecho su padre...

MARTÍN REGRESA A casa más calmado. Pretende tomar una ducha fría y descansar. Esa noche no ha querido buscar la compañía de sus amigos. No está de humor para frivolidades. Una luz perezosa se cuela por debajo de la puerta de la habitación de matrimonio. Abre con cuidado, Elena duerme entre almohadones. Se acerca a la mesita de noche para apagar la luz y descubre un envase de Valium junto a un vaso de agua. No sabía que Elena los consumiera. No sabía que necesitara de una ayuda química para conciliar el sueño. Se sienta en la butaca de la habitación y la observa descansar. Le produce satisfacción mirarla mientras duerme. Es un voyerismo sin sexo. Pero es un acto igualmente íntimo. Ella tiene el cabello desordenado como rayos de un sol negro sobre la almohada y los labios entreabiertos. El pecho pequeño se le adivina por debajo de los botones que cierran el camisón blanco y las piernas se le antojan apetecibles bajo las sábanas. Experimenta sentimientos encontrados: no la entiende, a veces la aborrece y la desea al mismo tiempo. Pero no se atreve a tocarla. Prefiere estar así, observándola mientras duerme a corta distancia. Sin perturbar su descanso. Sin traer a la realidad su amargura.

Echa la cabeza hacia atrás y cierra los ojos. Su mente se traslada a la chica del quirófano. Una adolescente, toda la vida por delante o, al menos, unos años más para disfrutarla. Debería de haber suspendido la operación. Se pregunta cómo se le ocurrió empezar después de haber llegado tarde, con un terrible dolor de cabeza y alterado tras la pelea con Aparicio. No eran las condiciones adecuadas para cambiar una mitral. Habría sido razonable posponer la cirugía, pero ya la habían sedado. ¿Cómo le habría podido justificar a Alfredo Artiaga una nueva anestesia general en días posteriores? La situación se le había escapado de las manos. La primera incisión fue limpia, pero la segunda, un diminuto corte en el lado izquierdo del corazón, tal vez desencadenó la hemorragia y su ofuscación; no podía pensar con claridad. Los latidos del corazón de la joven se ralentizaron. Él mismo estaba lento, grueso. Sentía que la cabeza estaba a punto de reventarle. El corazón de la chica empezó a perder ritmo. El monitor del electrocardiograma lanzaba pitidos. Se quedó paralizado. Se le trabaron los dedos mientras sostenía el bisturí. El resto del equipo hormigueaba tratando de reanimarla. Las curvas se hicieron cada vez menos curvas, hasta que el latido se convirtió en una recta perfecta y todo se volvió rojo. Tan rojo y tan espeso que le parece que todavía puede percibir el olor férrico de la sangre dentro de la nariz.

Martín se levanta de la butaca, apaga la luz de la mesita y pasa la noche fumando en el balcón.

AL DÍA SIGUIENTE Martín y Elena van en coche a la casa de El Pardo para comunicar a la familia lo sucedido. Es un día caluroso de agosto en la capital, apenas hay viandantes en la calle.

El asfalto parece adherirse a los neumáticos y los pájaros revolotean enloquecidos, tal vez temerosos de quedarse quietos y que sus alas comiencen a arder. Una mosca se golpea una y otra vez contra el parabrisas en el interior del coche. Martín conduce serio y pendiente de la carretera: no puede borrar la imagen de la adolescente desangrada en la mesa del quirófano. Elena lleva unas gafas de sol enormes y abraza con fuerza su bolso, como protegiéndose; están alejados, cada uno en su universo. Cuando pasan el control de entrada a la urbanización, Martín posa la mano en la rodilla de ella para llamar su atención. Trata de razonar:

—Elena, piensa un poco, estaré fuera dos años como mínimo. ¿Qué vas a hacer en Madrid sin mí todo ese tiempo? Vas a seguir viviendo en nuestra casa, ¿tú? ¿sola?

—No, Martín, ya te he dicho que no quiero estar sola, volveré a la casa de mis padres hasta que regreses. —Le retira con aspereza la mano de la pierna.

—Pero los matrimonios deben vivir juntos. Yo estaré muy solo sin ti en Berlín. Los votos matrimoniales…

—¡No me hables de votos matrimoniales! Te vendrá bien echarme un poquito de menos, Martín. Todos estos años encerrada en casa, esperando a que regresases del hospital. Cenar contigo, hablar de nuestras cosas. Los últimos meses han sido un infierno junto a ti. ¿Cómo quieres que te acompañe? ¿Que me preocupen tus problemas?, ¡si tú no te has compadecido de mí! He estado sola con las incontables pruebas que me han hecho… ¿Y ahora me pides que abandone a mi familia y a mi país para seguirte en esa locura? Además, tú eres el primero que no debería aceptar ese traslado absurdo. Deberías luchar por mantener el puesto en el San Guillermo. Mi padre…

Martín frena el coche en seco, apenas quedan unos metros para el portón del chalé:

—¡No me vuelvas con lo de tu padre! —Golpea el volante—. ¡No pienso pedirle ayuda! Es más, voy a aceptar el traslado, y voy a trabajar duro para que la investigación de Berlín sea un éxito absoluto.

Ella se baja atropelladamente del coche para mantenerse a salvo:

—¡Para alimentar tu vanidad! —le espeta desde la calzada caliente.

—¡No, para volver a mi puesto como cirujano respetado!

—Tu vanidad, tu respetabilidad, tú, tú y tú. ¡Siempre tú! ¡El gran cirujano! ¡Deberías haberlo pensado antes! —Pega un portazo al coche y sale corriendo para refugiarse en la casa.

Martín apoya la frente sudorosa en el cuero que recubre el volante. Las puertas de la mansión se abren con un ritmo acompasado para dejarlo pasar.

LA MADRE DE Elena la observa acercarse a la casa caminando deprisa, azorada, como tantas veces la ha visto llegar últimamente. Decide bajar a su encuentro entre una hilera de pinos. La estridencia del canto de las chicharras le martiriza los oídos.

—¿Ha pasado algo? ¿Otra vez habéis discutido? —grita con las manos tapándose las orejas.

—¡Claro que hemos discutido, mamá! ¡Llevamos meses discutiendo!

—Pero Elena, hija, esto no puede seguir así… —La sujeta del brazo para tratar de retenerla—. Debes tener paciencia con tu marido. El otro día no quise quitarte la razón delante de él, pero trata de ser menos niña, más madura. ¡Ay, Señor! ¡Malditas chicharras! ¡Van a acabar con mis tímpanos! —Ambas se apartan de los pinos ruidosos—: Quiero decir que debes ser feliz con lo que tienes, no obsesionarte con lo que te falta. Yo misma habría querido tener un varón y mira, Dios me mando dos mujercitas. De eso se trata, de aceptar con alegría lo que la vida te regala, hija.

Elena desoye las palabras de su madre y corre hacia la casa.

—Que no es eso, mamá… ¡Que no es eso! ¡Martín ha cometido un error muy grande, un error que nos va a afectar a todos!

«¡A todos!», repite para sus adentros la madre. Aprieta el paso detrás de su hija. El ruido de las chicharras vuelve a importunarla. «Tendré que llamar a un exterminador», se dice malhumorada.

MARTÍN LLEGA A la casa sudando. Para su disgusto, Lalita lo informa de que ya lo aguardan en el salón principal, ese que solo se abre para las visitas y las solemnidades. Cuando entra, con los ojos deslumbrados por la luz del exterior, reconoce con dificultad tres figuras oscuras:

—Toma asiento, hijo —le ofrece su suegro acomodado a un lado del sofá.

Martín obedece. Le sangran los nudillos de su desquite con el coche y se los masajea para calmar el dolor. Distingue las lámparas de araña, los muebles de madera maciza, las pesadas cortinas y la galería forrada. Las tres figuras lo observan en silencio. Algunas cabezas de jabalí colgadas en la pared parece que también le clavan los ojos cristalinos.

—Dice mi hija que tienes problemas graves en el hospital —se aventura a hablar su suegra.

Su marido impone orden:

—No creo que este sea un asunto para discutir entre todos. Deberíais dejarnos solos a Martín y a mí, las cuestiones laborales se tratan entre hombres.

Elena salta de su asiento y protesta:

—¡No son solo cuestiones laborales, papá! ¡Ha cometido un terrible error en el quirófano y quieren echarlo!

—Elena, querida, permite que tu marido se explique.

Martín asiente con la cabeza a las palabras de su suegro. Los ojos se le han acostumbrado ya a la poca luz que hay en el interior.

La madre de Elena la conmina a salir del salón, a dejarlos solos, pero ella se niega y se sienta con los brazos cruzados, como una párvula enojada. El padre la mira con desasosiego:

—¿Qué es eso tan grave que te ha ocurrido, hijo? —se dirige a Martín con condescendencia y saca un cigarro puro de una caja de madera. Le ofrece uno a su yerno, que lo acepta nervioso: él no es aficionado al tabaco puro, pero necesita sostener algo entre las manos. Se aclara la garganta, pretende ordenar su discurso antes de hablar.

—Llevo meses sufriendo presiones en el hospital. Sabes que al realizar la cirugía siempre he tratado de mantener la vida del paciente con el menor daño posible, que he probado técnicas novedosas que no siempre han dado el mejor de los resultados, pero, en fin, si queremos que la medicina avance, hay que arriesgar, dentro de lo posible.

El suegro escoge una pequeña guillotina y descabeza el puro antes de acercarle la llama de un mechero para encenderlo. Martín observa el tiro del puro, la nube de humo denso que se eleva hacia el techo le revuelve, le parece que todos esos trofeos que cuelgan de las paredes afilan los colmillos contra él, a punto de darle una dentellada:

—Todos asumimos riesgos en nuestro trabajo. La cuestión está en saber asumir también las consecuencias. Y dime, hijo —dice agarrándole el puro y descabezándolo con su cortador—, esos riesgos tuyos… ¿tienen consecuencias?

Martín intenta tragar saliva, pero la nuez se le contrae en seco dentro de la garganta:

—El problema es que me he granjeado algunos enemigos en el hospital, en concreto el jefe de Cirugía, que no comulga con mis métodos, y un advenedizo, el doctor Aparicio, que trata por todos los medios de quitarme el puesto, hasta el punto de exagerar cualquier error que pueda cometer. Y ha conseguido que me castiguen por ello.

—¿Has cometido algún error? —inquiere su suegro entornando los ojos.

Elena se revuelve en el asiento. La madre apoya una mano en la pierna de su hija para tranquilizarla. Martín carraspea y ofrece una explicación.

—Ayer mismo, operé a una joven de una válvula mitral, una cirugía complicada. La paciente murió en el quirófano y quieren acusarme de mala praxis ante el Consejo de Administración.

—¿Mala praxis por perder a una paciente en quirófano? ¡Eso pasa todos los días! ¡Estoy seguro de que esa denuncia no llegará a ninguna parte! —le responde su suegro, y vierte la ceniza en un recipiente de cristal de La Granja.

Martín deshace el puro entre los dedos:

—La verdad es que no me encontraba en buenas condiciones cuando la operé. Sé que la hemorragia no fue culpa mía, pero…

—¿Estabas enfermo? —le pregunta el suegro.

—¡Estaba bebido, papá! ¡Lleva meses así! —Elena escupe las palabras sin poder contenerse—: ¡Cuéntaselo todo, Martín! ¡Que o te vas a la calle o te mandan a Berlín por dos años!

—Elena, no te metas —le dice su padre con voz firme, levantándose para activar el cerebro.

El hombre se pasea unos segundos por el salón, con las manos detrás de la espalda, observando los dedos de sus pies descalzos avanzar sobre el suelo de parqué brillante. Piensa en lo que le costó a él conseguir ese suelo de parqué, el papel damasco de las paredes, las cornisas de escayola. No fue fácil encontrar la madera de caoba para hacer una mesa a medida, ni el terciopelo de seda para tapizar los sillones. Se vuelve hacia Martín y le confía:

—Puedo tratar de solucionarlo. En el Consejo de Administración del San Guillermo conservo algunas amistades…

Martín levanta la barbilla y se niega:

—Por esta vez no voy a permitir que utilices tus influencias para solucionar mis problemas. He decidido aceptar el traslado a la Charité. Creo que es justo y será bueno para mí alejarme un tiempo de Madrid.

Su suegro se inclina, le mira a los ojos y aplasta el puro en el cenicero:

—¿Y Elena?, ¿has pensado en ella? No permitiré que mi hija te acompañe a un destino incierto porque tú no sepas controlar tus debilidades.

—Eso mismo le he dicho yo, ¡que no me voy a Berlín de ninguna de las maneras! —grita Elena.

La madre, sentada junto a ella, le aparta el cabello pegado a la frente e interviene, pacificadora:

—A mí me parece que, si Martín decide marcharse, Elenita puede reunirse con él una vez que esté instalado, dentro de tres o cuatro meses. No veo la prisa por mudarse. Primero debéis valorar las condiciones, creo yo. Igual está obligado a quedarse interno en el hospital, entonces no tendría sentido que ella viviese allí. De momento, estará mejor aquí, una temporada, con nosotros. La habitación está prácticamente como la dejó antes de casarse.

—¿Quién va a volver una temporada a casa de mamá?

Silvia entra en el salón. Los chicos corren escalera arriba a cambiarse para darse un chapuzón en la piscina. Ha escuchado el final de la conversación y está excitada porque su hermana regrese a la casa de El Pardo por unos meses. La ayudará con los niños y compartirán espacio como cuando eran pequeñas. Luis, su marido, también entra en la sala, jovial, despreocupado y cariñoso con su mujer. Le explican el traslado a la Charité de Martín, sin entrar en los pormenores del escándalo, y bromea:

—¡Ojalá pudiera quitarme yo a mi mujer un par de años de encima!

Silvia le propina un tierno manotazo. Luis se dirige a Martín, que se siente impotente, agitado por un cúmulo de sentimientos encontrados, incomodado por la intromisión.

—Tendrás que comprar divisas. No sé a cuánto estará el cambio de pesetas al marco de la República Democrática. ¡Qué suerte tienes de que tu cuñado trabaje para el Banco de España! Te llevarás unos ahorros para los gastos de las primeras semanas, ¿no?

—No lo había pensado —duda San Román—. Ha sido todo tan repentino...

—¡Aquí estoy yo para asesorarte! —Le palmea cordialmente la espalda—. Ya calcularemos un importe razonable para subsistir los primeros meses.

HORAS DESPUÉS MARTÍN acude al hospital San Guillermo para entrevistarse con el director. Se cruza por los pasillos alicatados de blanco aséptico con algunos compañeros que le niegan el saludo. La luz es mortecina, de final de una tarde de verano y, aunque el bochorno es persistente, al cruzar la galería que se abre al jardín percibe una leve brisa que agradece. En el despacho, cara a cara con Beltrán, le comunica que va a aceptar el traslado a la Charité. El director se seca el sudor de la frente con un pañuelo, se afloja la corbata y esboza una sonrisa contenida:

—Te aseguro que es la mejor decisión, Martín. Aquí los problemas podrían multiplicarse. Espero que aproveches esta oportunidad, que la investigación sobre trasplantes sea un éxito rotundo y salgas de esta mala experiencia reforzado. Hay quien asegura que las crisis son en realidad nuevas oportunidades.

—Sabes bien que no es una oportunidad: es un castigo. Pero me las arreglaré, no te preocupes.

Beltrán le tiende el contrato de investigación y su propia estilográfica para que lo firme. Martín le echa un vistazo y garabatea su rúbrica.

—¿Tienes el pasaporte en regla? —pregunta mientras reordena los papeles en una carpeta.

—Sí, por supuesto.

Le extiende un sobre con los billetes de avión.

—Son hasta la ciudad de Dusseldorf. Lufthansa tiene prohibido aterrizar en Berlín, deberéis viajar hasta la frontera en un coche particular y acreditaros como investigadores contratados por el Gobierno. Te unirás al equipo pasado mañana en Barajas. A las ocho de la mañana.

Martín recoge la documentación y se levanta para salir del despacho. Beltrán también se levanta y le tiende una mano que el otro no aprieta.

—¿Elena te acompaña?

—No, hemos pensado que primero me instalaré yo y ella viajará dentro de unos meses —contesta sin creerse sus propias palabras.

—Eso está bien, muy bien. Te deseo muchísima suerte en este nuevo destino, Martín. —Le pasa el brazo por los hombros en actitud paternal—. Y espero que me tengas al tanto de los avances en las investigaciones.

San Román se zafa del abrazo y no le contesta. Beltrán lo ve alejarse por el pasillo hasta alcanzar las escaleras que dan al vestíbulo del hospital. La enfermera jefe se le acerca por detrás y le advierte:

—Tarde o temprano te arrepentirás de haberlo obligado a marcharse. Es el mejor cirujano del hospital.

Beltrán asiente ante las palabras de la mujer y añade:

—Estoy seguro de que hará un gran trabajo con los alemanes.

5

ELENA Y MARTÍN preparan el equipaje. Lo hacen en silencio, solo hablan para comentar lo imprescindible. En la cama reposan varios pares de pantalones, un par de chaquetas, media docena de camisas, corbatas, ropa interior, calcetines, pañuelos de mano. Elena imagina la ciudad de Berlín lluviosa, aunque en Madrid estén soportando el calor intenso de agosto.

—Deberías llevar a mano una gabardina —sugiere.

—Todavía es pronto para gabardinas. Aunque sea Berlín. Además, ¿ahora te preocupas por si me resfrío?

Elena calla. Se siente pesarosa porque su marido se marcha, pero no quiere volver a discutir sobre por qué ella no lo acompaña. Sobre si se comporta como una buena esposa o no. Advierte unas arrugas en la colcha que cubre la cama y la estira insistentemente, hasta que queda lisa, perfecta. Coronada por el crucifijo de madera. Le asalta el miedo al pensar que lo mismo nunca vuelven a compartir esa cama. Se sienta y se seca unas lágrimas que se empeñan en salir.

Martín ve llorar a Elena y sigue preparando la maleta mientras trata de ahogar sus propias emociones. Incluye los objetos de aseo personal, dos botellas de whisky escocés, varios cartones de tabaco rubio y el reloj despertador de la mesita de noche. Duda en llevarse la pitillera de plata, con la dedicatoria que tanto le irrita: *Con todo mi amor, Elena*. «Si me amases de verdad, vendrías conmigo», se dice para sí mismo. La deja a propósito, en el lugar que ocupaba el reloj. Cierra la maleta con llave y le cuelga una etiqueta con su nombre. La ropa de su esposa también está empaquetada, junto con algunos efectos personales. En cuanto Martín salga de viaje, ella volverá a la casa de El Pardo. Los documentos y el sobre con doscientas mil pesetas en marcos alemanes que su cuñado le ha cambiado reposan en la mesa del comedor. El médico los recoge y los introduce en un bolso de mano.

Elena se levanta y le tiende la gabardina y la pitillera de plata:

—No me gustaría despedirme así, Martín, en medio de un enfado. —Él le acepta la pitillera, pero la gabardina no.

—Puedes llevármela en unas semanas. En cuanto esté instalado allí y tú te reúnas conmigo —responde poniéndola a prueba.

Elena baja la mirada, sin dejar de ofrecerle la prenda impermeable. Martín la agarra entristecido y se marcha para alcanzar el taxi que ya lo aguarda en la calle.

EN LA TERMINAL internacional para pasajeros de Barajas se reúne con el grupo de doctores que van a trasladarse a Berlín. Un intérprete de alemán llamado Gustav los acompaña. Martín no lo necesita, ni tampoco el jefe de la investigación, el doctor Ezequiel Chacón, que, casualmente, es un profesor que le impartió clases en la universidad. Pero los otros doctores no comprenden el idioma y será necesaria su intervención. El intérprete es un hombre de estatura media, rubicundo, con los mofletes encarnados. Martín piensa que el exceso del sol de agosto le ha jugado una mala pasada. El doctor Chacón los presenta, casi a voces, con el ruido de los motores de los aviones de fondo. Son cuatro las personas que van a trasladarse a la Charité: el mismo Chacón, cirujano colaborador de la «Investigación germano-española sobre el rechazo de los pacientes al riñón trasplantado», el doctor en bioquímica Gervasio Zambrano, el hematólogo Julián Troncoso y el nefrólogo catalán Antoni Creus. Menos el doctor Chacón, que ronda los sesenta años, todos son muy jóvenes y se sienten optimistas ante la oportunidad de investigar que les oferta la Charité. Pronto hacen camarilla y conversan entre ellos, excepto San Román, que se mantiene en un aparte. Fuma y observa a través de los cristales los aviones que están aterrizando y despegando. El doctor Chacón se acerca a él. Martín le ofrece un cigarrillo que el otro acepta.

—Hace años que dejé de fumar. Por consejo médico y disposición de mi señora —sonríe con picardía aceptando también el fuego que Martín le acerca—. ¿Te asusta volar?

—No, no. Me asusta el destino —responde Martín.

—A mí sí me asusta volar —dice sacando un frasco de tranquilizantes del bolsillo interior de la chaqueta. Se traga tres de golpe—: Berlín, no. Berlín es un destino como otro cualquiera, se lo aseguro. Hasta diría que se agradece el orden establecido. No este ir y venir de reformistas, que pretende formar un gobierno que no llegará más allá de este verano. Ya verá, ya verá cuando los generales le lean la cartilla. —Entrecierra los ojos y observa el cambio de dígitos en los paneles de vuelo—. Es nuestro turno, colega, hay que embarcar en ese avión.

EL INICIO DEL vuelo a Dusseldorf es tranquilo, casi aburrido. Martín se sienta junto al doctor Chacón e intercambian algunas palabras, el profesor recuerda que era un alumno sobresaliente en la facultad de Medicina. En mitad de la conversación, Chacón se queda profundamente dormido.

Martín mira por la ventanilla. El avión sobrevuela las nubes. Contempla la gran ese que dibuja el río Sena en la ciudad de París. No entiende cómo ha podido llegar a esa desagradable situación de exilio. Piensa en Elena. La detesta por haberlo engañado, por no acompañarlo, por su postura infantil de quedarse junto a papá y mamá. Su orgullo está herido, Elena lo ha dejado solo, a la deriva. Ha escogido la seguridad, la comodidad, la jaula de oro. Una vocecilla interior le susurra que tal vez toda la culpa no sea de su esposa, algo habrá hecho mal él, ¿no? Su brusquedad en el trato, la indiferencia que ha mostrado hacia ella los últimos meses… ¿Qué mujer querría marcharse a otro país en compañía de un hombre arisco y amargado? La ira da paso a la aceptación y Martín cae en un sueño ligero.

Media hora después se despierta sobresaltado por unas sacudidas del asiento que lo hacen regresar a la realidad del vuelo hacia un destino incierto. El doctor Chacón sigue dormido a su lado, e incluso emite ligeros ronquidos. Martín contempla los jirones de nubes que se desplazan en el exterior y que, de no ser por el cristal, podría tocar, permitir que se le deslizasen entre los dedos: fríos, etéreos, algodonosos. Acaban de pasar una zona de turbulencias que los ha zarandeado y aún se percibe la tensión de los pasajeros, que aguardan con angustia en el interior de esa cápsula de metal que los mantiene en el aire a que se apague la señal luminosa de «cinturón abrochado». Él está sereno. No le gustaría morir, claro está, pero acaba de descubrir que tampoco supondría ninguna diferencia para el mundo que él desapareciese, se volatilizase, acabase fundido con la tierra que los atrae por la fuerza de la gravedad miles de pies más abajo.

Ahora que se aleja de Elena, le ha dado por pensar en ella, en la forma en que la conoció ocho años atrás. Él ya era cirujano, principiante, eso sí, en el hospital San Guillermo, pero impartía unas clases de Anatomía Patológica en la facultad de Medicina de la Complutense. «No puedes rechazar unas pocas clases bien remuneradas, Además, te irá bien conocer otros ambientes ajenos a mí y a esta clínica.», le había aconsejado su padre con su habitual pragmatismo.

Martín solía tomar café fuera del campus; odiaba la universidad pública, el ambiente enrarecido de los alumnos allá por el sesenta y ocho. Los movimientos estudiantiles se habían organizado para sacar a Franco del poder sin éxito. De las primeras manifestaciones y las octavillas habían pasado a las barricadas y los cócteles molotov. Era noviembre. La capital estaba cubierta por un manto de hojas, que habían caído pocos días después de que ardiera el edificio universitario de la calle San Bernardo. Los *grises* apretaban a los manifestantes, aplicaban mano dura, detenían a los jóvenes, los golpeaban. Eran habituales las carreras y los cortes de tráfico.

Martín estaba tomando café en un local a pie de calle, de paredes forradas de tela de tafetán de color rojo, mesas de mármol y sillas tapizadas a juego. Aquella mañana había disturbios en las calles cercanas. Se oían las explosiones, los disparos de la policía y los gritos de los manifestantes. El olor a plástico quemado penetraba desde el exterior. Estaba a punto de salir por la puerta giratoria cuando un grupo de chicas entró huyendo de la policía.

—Por favor, ayúdennos. —Llevaban a una compañera con una herida abierta en la cabeza—. ¡La han golpeado con una porra!

Martín se hizo cargo de la joven y la recostó en una silla. El camarero le dijo a las demás que se sentaran junto a la barra y les sirvió unos vermús con rapidez. Les rogó a los otros clientes que permanecieran en las mesas. La chica parecía a punto de desmayarse y Martín le limpió la sangre para examinarla.

—No es nada, no te preocupes. Una brecha superficial que en una semana ni se notará —la tranquilizó, y le pidió al camarero una aspirina y un vaso de agua—. Un sombrero… ¿Alguna de vosotras tiene un sombrero?

—¡Yo! —gritó Elena quitándose un gorrito azul a juego con su abrigo de lana.

Cuando se lo tendió a Martín él pudo ver sus ojos verdes, de bosque. «Qué chica tan bella», pensó él, mientras ella se peinaba la melena negra con las manos. Se sacó un pañuelo blanco del bolsillo de la chaqueta y lo colocó en la cabeza de la otra para proteger la herida. La ocultó debajo del sombrerito. Elena se sentó a su lado.

Un par de *grises* entraron en el local. Buscaban huelguistas que pudieran haberse refugiado allí. Los demás clientes no se atrevían ni a mirarlos, el grupito del vermú disimulaba desde la barra riendo a carcajadas. Los policías se fijaron en la mesa de Martín y Elena. Observaron de forma inquisitoria a la chica recostada.

—Le ha sentado mal el vermú —se adelantó Elena temblando de miedo.

Martín le tomó la mano para sosegarla.

—Esta joven ha sufrido un desvanecimiento. Unos minutos más y estará en forma para regresar a casa.

—¿Y usted es...? —inquirió uno de los policías mientras se levantaba la pantalla del casco.

—Martín San Román, cirujano del hospital San Guillermo y prometido de ella. —Le tendió el documento nacional de identidad y le mostró las manos entrelazadas para probar lo que decía. Elena se sonrojó notablemente.

El policía miró al compañero, el otro asintió con la cabeza.

—Asegúrese, doctor San Román, de que estas señoritas regresan a casa sanas y salvas. No es un buen día para salir de vermús. Y menos por los alrededores de la Complutense.

Martín le dio las gracias. El policía echó una última ojeada al local y añadió:

—Y procure comprarle un bonito anillo a su prometida.

LA VOZ DEL comandante, que suena áspera entre chirridos metálicos, saca a Martín de su ensoñación. El micrófono crepita y solo puede comprender, entre las frases entrecortadas en alemán, que están próximos a aterrizar.

En el aparcamiento del aeropuerto rescatan el coche de Gustav, el intérprete. Pronto se pone al volante del utilitario, un Trabant blanco destartalado. El doctor Chacón se acomoda en el asiento del copiloto. Los otros cuatro médicos se aprietan en la parte de atrás. El trayecto resulta incómodo, seiscientos kilómetros los separan de Berlín. Hacen un par de paradas en establecimientos de carretera, de esos con visillos en las ventanas y manteles acrílicos en las mesas, para estirar las piernas y compartir unos platos de comida cocinados a base de col ácida y salchichas. Charlan animados. Gustav contesta con amabilidad a las curiosidades de los doctores sobre cuestiones cotidianas en la RDA:

—La vida no es tan distinta a la de Madrid —asegura rascándose bajo el cuello de la camisa.

Martín, que sigue un poco aislado y fuma un cigarrillo tras otro, piensa que el intérprete miente. Que es un comunista convencido. Que los conduce a una especie de encierro del que no podrán escapar fácilmente.

—Para entrar en Berlín tenemos que pasar a través del punto de control Charlie. Allí les pedirán los pasaportes y las acreditaciones como investigadores de la Charité. Lo más probable es que les inspeccionen el equipaje. No hay que alarmarse, es el procedimiento habitual. Nuestro gobierno no puede permitir intromisiones del otro lado. Hay que estar vigilantes, el tío Sam tiene espías por todas partes. Usted mismo podría ser un espía —señala a Martín con su tenedor, bromeando—. Y poner en peligro los fundamentos de mi país.

—No tengo intención de poner en peligro ningún gobierno —contesta Martín, enojado, cortante—. Nunca he tenido interés por la política.

Gustav lo mira con extrañeza. ¿A qué clase de ciudadano no le interesa la política? A uno normal no, desde luego.

—En fin —retoma la conversación con los ojos clavados en su taza de café caliente—, ya se nos ha hecho tarde para continuar con nuestro viaje, deberíamos regresar al coche y tratar de dormir un rato.

A LA MAÑANA siguiente llegan a Berlín. Los doctores están agotados, ojerosos, visten la misma ropa con la que han hecho el viaje y sienten la necesidad de asearse. La entrada a través del punto de control Charlie resulta desmoralizante: decenas de militares armados, el cartel que los advierte de que abandonan el sector estadounidense, la barra blanca y roja que les impide el paso, los sacos de tierra, las balizas punzantes en el suelo. El Trabant estaciona junto a la caseta de control y los soldados sujetan fuerte sus kalashnikovs. Un militar sin graduación los interroga desde una de las ventanas. Gustav le explica que son doctores extranjeros que van a trabajar para la Charité. El militar le exige las acreditaciones. Gustav se las alarga a través de la ventanilla. Pasan unos minutos que les parecen eternos y un sargento se asoma. Lanza una mirada inquisidora hacia el interior del automóvil. Los doctores se revuelven en los asientos. Sale de la caseta y golpea la puerta de Chacón con la culata de su fusil.

—¡Bajen del coche! —les grita, y varios soldados apuntan con sus kalashnikovs al Trabant.

Chacón y Martín se apean del coche, han comprendido la orden del sargento; Gustav les traduce a los demás, que también se bajan. El sargento consulta detenidamente la fotografía de los pasaportes, las compara con insistencia con las facciones de la cara de los doctores, y a su vez con las acreditaciones de investigadores para el hospital. Sonríe enseñándoles un diente de oro. Se dirige hacia el maletero del Trabant y ordena que lo abran.

Gustav obedece. Les grita que abra cada uno su maleta, ahí mismo, sobre la calzada. Los reclutas más jóvenes miran para otro lado. Las registra con despotismo, sin tener consideración con la ropa o los objetos personales. Martín desprecinta con cuidado la suya y el mando se impacienta:

—¡No tengo todo el día, idiota!

Martín lo mira desafiante. El soldado lo empuja y utiliza el fusil para revolver el contenido. Da con las botellas de whisky y los cartones de tabaco y vuelve a sonreír, hablando a sus hombres:

—Este doctor español tan considerado nos ha traído un regalito para pasar el día —se acerca a Martín con la mercancía bajo el brazo y le pellizca los carrillos—: Buen doctor, buen doctor.

Martín aprieta los puños y se avalanza sobre el hombre para recuperar sus botellas. El otro esquiva el golpe y Martín cae al suelo junto al Trabant. La gravilla suelta del asfalto le destroza la mejilla. Percibe el olor a goma de los neumáticos. Los militares se ponen en alerta y lo apuntan con las armas. Gustav se interpone con las manos en alto, Chacón se arrodilla a su lado para atenderlo. El sargento abre los brazos en actitud conciliadora:

—No pasa nada, muchachos, no pasa nada —se carcajea y les tira los pasaportes y las acreditaciones a la cara—. Dejemos a estos doctores seguir su camino, demostremos que somos un país generoso con los extranjeros.

Martín se levanta tambaleándose y se limpia la sangre de la cara con el dorso de la mano. Gustav recoge la documentación desperdigada por la calzada. Los demás entran con la cabeza baja en el Trabant, y la barra blanca y roja se eleva para permitirles el paso.

—¡ESTE HOMBRE ES un insensato! —exclama el doctor Zambrano nada más abandonar el punto de control.

—Jamás he soportado que hurguen entre mis pertenencias

—explica Martín a modo de disculpa. Se lleva un pañuelo a la herida de la cara.

—¡Pero su osadía nos ha puesto en peligro a todos! —insiste el otro.

Los demás doctores le dan la razón. Increpan a Martín en la parte de atrás del automóvil. Gustav trata de imponer la calma:

—Siento la actitud de mis camaradas militares. Se comportan como bestias y disfrutan amedrentando a los extranjeros que cruzan por primera vez, sobre todo si son occidentales y tienen un título universitario.

—Esos zoquetes armados creen que venimos a quitarles el sustento —dice el doctor Chacón, y todos le siguen la broma. El ambiente se relaja en el interior del Trabant.

—De todas formas —continúa el intérprete mirando por el retrovisor—, esconder alcohol y tabaco en la maleta es una especie de provocación, como poner un terrón de sal junto a la boca de un caballo. Darán buena cuenta de la mercancía en la garita. O tal vez lo revendan y saquen unos pocos marcos, esa marca de whisky no se consigue con facilidad en el país.

Martín no interviene más en la conversación. Le escuece la mejilla. Está pensativo por la rudeza con la que le han tratado en la frontera. Se afianza en su idea de que ha llegado a un país tensionado, donde poco valen su estatus de extranjero y sus credenciales de cirujano investigador. El Trabant circula hacia el norte de la ciudad. El doctor observa a través de la ventana el cielo gris que contrasta con los edificios coloridos de la reconstrucción. De cuando en cuando el omnipresente muro se les hace visible, como las fauces afiladas de un león que dormita antes de atacar a su presa.

6

Aparcan frente a la puerta principal del hospital la Charité. El edificio es magnífico, con paredes de ladrillo rojo y tejados de pizarra negra. Grandes arcadas y galerías con columnas aligeran su aspecto robusto. Una hiedra centenaria trepa por la fachada hasta alcanzar el primer piso. Médicos y estudiantes hormiguean por el recinto. Martín siente una especie de punzada en el vientre: el hospital está demasiado próximo al muro.

—Doctor Chacón, este es su edificio. Baje conmigo y le indicaré la habitación que le han asignado —dice Gustav para asombro de todos.

—¿Y el resto? —pregunta Julián Troncoso al bajar del coche.

—A ustedes les han ubicado en otro alojamiento. Permítanme que presente al señor Chacón en Administración y los acompaño.

Los doctores se miran sin comprender. Martín abre la pitillera de plata y comprueba que se ha quedado sin cigarrillos. Necesita fumar. El doctor Creus le cede algunos de los suyos.

—Espero que sepa fumar tabaco sin boquilla. —Sonríe—. Tenía entendido que nos quedaríamos todos juntos, en el campus.

—Parece que no, supongo que ahora nos explicará Gustav.

El intérprete tarda en volver, algunos residentes miran con curiosidad a los cuatro individuos que aguardan de pie junto al Trabant. El aspecto desastrado y la piel oscura sorprende a varias estudiantes que bajan a almorzar, tan rubias ellas. La más atrevida se vuelve para comprobar que los extranjeros las miran, y Creus y Zambrano se alborotan. Martín se mantiene impasible con el cigarrillo pegado a la boca. Gustav sale del hospital y se pone de nuevo al volante.

—Siento decirles que ha surgido un problema con otra delegación y no hay habitaciones disponibles en el campus para ustedes. Les han conseguido unos apartamentos cerca, hasta que puedan acomodarlos aquí.

Los conduce de vuelta hasta unos bloques grises levantados cerca del muro. Martín observa que la mayoría de las ventanas que dan a la calle han sido tapiadas. Entran en un edificio de cinco plantas. Mientras recorren la escalera aplastan con los zapatos cristales rotos, descubren las paredes desconchadas, las luces fluorescentes que no terminan de alumbrar. Un perro aúlla en la calle. Los médicos no salen de su asombro. ¿Cómo pretenden dejarlos en semejantes condiciones?

—Les parecerá anticuado, pero pueden arreglárselas —dice Gustav mostrándoles un apartamento con tres camas en el primer piso, que rápidamente ocupan Zambrano, Creus y Troncoso, los más jóvenes—. Tienen suerte, el baño en este caso es privado. Usted, doctor San Román, se alojará en el tercer piso, en un apartamento individual con baño compartido.

—¿Compartido con quién? —pregunta Martín.

—Con el resto de la planta —contesta Gustav retomando la subida por la escalera.

—¡Pero eso no puede ser! ¡Es una situación inadmisible! ¡Nos está tratando como a animales! —protestan los doctores.

El intérprete se detiene en un peldaño de cemento y se encara con ellos; está agotado, no tiene ganas de atender extravagancias:

—No, señores, les trato como trataría a un compatriota. De hecho, muchos de nosotros vivimos así, en edificios similares. Tal vez no con todas las comodidades de donde vienen ustedes, pero no creo que podamos ser considerados animales. De todas formas, esto es una decisión provisional, les aseguro que no durará mucho. Los reubicarán en el hospital en las próximas semanas.

—¡En las próximas semanas! ¡No aguantaré aquí ni doce horas! —asegura Julián Troncoso.

—Nadie lo retiene en Alemania, doctor —contesta Gustav mientras sube las escaleras.

GUSTAV ENSEÑA A Martín su apartamento. Es viejo, apesta a humedad y parece lleno de polvo. El intérprete tiene prisa por despedirse y Martín se queda solo. La tarde cae y él se convierte en una figura lúgubre acompañada por una maleta. Se desprende de la chaqueta y pulsa un interruptor. Una lámpara torcida le regala una luz fría, inhóspita. Deambula por el cuarto: una cama desnuda, un aparador desvencijado y una cocina diminuta. Descubre algunos retratos en las estanterías, le estremece pensar qué habrá sido de esas personas, en qué condiciones habrán salido de su casa para dejar atrás muchos de sus recuerdos. Ahora sí que necesitaría un whisky. Maldice en voz alta a los militares de la frontera. Rebusca en el aparador, pero no encuentra nada para beber. Fuma de forma compulsiva los cigarrillos sin boquilla que le ha dado el doctor Creus en el aparcamiento y se asoma a la única ventana del cuarto. Una corriente de aire frío le agudiza el ardor en la mejilla. Desde el piso también se distingue el muro. La pared de hormigón, la alambrada y una torre de vigilancia. Se estremece de nuevo. Hay un silencio insólito en el edificio. Descubre a una joven rubia que lo observa desde la ventana contigua. Ella se esconde en cuanto se da cuenta de que Martín ha advertido su presencia. Cierra la ventana y se tumba vestido en la cama. Decenas de muelles oxidados protestan desde el somier. Necesita descansar. El intérprete les ha dicho que regresará al día siguiente para llevarlos a la Charité. Vuelve a mirar a su alrededor antes de cerrar los ojos. «Un apartamento perfecto para una pareja de enamorados», ironiza para sus adentros. Finalmente, se queda dormido.

MARTÍN SE DESPIERTA desconcertado y hambriento en un apartamento que apenas reconoce. Siente frío, se ha quedado dormido. El reloj de pulsera le advierte de que son las seis de la mañana. El amanecer despunta perezoso, sin separar del todo las luces de las sombras. Recuerda que Gustav les dijo que iría a buscarlos para trasladarlos al hospital. Necesita utilizar el baño compartido. Asearse, cambiarse de ropa. Se asoma al pasillo, silencioso aún. Prende la luz del corredor y revisa una a una las puertas, todas numeradas; parecen viviendas. Junto a la escalera descubre una puerta desvencijada señalada con la «k» de *klosett*. La abre, el olor a desinfectante es nauseabundo. Se tapa la nariz con un pañuelo para no vomitar y pasa los dedos por la pared en busca de la palanca de la luz. Recibe respuesta de una bombilla desnuda en el techo. Un lavabo pequeño, una ducha que aprovecha el sumidero del suelo y un retrete. «Me han metido en una cloaca», dice para sí, escrutándose en el espejo salpicado de manchas negras de humedad.

Se ve demacrado y ojeroso. Las arrugas de la frente, la barba de dos días. Parece haber envejecido una década desde que salió de Madrid. Quiere darse una ducha, pero no encuentra ni jabón, ni toallas, ni siquiera papel higiénico. Cae en la cuenta de que cada vecino llevará el suyo de casa. Regresa al apartamento y se hace con una toalla de mano y una pastilla de jabón. Al volver al aseo trata de abrir la puerta, una voz femenina grita desde el interior:

—¡Ocupado! —Y el pedazo de cartón que se balancea en el tirador se lo reitera en alemán: *Besetzt*.

Martín se siente importunado por la intromisión. Se observa ridículo con la pastilla de jabón en la mano en medio de un pasillo oscuro, serpenteante y vacío, añora la comodidad de su piso en el centro de Madrid. Con su aseo privado y su albornoz con las iniciales bordadas. La mujer se demora y Martín se impacienta. Empieza a oír ruido dentro de las viviendas. Mira el reloj, son las seis y media. Algunas luces se encienden y se oye un rumor de pasos, loza, lloros infantiles; huele a café recién hecho y a pan tostado, hasta que ese rumor se convierte en un torrente de personas que irrumpen en el pasillo y forman una cola perfecta detrás de él, en su mayoría mujeres jóvenes y niños en edad de asistir al colegio. Se hablan entre susurros y mantienen el orden y la distancia. Como soldaditos de plomo colocados en un estante. La mujer del aseo acaba de abrir la puerta. Martín levanta la mirada por encima del hombro y reconoce en la fila la cabeza rubia que sorprendió asomada a la ventana la noche anterior. La chica le sonríe y Martín levanta la mano a modo de saludo. La mujer, que abandona el aseo por fin, es enorme, de curvas generosas, deja tras de sí una mezcla de aromas y hedores. De repente mira a Martín de arriba abajo y lo señala:

—¡Extranjero!

Una palabra que no le había definido nunca y que ahora recibe como una ofensa. Ella se retira con movimientos pesados a su cuarto. Martín se siente paralizado por aquella palabra y las mujeres murmuran. La chica rubia se acerca a él sin perder la sonrisa:

—Disculpe, señor, este aseo es solo para las mujeres y los niños —apoya sus palabras en gestos exagerados con las manos—. Usted debe usar el del otro extremo del pasillo. Tenemos organizada la planta así. No sé si comprende bien nuestro idioma.

La madre que espera detrás con dos criaturas sonrosadas avanza, entra en el cuartucho y cierra el pestillo.

—Sí, sí. Claro que lo entiendo. ¿Al otro extremo, dice? —Martín vuelve a mirar el corredor oscuro y serpenteante.

—La última puerta. Es el que le corresponde, señor.

La joven rubia regresa a su sitio en la cola. La mujer con los dos niños sale del aseo. La fila avanza, otra chica cierra el *klosett*. Martín se aventura hasta el fondo del pasillo. Una luz titila sin alumbrar. El baño es cien veces peor, más amplio quizá; el plato de ducha está separado del resto por una cortina. Descubre desconchones en los azulejos, manchas de orines y tuberías de las que rezuma un líquido verdoso. Un pedazo de espejo roto apoyado en el lavabo le devuelve una imagen distorsionada del rostro. Se pasa la mano por la barba de tres días, no tiene tiempo de afeitarse. Nunca se había presentado de tal suerte en el San Guillermo, ni siquiera en sus peores días de resaca. Se apoya en el lavabo y se estira el cabello hacia atrás con los dedos. Vuelve a ver su imagen distorsionada en el espejo. ¿Qué pinta él, un cirujano de éxito, en una letrina como aquella? Ni siquiera cuando lo enviaron al servicio militar vivió una experiencia tan desagradable.

Empieza a caer en la cuenta de la dimensión que ha tomado su castigo. Piensa en Elena, se alegra de que no haya ido con él. No se la imagina aguantando una fila entre aquellas mujeres. Todas parecen vestir la misma bata estampada, los mismos zapatos sin tacón, el mismo peinado. La echa de menos. Sigue enfadado, pero tal vez tenga razón su suegra: primero debe instalarse en la ciudad y luego ella irá con él. Duda de que Elena quiera acompañarlo en un lugar como este. Tampoco puede alojarla en la Charité; tendrá que buscar un piso mejor para los dos. Un marido y una esposa necesitan estar juntos. Si ella aceptara trasladarse sería una muestra de amor. Y tal vez él podría perdonarle las mentiras, volver a confiar. Ya casi hace cuarenta y ocho horas que salió de Madrid y no la ha llamado siquiera. Necesita encontrar un teléfono. Se lava la cara y las axilas con agua fría, se peina y sale deprisa para cambiarse de camisa en el cuarto.

Martín está listo para salir y alguien toca con los nudillos en la puerta. Entreabre con recelo, Gustav lo saluda jovial bajo el dintel.

—Le traigo algo de comida para pasar estos primeros días —le coloca unas bolsas de red encima del aparador—. También algunos artículos de limpieza. Y tabaco. Y whisky. Esta marca nacional no será tan buena como la que le han requisado mis camaradas en la frontera, pero estoy seguro de que le servirá.

—Se lo agradezco —dice Martín, y agarra un panecillo para darle un bocado.

—Después de lo que nos ha costado traerlos hasta aquí, no vamos a dejarlos morir de hambre —sonríe el intérprete y se señala el reloj—. Tenemos que irnos ya. Nos esperan en el hospital.

Martín cierra la puerta del apartamento y camina tras Gustav. El pasillo oscuro, las paredes desnudas y los peldaños agrietados le producen sensación de quiebra, de desasosiego. De crimen y expiación. De caída y penitencia.

Cuando llegan al vestíbulo, los otros doctores ya los aguardan. No se atreven a salir a la calle, la proximidad del muro los impresiona. Tienen mala cara, no han dormido lo suficiente. Al ver a Gustav protestan por el lugar donde los han alojado:

—Nos habéis metido en un maldito gueto. Así no se puede tratar a unos investigadores. Lo habitual es residir en el mismo hospital donde se trabaja. En estas condiciones… En estas condiciones no se puede vivir —reclaman.

En ese momento sale del edificio un grupo de obreros, tanto hombres como mujeres, acompañados de niños que acuden a una escuela próxima. La chica rubia camina entre ellos. La giganta que ha tenido el encontronazo con Martín en el aseo se abre paso a empujones hasta alcanzar la calle. Vuelve a murmurar:

—¡Extranjeros! —Y los doctores la pierden de vista al doblar la esquina. La chica rubia también desaparece.

Los doctores se apretujan en el interior del Trabant y Gustav les asegura que tratará de conseguirles una vivienda mejor, pero que duda de que pueda ser en la Charité:

—Encontrar casa en Berlín es complicado. Muchos campesinos han abandonado el campo y se han mudado a la ciudad, y no hay sitio para todos. Las autoridades nos ofrecen para ustedes unas viviendas nuevas en un bloque que han construido para nuestros camaradas. Estarán apartados del hospital, pero al menos dispondrán de baño propio. —Hace una seña a Martín a través del retrovisor—. Estos edificios que están junto al muro han sobrevivido a la guerra, pero necesitan ser rehabilitados urgentemente o demolidos. Las autoridades sabrán qué hacer con ellos.

—Si el edificio del que nos habla está lejos del hospital —retoma Julián Troncoso bajando la ventanilla con la manivela—, ¿cómo haremos con los desplazamientos? ¿Lo han pensado las autoridades?

—Tendrán que aprender a manejarse en el transporte público, doctor. Yo no puedo encargarme de traerlos y llevarlos a diario si residen en las afueras —contesta el intérprete, y sube el volumen de la radio; no quiere oír más protestas.

El locutor presume de las cuarenta medallas de oro conseguidas por Alemania Oriental en los recientes juegos de Montreal: «Nuestros deportistas han llevado el nombre de la República Democrática a lo más alto del pódium, demostrando que el esfuerzo colectivo de una nación genera hombres y mujeres capaces de hacer saltar por los aires todas las marcas mundiales. Es una fortuna…».

—¿Y vivir al otro lado del muro? —insiste Julián Troncoso—. ¿Nos lo permitirían sus camaradas las autoridades?

—No creo que sea posible, doctor. —Gira el botón de la radio para bajar el sonido. La gravedad de la conversación lo exige—.

Iría en contra de nuestra política sanitaria. Hay que garantizar la confidencialidad de la investigación en la que participan. Si se filtrara algún dato...

El hematólogo se enerva y golpea por detrás el asiento de Gustav. Miles de partículas de polvo se desprenden de la tapicería y quedan suspendidas en el aire.

—¿Cómo se atreve a poner en duda nuestra discreción? ¡La posibilidad de vivir al otro lado no se plantearía si la vivienda que nos han proporcionado aquí fuera mínimamente habitable! Pondré la cuestión en manos de sus superiores, no voy a conformarme con el parecer de un simple intérprete.

Gustav gira de nuevo la ruedecilla del volumen de la radio. El nombre y la disciplina de cada uno de los medallistas olímpicos obligan al silencio en el interior del Trabant.

GUSTAV APARCA EL vehículo en el recinto del hospital que, a esas horas de entrada del turno de mañana, bulle de actividad. El intérprete conduce al grupo de doctores a través de pasillos laberínticos y asépticos. Se cruzan con enfermeras con delantal y cofia, médicos con batas blancas, enfermos que son trasladados en camillas. Circulan por el área infantil, recorren algunas consultas, salas de quirófano y de observación, hasta llegar al pabellón universitario, la zona dedicada a la investigación. Ezequiel Chacón los recibe en un despacho junto a un colega alemán, el doctor Johann Schreber, el médico que dirige el estudio al que van a incorporarse los españoles. El doctor Chacón los presenta y todos se sientan alrededor de una mesa rectangular. Una fotografía en blanco y negro del jefe del Estado colgada en la pared preside la reunión. Schreber toma la palabra, Gustav traduce:

—Estimados colegas, bienvenidos al hospital la Charité de Berlín. Como ya les habrán informado, se encuentran en el hospital más prestigioso de nuestro gran país, vinculado estrechamente

83

a la Universidad Humboldt, la más antigua de Alemania, enfocada, desde su creación en el siglo xix, a la enseñanza y la investigación. —El médico parece inflamarse por momentos debajo de su bata blanca—. Son innumerables los descubrimientos científicos que han salido de nuestros laboratorios. Y ustedes, doctores, deben sentirse orgullosos de entrar a formar parte de este novedoso estudio científico que revolucionará el mundo de los trasplantes.

Una joven universitaria les entrega unos contratos de confidencialidad que los doctores leen y garabatean con su firma. Schreber prosigue con su discurso:

—Se trata de una investigación sobre el procedimiento a seguir para evitar el rechazo del trasplante de riñón. Buscamos cómo bajar las defensas del paciente para que su cuerpo no pueda atacar al riñón donado. Cuando se trasplanta un órgano se produce una reacción de rechazo por parte del receptor. El cuerpo identifica el órgano sano como invasor y el sistema inmunitario lo ataca para defenderse. Esa reacción del sistema inmune causa, en la mayoría de los casos, el fracaso del trasplante. Si lográramos encontrar un fármaco que baje las defensas al paciente, pero que no las anule, solucionaríamos el problema de los rechazos. Es decir, tras un trasplante de riñón no podemos atiborrar a nuestros pacientes a corticoides. El uso de la azatioprina está generalizado, pero nuestros pacientes tienen problemas con las infecciones porque no encontramos un equilibrio entre las defensas y el órgano trasplantado, y la gran mayoría fallece en menos de un año. Después de lo complicado que es enfrentarse a un trasplante, si la esperanza de vida es de un año, ¿qué ofrecemos a nuestros pacientes?

—Nada más que humo… —murmura Martín jugueteando con la pitillera.

—Exacto, doctor San Román. —El doctor Schreber apoya el dedo índice en la mesa—. Y la medicina debe ofrecer soluciones, no palabrería.

La joven universitaria reparte las fichas con los historiales de los pacientes. Creus le guiña un ojo y ella se recoge un mechón de cabello suelto tras la oreja.

—En los próximos meses se harán cargo de tres trasplantes de riñón. La patología de los pacientes es similar. Uno de ellos recibirá el riñón de un hermano gemelo; el segundo, de su madre, y el tercero, de un fallecido compatible. Durante los posoperatorios van a tratarlos con un fármaco experimental, que ha dado resultados magníficos en ratones.

Chacón, Creus y Zambrano comparten su entusiasmo por el estudio. Incluso Troncoso parece que se ha olvidado de los problemas del apartamento.

—En cuanto a estos tres pacientes que trataremos... —dice Martín hojeando las fichas del historial—, ¿se les ha informado de que se les va a suministrar ese nuevo fármaco o son conejillos de indias como los ratones de los que han obtenido tan magníficos resultados?

El doctor Schreber lo mira con desagrado, como si fuera una mosca que revolotea alrededor de un pastel.

—¡Por supuesto! Al menos en los dos primeros casos. En el tercero, al tratarse de un menor, se ha informado debidamente a sus padres.

—Si yo tuviera trece años como este chico —dice Martín, y señala la ficha del historial—, me gustaría saber que voy a formar parte de un experimento. Y de un experimento como este, que no deja de ser una suerte de competición entre países por hacerse con el tratamiento milagroso. Porque supongo que ya sabrán que Suiza está haciendo grandes avances con los fármacos antirechazo.

—¿Ahora le pueden los escrúpulos, doctor San Román? —liquida Schreber la mosca inoportuna de un manotazo.

Martín baja la cabeza, se siente señalado, tal vez sepa sobre la muerte de la chica en el quirófano. Schreber hace un gesto a la joven universitaria para que apague las luces. Enciende un proyector de diapositivas y acciona el pulsador. La pantalla se ilumina con la fotografía de un riñón enfermo.

—Aprovecho para recordarles que están aquí por voluntad propia, y, si tienen dudas sobre nuestros métodos, pueden abandonar la investigación ahora. Pero les ruego que piensen lo que puede significar su colaboración con nosotros. Si llegamos a encontrar esa sustancia, abriríamos el camino para ofrecer una vida casi normal al trasplantado.

TRAS LA PRESENTACIÓN del proyecto, el doctor Schreber abandona el despacho de Chacón y el intérprete también sale a tomar un descanso. Martín se siente algo inquieto, pues teme que sean conocedores del fallecimiento de su paciente en Madrid, y se aparta de sus colegas para sentarse a fumar en una butaca. El sol tibio que entra por la ventana le dibuja tinieblas por encima de la cabeza. Julián Troncoso aborda el tema del alojamiento:

—Es una vergüenza —se queja—. Deberían hospedarnos en el ala universitaria del hospital.

—Schreber me ha asegurado que van a mejorar sus condiciones —responde Chacón ocupando su mesa y ajustándose las gafas.

—Sí, pretenden trasladarnos a unos bloques en las afueras, pero ¡eso no es lo acordado, Chacón! Si no me ofrecen una vivienda en el ala universitaria, buscaré algo al otro lado del muro.

—Si existiera esa posibilidad, que lo dudo, no creo que sea prudente tratar de vivir al otro lado; ya has visto cómo se las gastan en los pasos fronterizos. Además, esta investigación médica es demasiado importante para que vayas de un lado a otro. Si hubiera algún problema, o trascendiera algo de información, te podrían acusar de espionaje y, te lo aseguro, no me gustaría verme en tu lugar en ese caso —responde mirando la fotografía en blanco y negro del jefe del Estado.

—Mira, Chacón, tú opinas desde una posición privilegiada, con tu apartamento privado dentro del recinto. Vas de médico estrella, y todos hemos estudiado la misma carrera. Lo que nos van a pagar por esta investigación no compensa el cuchitril en el que nos han metido. Una porquería de edificio, casi en ruinas, con buena parte de los apartamentos tapiados.

El doctor Chacón se incorpora del asiento y responde cansino:

—Trataré de solucionarlo, Troncoso.

—¿Sabes qué te digo? Que no me fío de tus asuntos con esta panda de comunistas. No cumplen las condiciones pactadas y yo abandono la investigación. Como te lo digo, Chacón, me marcho ahora mismo.

—Abandonar, no puedes abandonar —interviene Gervasio Zambrano, que hasta ese momento compartía confidencias sobre la bella universitaria con Antoni Creus—. Sería un descrédito para el equipo. Un inconveniente para todos.

Martín levanta la mirada, sorprendido por el cariz que está tomando la conversación.

—¡Uy! Que no puedo abandonar... Señores, ha sido un placer viajar con ustedes, espero que volvamos a coincidir en nuestra querida patria —contesta Troncoso con media sonrisa.

Y, sin dar más explicaciones, se marcha del despacho. Creus y Zambrano lo siguen por los pasillos laberínticos y asépticos para intentar que el hematólogo entre en razón.

EL DOCTOR CHACÓN regresa a su mesa y toma unas notas. Tiene las orejas coloradas por la agitación. Se traga un analgésico disuelto en un vaso de agua. Se masajea las sienes, ese Troncoso le ha levantado dolor de cabeza. Martín no ha seguido a sus colegas, permanece cobijado en la butaca pensando en lo de la chica del San Guillermo y en que todavía no ha hablado con su mujer, Elena.

—¿Tan malo es el lugar en el que os han metido, Martín?

—Como un barracón militar en medio del desierto —se sincera el cirujano.

Chacón se levanta y se acerca a la ventana. Desde allí ve una parte del omnipresente muro.

—A ti no parece importarte mucho —observa Chacón con las manos detrás de la espalda. El anillo de casado brilla en el dedo anular derecho.

—Es parte de mi penitencia.

—¿A qué penitencia te refieres? —Se dirige a la mesa mirándolo con extrañeza.

—Personalmente, nunca me ha interesado el tema de los trasplantes, es más, considero que un buen médico no puede jugar a ser Dios, o a ese doctor Frankenstein de las películas. Si he llegado hasta aquí, es porque cometí un error grave en el quirófano del San Guillermo y mi única opción para evitar el descrédito era incorporarme a tu equipo. Una especie de castigo para purgar mis pecados.

—Entiendo. —Se rasca la cabeza—. Pero un buen médico no puede permanecer ajeno a los avances de la ciencia. Todos los descubrimientos que se hagan en trasplantes humanos nos van a ayudar a salvar vidas. Y eso, mi querido colega, creo que es parte del juramento hipocrático. En cuanto a la cuestión del San Guillermo, no soy quién para juzgarte. Eres un cirujano con talento y espero que demuestres tu valía en los tres trasplantes que nos han encargado. Tendrás que templar el pulso, San Román.

Martín oye voces y se asoma a la ventana del despacho. En la calle, Creus, Zambrano y Troncoso discuten airados. Los médicos y los pacientes que transitan por allí se apartan de ellos, que, a gritos y con grandes aspavientos, expresan sus diferencias. Martín se avergüenza de sus colegas. El doctor Chacón permanece imperturbable, ha retomado sus notas. Debe sufrir principio de sordera. Cierra la ventana para evitar el escándalo. No le gusta estar allí. Desea llamar a Elena.

—Necesito telefonear a mi esposa, doctor.

Chacón lo mira por encima de las gafas y le ofrece el teléfono que está encima de la mesa. Entiende que es una llamada privada y sale del despacho. Martín se queda solo. Busca en la cartera un pequeño listín de teléfonos. Llama a la operadora alemana y le dice que quiere poner una conferencia a Madrid. El teléfono suena varias veces y descuelga su suegra:

—¡Qué alegría recibir tu llamada, hijo! Nos tenías muy preocupadas. ¿Cómo has llegado? ¿Te has instalado ya?

Él se siente atropellado por la energía de la mujer:

—Bien. Sí, me han cedido un apartamento. ¿Me puedes pasar con Elena?

—¡Oh, qué contratiempo! Elenita no está, ha ido con su hermana y los niños al zoo. Se encuentra tan triste sin ti, tan sola, que su hermana se la ha llevado para distraerla un rato. Pero le animará saber que has llamado y has preguntado por ella. Hijo, tu mujer te adora, no se acostumbra a estar sin ti. En cuanto sea posible irá a Berlín contigo, ya lo verás. No hay mejor matrimonio que el vuestro, hacéis una pareja maravillosa.

Martín piensa en el cuartucho donde lo han instalado. Un pensamiento negativo le pasa por la cabeza: «Elena nunca vendrá a esta ciudad. Mi suegra está fantaseando, como siempre».

—Tengo que colgar ya; esta llamada es internacional —responde para desprenderse de la embaucadora.

—Pero, Martín, hijo, ¿cuándo volverás a llamar?

Los DOCTORES SE reúnen en un pequeño comedor para residentes. El olor a puchero y el calor que desprende la cocina los distrae de las preocupaciones. Destapan con curiosidad varias ollas de acero inoxidable que contienen sopa de patata, guiso de cerdo y chucrut con salchichas. Se relamen frente a la vitrina que exhibe perfectas porciones de tarta de manzana. Creus y Zambrano llenan los platos hasta los bordes y por señas piden pan a una de las cocineras. En torno a la mesa, bajo un techo artesonado de madera, comentan el abandono de Julián Troncoso:

—Ha decidido regresar a España y no ha habido forma de hacerlo entrar en razón —comenta Creus con los carrillos hinchados.

—Nos hemos quedado sin hematólogo —atestigua Zambrano, que pincha varias piezas de cerdo con el tenedor y se lo lleva a la boca.

Martín observa a Chacón, que está jugueteando con las patatas. El profesor apenas prueba bocado.

—No dice mucho a favor de nuestro equipo un abandono tan repentino. Su marcha es una contrariedad, y por una nadería que se va a resolver.

Creus y Zambrano concluyen que van a aguantar, que se harán a las incomodidades del apartamento. Son jóvenes, les interesan los avances en la investigación de los trasplantes y consideran que es una gran oportunidad para ellos. Se muestran deseosos de conocer a los pacientes asignados y realizar las pruebas necesarias para intervenirlos y estudiar si se produce rechazo. El caso de los gemelos y la cesión del riñón de madre a hijo aseguran que será fácil a nivel físico y bioquímico. En el tercer caso, el de la persona que va a recibir un riñón de un donante fallecido, tendrán que ser extremadamente cautelosos. Habrá que bajarle las defensas, sin que suponga un peligro para el receptor.

—No tenemos intención de matarlo —ríe Zambrano apuntando con el tenedor a Chacón.

Un grupo de enfermeras jóvenes atraviesa el comedor, y Creus y Zambrano se emboban como si hubieran visto un enjambre de valquirias. Chacón los devuelve a la tierra con un golpe en la mesa. Martín no se integra en el grupo, escucha la conversación, pero no opina. Siente que está atrapado, que le gustaría escapar como Troncoso y regresar a su vida cómoda en Madrid. Pero en Madrid no le quedan oportunidades. El hospital San Guillermo le ha cerrado las puertas, está obligado a adaptarse a esa nueva vida.

7

De vuelta a los apartamentos en el Trabant, Creus y Zambrano le ofrecen a Martín la habitación libre que ha dejado Troncoso. Martín rechaza la invitación, compartir apartamento sería un obstáculo más en el remoto caso de que Elena consintiera en mudarse. Gustav parlotea animado, les sirve de cicerone durante el trayecto y va nombrando edificios destacados; les señala tiendas de alimentos y bebidas, y alguna cafetería donde gastar el tiempo libre.

—Tienen que recorrer Berlín. Hay locales estupendos para escuchar música o tomar unas copas. A este lado del muro también vamos al cine, leemos revistas o vamos de acampada.

—Y sienten debilidad por la fotografía, sobre todo la erótica —añade Creus guiñándole un ojo.

—Fotografía naturalista, en todo caso. Tanto para hombres como para mujeres.

—Puaj... ¿Hombres en pelotas?

—¿Y aquella iglesia detrás del muro? —pregunta Martín, hastiado de la conversación para adolescentes.

—La maldita iglesia de la Reconciliación. Mírenla ahí, inútil, erguida entre dos paredes. Solo pueden acceder a ella los guardias de la frontera. Acabarán echándola abajo un día de estos... Pero si usted necesita servicios religiosos, tenemos un pastor protestante en la Charité. Le encantará conocerlo. Últimamente no recibe demasiadas visitas —ríe Gustav.

Casi ha anochecido cuando aparcan el Trabant frente al portal de los apartamentos. Martín necesita estar solo y tomar una copa; Zambrano y Creus quieren conocer más del ambiente nocturno berlinés, así que Gustav les propone llevarlos a una fiesta que organizan unos conocidos.

Aunque han intentado que los acompañe, Martín ha preferido subir a su cuarto y descansar. Observa el pasillo donde está el apartamento. A esa hora hay luz y ruido de cocina detrás de cada puerta. Gira la llave para abrir y la soledad se le cuela hasta los huesos como si se tratara del frío. Deshace la maleta y se sienta en una butaca vieja con un vaso de whisky y un cigarrillo. Al levantarse para encender el televisor oye un bisbiseo en el apartamento de al lado. Acerca la oreja a la pared para escuchar.

—SON DOCTORES Y nada más que doctores, Otto, que ves espías en cualquier sitio.

La chica que Martín sorprendió asomada a la ventana prepara la cena para ella y su marido: unos guisantes rápidos y unas lonchas de jamón dulce. Mientras, charlan sobre los doctores que están alojados en ese edificio casi en ruinas.

—Anïta, ¿cómo sabes tú que son médicos? Y, en el caso de que lo sean, ¿qué demonios pintan viviendo aquí, entre nosotros?

Hasta hace unas semanas tenían a un tipo extraño merodeando por la calle. Vigilaba los apartamentos. Lo distinguían bajo la luz lúgubre de las farolas, apoyado sobre el muro del edificio de enfrente. Otto odiaba la presencia de aquel tipo, le habría gustado acercarse a él y sacudirlo hasta que confesara sus intenciones. Un día desapareció y Otto pudo volver a respirar tranquilo.

—Son doctores, lo ha dicho Muriel mientras comíamos —contesta ella entrando y saliendo de la sala. El apartamento es pequeño, similar al que ocupa Martín, con una sola ventana.

—No sé cómo lo hace, Anïta, pero esa amiga tuya es peor que un agente de la Stasi. Se entera de todo lo que pasa en el distrito.

Anïta sonríe por la ocurrencia de Otto. Escurre el agua de los guisantes con un colador y los pone en una fuente. Fríe en una sartén las lonchas de jamón con mantequilla y las coloca sobre unas rebanadas de pan de centeno. Llena una jarra de agua y selecciona de un cajón los cubiertos que va a poner en la mesa. Se desata el delantal, se recoloca el pelo rubio y se sienta frente a su marido.

—Son españoles. Investigadores médicos invitados por la Charité.

—¿Y los han metido en este agujero? Ja, ja, ja. —Otto da una palmada en la mesa—. Así se las gastan nuestros amados dirigentes.

—Nosotros no podemos quejarnos. Nos han prometido que en pocos meses nos sacarán de aquí.

Otto tuerce el gesto. Se sirve otro plato de guisantes que engulle a cucharadas y habla con la boca llena:

—Tú te conformas con cualquier cosa, Anïta, te da igual que te saquen de aquí y te lleven a esos bloques horrorosos que parecen cajas de verduras. Pero yo no soporto que me traten como ganado: ahora aquí, aquí ya no nos convienes, ahora te vas allá. Lo mismo te digo con el trabajo: tú no eres más que una maestra de párvulos, con esos te manejas, quién va a quejarse si apenas saben hablar.

»Pero yo me juego el tipo con la orquesta si no sigo las directrices. Que hay que interpretar música clásica alemana, bien, pero cuidado, no te salgas del programa. Que tienes que desplazarte a Varsovia o a San Petersburgo a dar un concierto, perfecto, pero no puedes tocar en el sector occidental de la ciudad. Cuidado con lo que compones, no vayas a incomodar al partido. Puedo marcharme al mar que ellos elijan, pero no puedo visitar a mi hermano enfermo al otro lado del muro. ¿Me comprendes, Anïta?

Tu universo es pequeño: no tienes más que cuidar de que unos niños coman a la vez, vayan al baño a la vez y duerman a la vez. Te basta con los enredos de Muriel o los bufidos de la señora Meyer. Pero yo soy músico, y los artistas necesitamos libertad.

—Baja la voz, no vayan a escucharte —susurra Anïta, timorata, mientras corta un pedazo de tarta de queso.

—¡Que me escuchen si quieren! —se alborota—. ¡Este país nos tiene secuestrados! ¡Soy músico! ¡Quiero ser libre! ¡Quiero tocar *rock and roll!* No me puedo conformar con vivir en un pisito de un bloque recién construido, todos iguales, las vidas iguales, un puesto de trabajo productivo, la misma comida, pocos lujos, un par de hijos y un coche propio al cabo de quince años. Tú serías feliz así, pero yo no, yo necesito espacio para interpretar, para componer. Eres una mujer extremadamente simple, Anïta. Si el Estado te regalase un trocito de terreno serías capaz de cultivar tus propias patatas y criar gallinas, como hacen Angela y Fritz, pero yo, yo necesito salir de aquí. Me ahogo en Berlín… ¡Me ahogo!

Empuja sin querer una copa de agua, que se derrama y se rompe; pierde los nervios y estampa contra la pared la fuente de los guisantes. Anïta se asusta, huye del apartamento y baja a la calle. Otto se queda pensativo, con la respiración agitada. Se ha hecho un corte en la mano. «Menos mal que no parece grave», piensa. Saca el botiquín, se desinfecta la herida y recapacita sobre sus ataques de rabia.

PRONTO EL MÚSICO se siente avergonzado por haber tratado mal a su esposa. Se pone una chaqueta y camina deprisa hasta la casa de Muriel, que vive dos números más abajo. Se figura que Anïta puede estar allí. ¿Dónde podría ir si no? Distingue los rifles de los guardias del muro calibrando sus pasos. Han caído unas gotas y el suelo está resbaladizo. Se moja las zapatillas viejas y los pies. El vestíbulo del edificio de Muriel está oscuro, la luz del pasillo no funciona y el timbre tampoco. Pronto les concederán un piso en un bloque recién construido. Otto golpea con los nudillos la puerta:

—Abre, Muriel, sé que Anïta está contigo. Necesito hablar con ella. —Apoya la frente en el marco en señal de contrición. Reina el silencio al otro lado—. Sé que he sido un grosero, que le he gritado, pero es porque me altera su mansedumbre. Ella no entiende que no puedo vivir encerrado —susurra—. Este maldito país me hace ser una persona que no quiero ser. Tiene que perdonarme… Le juro que no volverá a suceder.

Muriel entreabre la puerta, pero no quita la cadena de seguridad. Anïta se esconde detrás y escucha. Muriel es una mujer de unos cincuenta años, cocinera de la guardería donde trabaja Anïta. Tiene los ojos rasgados, viste una bata estampada y lleva el cabello corto y rizado. Con un gesto serio y el rostro circunspecto, le dice:

—Sí, Otto, Anïta está aquí. Pero creo que deberías dejarla dormir en mi casa, al menos por esta noche. La has asustado muchísimo.

Otto trata de colar la cabeza por el espacio que le deja la cadena. Empuja la puerta con el cuerpo y la cadena se tensa, a punto de saltar por los aires. Anïta se tapa la cara con las palmas de las manos.

—Muriel, debo hablar con ella. Ha sido un error gritarle, no volverá a pasar.

—Ese es el problema. Que últimamente pasa mucho. Mira, ahora está descansando en la habitación de la niña, mañana regresará a vuestra casa. No te preocupes por ella, pero procura poner en orden tus pensamientos. —La mujer se compadece del hombre con los pies mojados y le habla con cariño—: Hazme caso, Otto. Vete a casa ahora. El próximo fin de semana podemos organizar algo en casa de Angela y Fritz, en ese pequeño terreno que tienen; nos vendrá bien a todos tomar el aire y disfrutar de un día en el campo, ¿qué te parece? Mi marido Edel ya habrá vuelto de viaje, podremos beber cerveza y cantar viejas canciones. Pero ahora debes irte… Vete. Vete.

Otto consiente en retirarse y baja a la calle malhumorado. Sabe que con Muriel no sirve de nada insistir. Se comporta como una madre para Anïta.

Otto regresa a casa cabizbajo. No le gusta dormir sin Anïta a su lado. Al subir a su planta se encuentra con Martín discutiendo con la señora Meyer. El médico ha pedido ayuda a la vecina, no sabe cómo encender el hornillo de la cocina y necesita prepararse algo para cenar. La enorme mujer le está recriminando que esas no son horas de llamar a la puerta, que su marido está enfermo y se acuestan temprano:

—Siento haberles molestado, señora. No era mi intención…

—¡Estúpido extranjero! —Le cierra la puerta en las narices.

Otto interviene:

—Disculpe sus maneras, señor. La señora Meyer no es mala persona, pero tiene un carácter terrible.

—Es la segunda vez que la importuno hoy, y es la segunda vez que me llama extranjero. Ahora incluso le parezco estúpido.

—Mi nombre es Otto Neumann, vivo en la casa de al lado —dice tendiéndole la mano—. No se apure, doctor, yo le ayudo con la cocina.

Martín le aprieta la mano, Otto sonríe con franqueza. Es un hombre flaco, con el pelo cortado a cepillo y un fino bigotito rubio. Ambos entran en el apartamento del cirujano. Otto enciende los fuegos y Martín vierte un preparado de sopa en una cazuela con agua. Se sientan y Martín llena dos vasos de whisky.

—Al final es cierto que son ustedes médicos. Me lo ha comentado mi esposa mientras cenábamos.

—Sí —dice Martín apurando el vaso y llenándolo otra vez—. Yo soy cirujano. Mis compañeros y yo hemos venido a colaborar con la Charité desde España. Un trabajo de investigación clínica.

El músico asiente.

—No me extraña que busquen colaboradores en otros países. Desde que se levantó el muro, la fuga de especialistas médicos se ha reducido, pero, aun así, sigue habiendo huidas.

—Parece que hablara usted de una cárcel…

Otto lo mira con desconfianza. Tal vez esté hablando demasiado. Al fin y al cabo, ese hombre es un extraño, y no debe confiar en los extraños. Se bebe el whisky y se limpia con los dedos los bordes de su bigotito rubio.

—A veces exagero los inconvenientes de vivir en mi país. ¿No lo hace usted con el suyo? —recula.

El cirujano no es capaz de enumerar ni un solo inconveniente de vivir en España. Vuelve a los fogones, vierte la sopa en un cuenco, revuelve los cajones en busca de una cuchara. Otto abre un cajón del aparador y le alarga el cubierto. Martín toma una cucharada de la sopa insípida.

—¿Tan feroz es su Gobierno?

—Tan feroz como el que tenían ustedes hasta hace un año.

Martín piensa que ningún Gobierno debería oprimir a sus ciudadanos. Sonríe al alemán y recuerda cuántas personas se sintieron liberadas en España tras la muerte del dictador. Confía en que ese Suárez haga bien su trabajo. No le va a ser fácil aunar criterios con los militares.

A LA MAÑANA siguiente, entre las paredes del hospital la Charité, los doctores Johann Schreber y Ezequiel Chacón los guían en la primera visita a los futuros trasplantados. Chacón y Martín reconocen a los enfermos y apuntan en las tablillas los datos relevantes para el tratamiento que hay que administrarles antes de la cirugía. Creus y Zambrano aportan comentarios según la especialidad de cada uno.

El primer paciente es un varón de treinta años que tiene daños irreversibles en los riñones, derivados de una nefritis intersticial agravada por el alcoholismo. Su hermano gemelo va a donarle un riñón sano. La operación en este primer caso será simultánea. El segundo paciente es un joven de veintiséis años al que tuvieron que extirpar un riñón tras un accidente infantil, y el sano ha empezado a fallar causándole pericarditis y otras complicaciones. La madre va a ser la donante, y ya han completado las pruebas de compatibilidad. El día de la operación se fijará en breve. El tercer caso es el de un adolescente de trece años sometido a diálisis renal. Está esperando que aparezca un donante cadáver. Martín queda impresionado con la buena disposición del chico, pese a llevar meses ingresado y ante la incertidumbre por lo que le espera. Se siente de inmediato vinculado a ese muchacho, a la necesidad de salvarle la vida. Una oportunidad de redimirse del error que cometió en el San Guillermo.

DE VUELTA AL apartamento, tras un largo día de trabajo, Creus y Zambrano lo invitan a tomar unas copas en un bar que les ha recomendado Gustav. Martín se niega. Los otros doctores son jóvenes, pero a él le apetece cenar temprano, ver un poco la televisión y acostarse para acudir descansado al hospital.

Entra en la casa y enciende la televisión. Se puede sintonizar el canal occidental de noticias. El locutor habla de la Guerra Fría, de la tensión persistente entre oriente y occidente. Martín no presta atención a las palabras, mira la imagen del hombre en blanco y negro, y piensa en el chico de trece años, en la confianza que han depositado sus padres en el equipo médico, en un grupo de doctores españoles que van a experimentar en el frágil cuerpo de su hijo un tratamiento novedoso. «La desesperación nos lleva a poner nuestra existencia o la de nuestros seres queridos en manos de cualquiera que nos prometa que va a mantenerlo con vida», piensa. Abre un bote de judías y lo calienta en una sartén. Toma un par de cucharadas mientras se pregunta si estará a la altura del equipo, si podrá salvar al chico de trece, si podrá salvarse él mismo. Aparta con brusquedad el plato de comida. Enciende un cigarrillo y se sirve un vaso de whisky. Se siente muy solo.

Se mira la mano derecha: lleva puesto el anillo de boda en el anular. No puede evitar pensar en Elena con añoranza. De nuevo las malditas emociones que libran una batalla en la cabeza. No sabe si la detesta, si aún la ama, o si no quiere o no puede perdonarla y perdonarse. El anillo emite un reflejo cuando mueve la mano. Y una imagen lo asalta:

Claro que le compró un bonito anillo a Elena, como le sugirió aquel guardia. Una sortija de esmeraldas y diamantes que pagó al contado en una de las joyerías de la calle Serrano. Aquella niña rica que estudiaba Economía Doméstica en una academia y que, por caprichos del destino y de la mano de una amiga un poco inconsciente, había acudido a una manifestación de estudiantes en noviembre del sesenta y ocho, se había convertido en poco menos de un año en su prometida. Elena lo había conquistado: la silueta algo aniñada, la melena negra, los ojos verdes llenos de misterio, la risa generosa, incluso su comportamiento de chiquilla, habían hecho que Martín se enamorase profundamente de ella.

—Nunca entenderé cómo me dejé convencer por Piluca para correr delante de la policía. Si mi padre se hubiera enterado de que participé en las revueltas estudiantiles me habría encerrado en casa y habría tirado la llave —recordaba Elena en voz baja, en secreto, sentada en una de esas barcas del Retiro.

Martín iba remando con ímpetu para recorrer el estanque manso, solitario, mientras ella se abandonaba a las caricias del sol.

—Si no hubieras aceptado apuntarte a semejante insensatez, no nos habríamos conocido.

—¡Claro que sí! Estoy completamente segura de que Dios nos habría preparado otra ocasión. Tú y yo estábamos destinados a encontrarnos, Martín —dijo poniéndose la mano en la frente para evitar que los rayos de sol la deslumbrasen.

—Destinados a encontrarnos... y a enamorarnos —repitió Martín para sus adentros—. Entonces deberíamos darle las gracias a tu amiga Piluca por facilitarnos tanto las cosas.

—¿A Piluca? Después de aquello nunca he vuelto a quedar con ella. Lástima que los grises no le hicieran más daño. Menudo trago nos hizo pasar a todas. ¿Pues no se le ocurrió lanzar adoquines contra los agentes? ¡Ella! ¡Que su padre ha sido embajador en Francia y su madre tiene título nobiliario!

Martín soltó los remos para sentarse junto a ella y abrazarla. Esas pequeñas maldades de Elena le caían en gracia.

—Lo único que me consuela es que dicen que se ha prometido con un ferroviario. ¡Figúrate! Sus padres la han amenazado con desheredarla, pero ella no da su brazo a torcer... ¡Y se casará con él! ¡Piluca es mucha Piluca!

Martín y Elena acudían a fiestas de la alta sociedad, a desfiles de moda, a cacerías, a misa los domingos y a ceremonias que luego salían en las páginas de *ABC*. Su boda en la iglesia de los Jerónimos fue todo un acontecimiento en la capital. Eran jóvenes, adinerados, felices, admirados y envidiados al mismo tiempo.

Luego el tema de los hijos lo complicó todo. Elena lo había engañado y él la odiaba por ello.

Unos golpes en la puerta despiertan a Martín, que se sobresalta y consulta la hora en el reloj de pulsera: casi las doce de la noche. La televisión sigue encendida, la neblina de desconexión ocupa el lugar del locutor en blanco y negro. Apaga el aparato y se acerca con sigilo para escuchar al otro lado:

—Doctor, doctor. ¡Tiene que ayudarnos!

Abre la puerta para responder a la llamada de auxilio. Se encuentra cara a cara con la chica rubia de al lado. Ella lo agarra de la mano para arrastrarlo hasta el apartamento de enfrente mientras le explica:

—El señor Meyer se ha puesto muy grave. ¡Sufre un ataque!

—¿El señor Meyer? —Trata de frenar la carrera.

—Sí, el marido de la vecina que le llamó extranjero al salir del *klosett*. Se está muriendo, corra, ¡corra!

Martín entra en la habitación apenas iluminada por la lámpara que hay en una mesita. El hombre está en la cama, tiene la cara azul, los ojos desorbitados y se agarra con las manos la garganta. La señora Meyer le golpea insistentemente el pecho y la joven la aparta para que Martín pueda atenderlo. El hombre emite sonidos guturales, inentendibles. Martín observa los restos de un filete en un plato caído en el suelo. El vecino no sufre un ataque, se está ahogando con un pedazo de carne. Recuerda una maniobra que un médico estadounidense había inventado y que habían puesto en práctica en el hospital San Guillermo. Agarra al hombre por la espalda, es corpulento y casi no lo abarca, le presiona el pecho con las dos manos, empuja, un, dos, tres, arriba; un, dos, tres, empuja; un, dos, tres, arriba; un, dos, ¡tres! Por fin el trozo de carne sale disparado de la tráquea y el oxígeno se abre paso hasta los pulmones del hombre. La señora Meyer llora de alegría y abraza a su marido:

—Gracias, extranjero —murmura enjugándose las lágrimas.

Martín levanta la barbilla. «Sí que es áspera esta mujer», piensa.

—Si su marido continúa con problemas para tragar, señora Meyer, debería triturarle la comida.

Ella se incorpora y los despide, a la joven y a él, agitando las manos, como si sacara de la habitación un par de ovejas. Cierra la puerta sin miramientos y los dos se ven solos en el pasillo.

—No tenga en cuenta sus malos modos, doctor. Lleva una vida muy difícil.

—Mi nombre es Martín, Martín San Román, y no se apure, creo que la señora Meyer y yo vamos acercando posturas.

—Ah, sí, no nos hemos presentado: me llamo Anïta Neumann.

Le ofrece la mano y Martín la aprieta. Se miran a los ojos y se sonríen.

—La señora Meyer no es mala, pero con el marido casi impedido y su único hijo al otro lado del muro, se le ha amargado el carácter. ¿Sabe, doctor? Acaba de echarse una amistad influyente en este distrito. Trabaja como dependienta en unos grandes almacenes, estoy segura de que le guardará el mejor filete que tenga.

—Si es tan duro como el que casi ahoga al señor Meyer, tendré que pensármelo antes de darle un bocado.

Los dos ríen cuando Otto sube las escaleras y los encuentra en el pasillo. Ha tomado unas cervezas y está algo achispado:

—Veo que ya os conocéis —dice posando la mano en la cintura de Anïta—. Sabrás entonces que es un doctor que viene a colaborar con la Charité.

—Sí, ya te dije que eran doctores —contesta ella, desdeñosa—. Acaba de salvarle la vida al marido de la señora Meyer.

—¡Ah! ¡Que estamos hablando de un héroe! Eso es lo que necesitamos en este país, héroes que nos rescaten de los comunistas. —Se tambalea y se equilibra en la pared, con la cara muy cerca de Martín.

—Y músicos menos escandalosos —contesta Anïta empujándolo para meterlo en la casa antes de que acudan más vecinos.

Martín también se encierra en su apartamento, todavía con una sonrisa dibujada en los labios.

8

Son las ocho de la mañana. Los dos quirófanos contiguos están preparados. Iluminados, asépticos, las mesas auxiliares con el instrumental a punto, los bisturís, las pinzas, las gasas, la sutura. Cada sala tiene su propio equipo de cirugía y enfermeras para llevar a buen término las operaciones. Uniformados con la bata verde impoluta y el gorro colocado en la cabeza. Los ojos despiertos por encima de la máscara, las manos largas con los guantes ajustados. Está previsto que Martín extraiga el riñón del donante con el auxilio de Chacón, y el doctor Schreber colocará el riñón en el receptor con la asistencia del nefrólogo Antoni Creus. Mientras, Zambrano se encargará de extremar la vigilancia de las constantes vitales: tensión, temperatura y ritmo del corazón.

Un anestesista coloca la máscara de inhalación de éter en la cara del donante. El fentanilo se mezcla en la vía con la sangre y vuelve a introducirse en el cuerpo. El anestesista se asegura de que el hombre está dormido; la enfermera está preparada para recibir órdenes. Martín puede realizar la primera incisión. Agarra el bisturí con la mano derecha, un auxiliar le seca el sudor de la frente. La visión se le nubla y pide que bajen la lámpara para tener más luz. Acerca el bisturí al costado del paciente. Le tiembla el pulso. La carne palpitante tan próxima al filo de acero. No se siente capaz de iniciar la cirugía. Da un paso atrás. Chacón se percata de su titubeo con el bisturí y toma el mando con discreción. Martín se arranca la mascarilla y abandona el quirófano.

Dentro no hay tiempo que perder. Schreber y Creus están esperando el órgano en la sala de al lado. Chacón extrae el riñón en una operación corta y limpia, y Schreber y Creus lo colocan en el abdomen del receptor. Injertan las venas y las arterias, y conectan el uréter a la vejiga. Concluyen con la sutura de los dos pacientes. Los doctores se felicitan por el éxito de la operación.

TRAS LA SALIDA precipitada de quirófano Martín se refugia en el despacho de Chacón, encolerizado, frustrado. Como un animal rabioso se acerca a la ventana, fuma todo el tiempo, se lamenta del error en el quirófano. ¿Quién es un cirujano que no es capaz de operar? La fotografía en blanco y negro colgada en la pared parece responderle: nadie, no es ¡nadie! Tiembla al pensar que no podrá volver a intervenir. Que no volverá a salvar vidas. Necesita hablar con el doctor Beltrán, el director del San Guillermo, contarle lo sucedido. Descuelga el teléfono del despacho y pide a la operadora que le pongan con el hospital San Guillermo de Madrid.

—¡Hombre, Martín! ¡Qué alegría escucharte! ¿Cómo van las cosas al otro lado de Europa? —le contesta Beltrán animado.

—Mal, muy mal, acabo de hacer el ridículo. No he sido capaz de empezar una cirugía. Me he quedado paralizado, con el bisturí en la mano. Nunca me había sucedido algo así. Beltrán, amigo, necesito salir de aquí, regresar a mi puesto en el hospital.

—Sabes que eso no es posible, Martín —se le agrava el tono de voz—. Alfredo y Aparicio no han hecho más que comenzar la cruzada contra ti. Tu buen nombre está en entredicho y tu única opción es concluir con éxito los dos años de investigación en la Charité, para que el Consejo te readmita y olvide las acusaciones.

—¿Cómo voy a salir airoso de este experimento si ni siquiera soy capaz de empuñar un bisturí?

—Las manos son las mismas, Martín. Tendrás que poner en orden tu cabeza y tomar las riendas de tu vida.

Las riendas de su vida. A dos mil cuatrocientos kilómetros de su casa. Cuelga el teléfono de golpe y decide llamar a Elena.

—¿Elena? ¡Elena!

La mujer se muestra algo fría al otro extremo de la línea:

—Mi madre me contó que llegaste bien y que te has instalado en la ciudad. ¿Cómo estás, Martín?

—Elena, la casa donde me han metido es horrible. Menos mal que no has venido conmigo. Buscaré un lugar adecuado para nosotros dos.

—Estoy segura de que todo mejorará —contesta ella como un autómata.

Es una frase hecha, vacía, que al médico le suena artificial.

—Elena, hoy me ha ocurrido lo impensable, no he podido operar. Las manos, las manos…, ¡me temblaban! ¿Qué voy a hacer? ¡Qué voy a hacer!

—Debes tranquilizarte, Martín. Eres el mejor cirujano que conozco. Tienes que superar lo que ocurrió en el San Guillermo.

Nota en la voz una ligera tensión. Entiende que su mujer ha perdido la fe en él, que ya no cree que sea el mejor cirujano de Madrid. Le cuesta retomar la palabra:

—Te echo de menos. ¿Vendrás en cuanto te lo pida? —casi suplica.

Ella no responde. Se produce un silencio en la línea.

—¿Elena?

—¿Sabes, Martín? —La voz es ahora amelada, zalamera—. Mi hermana Silvia y yo hemos visitado al sacerdote del que te hablé, es un hombre santo. Si vieras la miseria y la necesidad que tienen los niños huérfanos de su congregación… Les hemos llevado ropa y algo de dinero. He hablado con el padre, se llama

Gabriel. Un verdadero ángel para esos niños. He pensado mucho estos días. Un bebé podría ser la solución a nuestros problemas. Una alegría infinita para todos. Martín, me dijo el padre Gabriel que salvar la vida a un infeliz tal vez te ayudaría a perdonarte los errores. ¿Comprendes? A perdonarte a ti mismo. ¿Lo pensarás?

—¡Elena, ya te he dado mi opinión sobre la adopción y no quiero oír hablar más del tema! —le grita al auricular.

La comunicación se corta desde Madrid.

EL DOCTOR CHACÓN entra en el despacho. Está sudoroso y agotado del quirófano, el escaso cabello despeinado, los ojos inflamados, pero se siente satisfecho con el resultado del trasplante. Encuentra a Martín sentado en la butaca, fumando, con la expresión desencajada.

—¿Qué te ha pasado en el quirófano, Martín? Tengo entendido que eres un buen cirujano. No me dirás que tienes problemas de conciencia. —Se quita las gafas y descuelga de la taquilla que acaba de abrir una camisa limpia. Cierra con llave—. Hemos venido hasta Berlín para ayudar a esta gente. No sabemos si el nuevo tratamiento funcionará o no, pero, si no los operamos, nuestros pacientes fallecerán en pocas semanas. Es parte del oficio de la medicina, la prueba y el fracaso.

Martín apaga el cigarrillo con nerviosismo, lo hunde en el cenicero.

—Supongo que mi error en el San Guillermo me está pasando factura, Ezequiel. Me tiene trastornado la visión de la chica que falleció en mi quirófano. No lo supero, no me veo capaz de realizar mis funciones.

—Pero te necesitamos aquí —dice abrochándose los botones de la camisa y ajustándose de nuevo las gafas—. Tengo que contar con un cirujano de confianza para las operaciones. Tendrás que sobreponerte, San Román. Todos hemos perdido pacientes en el quirófano y te aseguro que no es cosa de gusto, pero al intervenir a una persona nos exponemos a ello. Ninguna operación es igual y ningún cuerpo es el mismo.

—¡Tenía resaca! ¡Había bebido mucho la noche anterior!

Se levanta de la butaca y se detiene frente a la ventana. Una bocanada de aire frío le golpea la cara. Apoya las manos nudosas en el alféizar. Inclina el cuerpo hacia delante: cuatro pisos de altura; abajo, el suelo empedrado. Si se tirara en ese momento, acabaría con esta angustia que le impide respirar.

Chacón se acerca y le pone una mano paternal sobre el hombro.

—Está bien, serénate, Martín. —Lo conduce de regreso a la butaca—. Como te comenté el otro día, no soy quién para juzgarte. Esa chica falleció en tu quirófano, no llegar en buenas condiciones a una operación es una gran falta, pero tu trabajo está aquí, ahora. Por esa desdichada, lamentablemente no podemos hacer nada. Pero aquí hay personas que confían en nosotros: ese joven que espera su turno, ese chico que sueña con un riñón, ¿no crees que se merecen tener a su servicio al mejor cirujano? ¿Tienen los pacientes culpa de nuestros errores? Tómate el resto del día libre y piensa sobre esto. Mañana continuaremos con nuestro trabajo.

MARTÍN REGRESA CAMINANDO a su apartamento. Los tranvías circulan abarrotados y el río Spree recorre con sosiego los barrios de la ciudad, ajeno a la tiranía del muro. En algunos tramos el caudal dibuja meandros y separa isletas que desafían frondosas el gris del hormigón, y garzas y ánades reales habitan los humedales. Martín considera las palabras del doctor Chacón. Debe centrarse en sacar adelante las operaciones. Los pacientes necesitan un cirujano cuerdo, no la piltrafa en la que se ha convertido. Al llegar al portal, se encuentra con Otto, que mete una trompeta estuchada en el maletero de un coche.

—Y aquí llega nuestro fabuloso héroe del distrito —le espeta—. Parece cansado, doctor... ¿Ha salvado hoy la vida de muchos camaradas?

—¿Se marcha? —le pregunta Martín, que ignora el sarcasmo. Se asoma al maletero cargado, vislumbra las cuatro cabezas masculinas que ocupan los asientos del coche.

—Salgo de viaje con la orquesta. Poca cosa, volveremos para el viernes. —Uno de los ocupantes del coche toca el claxon para que espabile—. ¿Sabe? —Se peina el bigotito rubio y se compadece del médico—. El sábado iremos con otro matrimonio a la casa que nuestros amigos Angela y Fritz tienen en las afueras. Son personas muy amables. Anímese y venga con nosotros, doctor. Pasar el fin de semana solo en Berlín puede ser asqueroso, se lo aseguro.

Martín da un paso atrás ante la invitación del vecino y Otto se sube al coche.

—¡Le encantará conocer a nuestra Muriel! —grita, ya en marcha. Ante la expresión titubeante de Martín, le impele—: ¡Prometa por lo menos que se lo pensará!

—¡Me lo pensaré, Otto! —Levanta la mano para despedirse. El coche deja una estela de humo flotando en la calle.

MARTÍN ENTRA EN el edificio. El bloque está vacío y silencioso. Agradece no coincidir con sus vecinos. Le apetece dar un trago, evadirse de las preocupaciones. Vierte el líquido de color ámbar en un vaso y se lo acerca a los labios. El brebaje le amarga en la garganta. Se ve reflejado en el cristal del aparador. Una figura lánguida y ojerosa que está echando a perder su vida. Se siente un monstruo, un inútil. El alcohol es una lacra. Enciende un cigarrillo y tira el resto de la botella de whisky por el fregadero. Observa remolinear el líquido antes de desaparecer por el sumidero.

Decide volver a la calle para alejarse de sus fantasmas. Mientras pasea, se cruza con grupos de militares que le recuerdan lo cerca que está del muro. La ciudad se le presenta como una fortaleza, con la muralla levantada hacia el oeste, esa pared inexpugnable que muchos mueren por cruzar. Se sube el cuello de la chaqueta y mete las manos en los bolsillos. Deambula por las calles del distrito. Ojea el interior de los portales, los escaparates de electrodomésticos, el trasiego en las tiendas de ultramarinos, donde las mujeres llevan una bolsa de red para hacer la compra. En la orilla del río Spree, junto a una zona boscosa, se alza el edificio de una escuela. Martín observa a los niños jugar en los columpios. «Los niños son iguales en cualquier lugar del mundo», piensa. De repente, una cara conocida lo saluda desde el interior y se acerca hasta la verja que la separa de la calle:

—¡Hola, doctor! ¿Qué hace usted por aquí? —dice Anïta arreglándose el cabello rubio desordenado. Viste una bata de divertidos colores que deja las rodillas torneadas al descubierto.

—¡Qué casualidad encontrarla! En el hospital me han dado el resto del día libre y he pensado que me iría bien dar un paseo antes del almuerzo.

Se miran a los ojos, y Anïta los baja y sonríe:

—Le puedo enseñar nuestro jardín de infancia, ¿quiere pasar?

Martín duda unos segundos, pero le vence la curiosidad. Anïta abre la verja y lo guía a través de un patio de tierra rodeado por árboles exuberantes hasta un pabellón decorado con un mural gigante de obreros trabajando y jóvenes cantando. El aula de los más pequeños está presidida por el mismo retrato que ha visto en el despacho de Chacón y decorada con motivos infantiles; patitos amarillos, estrellas plateadas, mariposas, arcoíris y casitas con tejado rojo hacen de la estancia un lugar alegre, acogedor. Las mesas alargadas están colocadas en línea y los bancos son de madera. La mezcla del olor a jabón que desprende el cuerpo de Anïta, los lápices afilados, el papel limpio de los cuadernos, incitan a Martín a sentirse bien. Se atreve a tocar algunos libros que reposan en una estantería panzuda y a hojear con interés las páginas de las libretas de dibujo.

—¿Le gusta nuestra aula?

Martín asiente, todavía embriagado por los recuerdos que le regresan a su infancia. Pasea por el aula ensimismado con la sensación de que en cualquier momento su madre irá a recogerlo y se lo llevará de la mano a casa, a ese hogar que siempre fue de dos, con un padre ausente que no llegaba nunca a cenar. Uno de los bancos, el más apartado, le llama la atención:

—¿Y ese banco con una hilera de orinales?

Anïta se ruboriza.

—Es para enseñar a los niños a hacer sus «cositas».

—¿Todos al mismo tiempo?

—Es lo preferible.

Anïta mira el reloj colgado en la pared del aula y advierte a Martín de que pronto tendrán que finalizar la visita. Se acaba el tiempo de recreo. Juntos regresan al patio y caminan hacia la verja. Martín le da las gracias por la visita y le tiende la mano para estrechar la de ella. Una mujer de cabello corto y rizado se asoma a una de las ventanas del pabellón y grita:

—¡Naranjas!

Anïta se gira y replica:

—No me lo puedo creer… ¡Naranjas! ¿Dónde?

—¿Dónde va a ser? —responde la mujer desde la ventana—. ¡En el HO*!

Anïta agarra a Martín de la mano y tira de él calle arriba. Martín sigue los pasos enfundados en unas bailarinas sin saber realmente lo que ocurre.

---

* HO Kaufhalle, grandes almacenes de la RDA.

111

—¡Naranjas! —repite ella sin soltar la mano de Martín, caminando cada vez más deprisa y sorteando a los transeúntes que se apartan con disgusto—. Son mis preferidas, pero nunca hay.

Al doblar la esquina se topan con la realidad. Se ha formado una cola infinita a las puertas del supermercado.

—Parece todo un acontecimiento —observa Martín.

—Sí, es que nunca hay. ¡Naranjas! ¡Si al menos estuviéramos en el HO donde trabaja la señora Meyer, nos las habría guardado bajo el mostrador!

Esperan una media hora en la calle, la fila avanza muy despacio y, al final, un dependiente sale a la puerta del supermercado para anunciar:

—¡No quedan!

La gente se dispersa cabizbaja, frustrada por la falta de previsión del supermercado. Martín y Anïta caminan juntos de vuelta a la escuela. Los pasos de regreso se hacen pesados, lastrados, como si las bailarinas que ella calza se hubieran convertido en botas militares. La brisa que se eleva desde el río hace caer las hojas anaranjadas de los árboles. Anïta se acurruca en su rebeca. El sol se esconde tras las nubes y el semblante de la mujer parece nublado también.

—¡Vaya, me hubiera gustado probar una! —dice con los ojos acuosos—. Supongo que en su país no es habitual llorar por unas naranjas, ¿verdad, doctor?

Martín le ofrece su pañuelo. Ella se seca las lágrimas y se lo devuelve. Martín lo dobla con cuidado y lo guarda en el bolsillo de la chaqueta. Se despiden junto a la verja de la escuela. Sus dedos se rozan levemente entre los barrotes. Ya no hay niños jugando en los columpios. Él la observa caminar hasta que entra en el pabellón y después se encamina hacia casa.

EL BLOQUE DE vecinos es un enjambre de personas. Los obreros han terminado la jornada y los colegiales han invadido los espacios: hay chiquillos jugando en la calle, en el portal y en los pasillos. Los hombres de su planta hacen cola para tomar una ducha rápida, lo que aguanten bajo el agua fría. Las casas huelen a hervido de patatas y las noticias del Este se cuelan por las rendijas.

Mientras Martín se desviste, alguien llama a la puerta del apartamento. Tarda unos minutos en abrir y encuentra a sus pies una bolsa de red con media docena de naranjas. La señora Meyer lo saluda bajo el dintel de su casa y se recoge rápidamente. Así que era eso a lo que se refería Anïta: la señora Meyer es tan influyente en el HO que es capaz de obsequiarlo con lo mejor que ha llegado al supermercado esa misma mañana. Coloca las naranjas en la mesa y sonríe pensando en su amiga. Se va a llevar una alegría cuando pueda probarlas, después del chasco en el HO de hace unas horas.

Martín aguarda ansioso la llegada de Anïta al apartamento. Cae la noche y no aprecia ningún movimiento al otro lado del tabique. Se asoma a la ventana con preocupación por la ausencia de su vecina. La noche es fría y Martín prende un cigarrillo. La luz de las farolas es tenue, contenida. La calle está prácticamente desierta, solo frecuentada por algún perro callejero. Distingue a un hombre en la acera de enfrente. Es de escasa estatura, calva incipiente, viste un abrigo largo y deambula de un lado a otro mientras fuma un cigarrillo. Martín se atreve a levantar la mano para que el extraño sepa que le ha visto. Al otro no parece importunarle. Echa el cigarrillo al suelo, lo pisa para apagarlo y se levanta el cuello del abrigo. Pero no se mueve de la acera y no desvía la mirada de la fachada. Martín apaga la luz, cierra la ventana y se queda observando hacia la calle oculto en la oscuridad. El tipo del abrigo no se va. Sigue mirando directamente hacia él. Aunque ya no pueda verlo. De repente, un movimiento del hombre le hace apartarse de la ventana: una pistola. Distingue una pistola bajo el abrigo. Martín se sienta en la butaca y tarda en caer dormido.

CON LAS PRIMERAS luces del día, Martín comprueba que el extraño que merodeaba ha desaparecido. Se prepara para ir al hospital, agarra el maletín y llama al apartamento de Anïta, pero nadie contesta. Gustav le aguarda al volante del Trabant. Creus y Zambrano ya están en el coche. Los tres tienen aspecto de haber trasnochado. Martín le pide a Gustav que lo acerque hasta el edificio que alberga la escuela antes de dejarlos en la Charité. Gustav accede sin hacer preguntas. Martín toca la campanilla de la entrada y le atiende una mujer que le informa de que Anïta Neumann aún no ha llegado. Martín regresa al asiento del Trabant agitado, no sabe dónde puede estar su vecina. Gustav arranca el coche para continuar el trayecto y en ese momento el cirujano ve llegar a Anïta del brazo de la mujer de pelo corto y rizado que les gritó desde la ventana. Martín se apea casi en marcha del coche con el maletín en la mano:

—¡Señora Neumann! ¡Espere, señora Neumann!

Anïta y la mujer de pelo corto y rizado se miran sin entender. Martín se pone a la altura de ellas y explica:

—Creía que le había pasado algo, anoche la estuve esperando.

—¿Esperando? ¿A mí? —pregunta Anïta con las mejillas coloradas. La otra mujer no es capaz de cerrar la boca del asombro.

—Esperando no es la palabra, estuve pendiente de que llegara —se excusa—. Verá, anoche la señora Meyer me trajo naranjas. Y pensé que a usted le encantaría probar alguna. Ya sabe, como es su fruta favorita y se quedaron sin ellas en el supermercado... Le he traído dos para el almuerzo —habla de forma atropellada, saca dos naranjas de su maletín y se las ofrece.

—Se lo agradezco mucho. —Anïta las acepta, las huele con fruición, se imagina cómo será su sabor—. Le presento a mi amiga Muriel, doctor.

Muriel extiende la mano.

—¿Siempre regala naranjas a las chicas? —bromea. Los tres ríen.

—Cuando Otto no duerme en casa a veces me quedo en la de Muriel —le explica Anïta.

—Tenemos que cuidar de nuestra maestra favorita —añade Muriel pasándole el brazo por encima del hombro a su amiga.

Los alumnos empiezan a llegar al recinto y los tres se despiden. Martín regresa al Trabant aliviado.

—¡Vaya dos mujeres guapas, San Román! Tenía entendido que estabas casado —le espeta Creus con picardía.

—Y lo estoy. No es más que una vecina. Una vecina también casada —responde mientras la observa desaparecer rodeada de niños hacia el pabellón.

—¡Qué suerte tiene entonces ese alemán! —se palmotea Zambrano las rodillas.

Martín se desentiende de las bromas de sus colegas. Piensa en Anïta, en la hora del almuerzo, en lo feliz que la ha hecho con dos sencillas naranjas.

En la Charité, los doctores comprueban la evolución de los gemelos trasplantados. El hermano receptor parece haber aceptado el órgano, que ya funciona al cincuenta por ciento de su capacidad. Por otra parte, el hermano donante muestra síntomas de debilidad, pero confían en que se recupere en dos semanas y poder darle el alta hospitalaria. El doctor Chacón se alegra de que Martín permanezca en el equipo y ambos se disponen a preparar la operación de donación de riñón de madre a hijo.

—Martín, quiero que te encargues tú del joven. Creus y yo extraeremos el riñón a la madre, y tú colocarás el órgano y harás los injertos de las arterias renales. Tendrás que prestar especial cuidado con la situación de la vejiga y no dañar la próstata. Zambrano vigilará las constantes vitales.

—¿Si la operación es un éxito habré superado la prueba de fuego, doctor Chacón? —pregunta Martín que, tras el encuentro con Anïta en la escuela, se siente optimista.

—Simplemente confío en tu pericia al frente de un quirófano.

Martín asegura que esa vez no fallará. Que tiene claro que lo necesitan.

Pasan a visitar al chico que espera la donación de riñón de un cadáver. La sala donde descansa, de grandes dimensiones, está casi en tinieblas. La madre, una mujer desdibujada por la tristeza, lo acompaña sentada en una silla. El doctor Chacón descorre la cortina para que entre la luz tibia del sol. El chico está pálido, rodeado de cables, le fallan las fuerzas para incorporarse en la cama. Su situación ha empeorado. A Chacón le preocupa que pueda llegar a inflamarse, todavía no han encontrado un donante compatible y el tiempo corre en su contra. Mientras Chacón le da unas pautas de cuidado a la madre, Martín trata de animar al chico. Le pregunta si le gusta el fútbol. Él le responde que antes de caer enfermo jugaba con sus amigos en la calle. A Martín le entristece ver a un chaval así, postrado en una cama de hospital, con pocas posibilidades de sobrevivir a pesar de que lleguen a trasplantarle un riñón compatible.

AL REGRESAR AL apartamento al anochecer, comprueba que hay luz en la casa de Anïta. El día en la Charité ha sido duro. Toca levemente la puerta de la vecina antes de retirarse a descansar. Otto le abre en pijama, con el pelo de punta. Martín disimula la sorpresa.

—¿Ya ha terminado la gira con la orquesta?

—Nos han cancelado los dos últimos conciertos. Alegan que atraemos a elementos subversivos —contesta el alemán—: ¿Necesita alguna cosa, doctor?

—Solo pasaba a dar las buenas noches —replica un poco avergonzado, como un niño pillado en una travesura.

—¡Ah, qué amabilidad por su parte! —sonríe Otto rascándose la cabeza—. Buenas noches para usted también, doctor.

Se produce un silencio entre los dos hombres que rompe el sonido de la cisterna en el baño de mujeres. Martín busca las llaves del piso en los bolsillos de la chaqueta.

—Y recuerde que el sábado pasaré a buscarlo para que venga con nosotros al campo.

Martín asiente. Está deseando desprenderse de la sensación de ridículo y busca cobijo en su apartamento. Escucha susurrar a Otto y a Anïta a través del tabique. No puede entender lo que dicen, pero envidia la sensación de hogar compartido, de compañía, de que la persona a la que quieres aguarde tu llegada a casa. Piensa en Elena. La echa de menos. ¿Qué estará haciendo ahora? Le gustaría hablar con ella, pero no dispone de un teléfono para llamarla, así que decide bajar a la calle para buscar un teléfono público. Recorre varias aceras hasta dar con una cabina. Es un cubículo estrecho de color amarillo. Dentro hay una mujer conversando. Martín enciende un cigarrillo mientras espera. Observa a los transeúntes: obreros que se dirigen al turno nocturno de las fábricas, coches utilitarios que aguardan en los semáforos, el hombrecillo verde con sombrero que da paso a las personas de a pie. Al fondo distingue la cúpula de la televisión de Berlín. La mujer termina la llamada y Martín entra en la cabina. El aire del interior está cargado y Martín sujeta con el pie la puerta de cristal para que se cuele un poco de aire fresco. Marca el número de la operadora y pide conferencia con Madrid. Su suegra le contesta al teléfono:

—Oh, hijo, qué fatalidad que telefonees a estas horas. Elenita no está, ha salido a repartir ropa a la iglesia de ese sacerdote, el padre Gabriel, y todavía no ha regresado. El invierno se acerca y hay mucho necesitado en la parroquia. Sobre todo, niños.

—Ya —dice Martín, contrariado—. Sobre todo, niños.

Cuelga el auricular sin más explicaciones y abandona el cubículo amarillo, resentido con las ausencias de Elena, aunque en el fondo sabe que es injusto, que no puede pretender que ella se pase los días esperando su llamada. Tal vez lo que le ha molestado no es que salga, reflexiona, sino en qué emplea el tiempo. Hubiera preferido que su suegra le dijese que había salido con sus amigas, que se estaba divirtiendo, en lugar de alimentar su obsesión por tener un bebé.

9

CAMINA DE REGRESO al apartamento y al doblar una esquina se cruza con un individuo que cree conocer. Las entradas en la frente, la poca estatura y el abrigo largo. Le acude a la mente el hombre que vigilaba su edificio días atrás. Se da la vuelta simulando mirar un escaparate y comprueba que es la misma persona. Duda unos segundos si continuar su camino, pero toma la decisión de seguirlo. Se adentran en el distrito, transitan por calles desconocidas para Martín. Dejan atrás el edificio de la escuela, cruzan el bosquecillo y se aproximan a la zona baja del río. A Martín le cuesta seguirlo, el desconocido se desplaza deprisa y el empedrado de los muelles está resbaladizo. Los edificios portuarios se alzan como naves fantasmales en la oscuridad. No circulan más vivos que ellos por allí.

El desconocido cae en la cuenta de la presencia de Martín y trata de zafarse. Tiene ventaja, pues conoce bien la zona. Martín aprieta el paso. Aunque cada vez la distancia entre ellos es menor, Martín teme que se dé la vuelta y se enfrente a él cara a cara. Piensa en el arma que le vio bajo el abrigo. ¿La llevará encima todavía? ¿Qué podría hacer él, un simple extranjero, si el otro lo encañona? La curiosidad le hace continuar con la persecución.

«Los hombres no deben ser fisgones», le dijo su madre cuando Martín descubrió que su padre iba a internarla. Martín enarbolaba en la mano los documentos que había encontrado en un cajón del despacho. «Pero ¿por qué dejas que te meta en ese asilo para locos?» «Confío en la decisión de tu padre. Mi enfermedad avanza, y él ha buscado la solución mejor para todos.» «¿Castigarnos y separarnos, mamá?» «No, hijo, la mejor solución para todos», contestó ella con lágrimas en los ojos.

Martín penetra en un callejón sin salida. No distingue ninguna puerta, las ventanas abiertas en los muros parecen inalcanzables. El tipo del abrigo se ha esfumado. Una tubería descolgada gotea ruidosamente sobre los adoquines. El cielo está estrellado, las ventanas son como los ojos gigantescos de un monstruo de hormigón que parece quejarse entre las grietas. Una rata le olisquea los zapatos. Martín da un paso atrás. Teme que el edificio se desmorone encima de él. ¿En qué momento le pareció buena idea seguir a ese individuo? Echa a correr en dirección contraria a los muelles. Se ve alcanzado por un grupo numeroso de jóvenes que sale de un local. Se camufla entre ellos para salvar el bosquecillo. Al pisar terreno conocido, toma un taxi para regresar al apartamento.

Anïta lo ve llegar desde la ventana, agarra varios libros de un estante y le dice a Otto que va a llevárselos a la hija de Muriel.

—Un poco tarde para salir. Tú y Muriel siempre con intrigas —dice él sin apartar la vista de la televisión.

—Tardaré unos minutos, es importante —contesta ella poniéndose una rebeca y calzándose las bailarinas.

Está muy angustiada, últimamente su marido no hace más que quejarse del país y de sus escasas oportunidades como músico allí. A menudo está enfadado, le grita, le recrimina su capacidad para ser feliz a pesar de la opresión. A veces casi no lo reconoce, está empeñado en marcharse a occidente y ella se siente en peligro. Desde que Martín ha llegado al edificio experimenta una extraña necesidad de hablar con él, de tenerlo cerca, de sentir su mirada comprensiva. Esos ojos oscuros invitan a refugiarse en ellos. Nada que ver con el desapego de su marido, que se está consumiendo en el odio hacia todo lo que le rodea.

Mientras baja las escaleras oye que la puerta del edificio se abre y salta los peldaños de dos en dos. Se encuentra al médico en el rellano y atisba la expresión de desesperación que refleja su cara. Sin embargo, el rostro de Martín se dulcifica cuando se da cuenta de la presencia de su vecina:

—Buenas noches, Anïta, qué casualidad.

Ella sonríe:

—Gracias por las naranjas otra vez. Las he tomado para el almuerzo y estaban deliciosas.

—Me alegro de que le hayan gustado. ¿Sale ahora?

Ella le enseña los libros a modo de excusa:

—Sí. Le llevo unos libros de consulta a la hija de Muriel. Está haciendo un trabajo de geografía y los necesita —miente.

—¿Quiere que la acompañe? Hace frío y la calle está desierta.

Ella consiente y salen juntos del portal. Martín le propone dar un breve paseo nocturno. El viento es cortante y apenas recorren un par de calles. Conversan sobre temas intrascendentes, cotidianos, pero los brazos se rozan ligeramente y una corriente intangible y potente se establece entre ellos. De pronto, ella le dice que su marido se preocupará si tarda mucho y que tiene que regresar. Martín se queja:

—Pero no le hemos llevado los libros a su amiga.

—Mañana se los daré, la niña estará acostada ya. Además, empiezo a tener frío, solo me he traído esta rebeca de punto…

Martín se quita la chaqueta y se la pone sobre los hombros. Ella percibe el olor de él impregnado en la prenda. Se siente como en casa. No le importa el aire helado que agita las hojas de los árboles, solo percibe la calidez que emana del cuerpo de su acompañante. La amabilidad del español contrasta con el desinterés de Otto, quien nunca ha tenido ese gesto cortés de cederle la ropa de abrigo. Pero Anïta piensa que ya es tarde para ella, porque no tiene ni la voluntad ni la energía para cambiar su destino.

Juntos regresan al edificio y se despiden con una mirada que va más allá de las palabras.

Sauer entra en una de las construcciones del muelle. Ha dado esquinazo con facilidad al médico español, pero no entiende cómo un extranjero se ha atrevido a seguirlo por la calle. Tarde o temprano se verá obligado a presentar sus respetos al entrometido.

El interior de la nave está en ruinas y a oscuras, el viento se cuela por la hilera de ventanas altas con la mayoría de los cristales rotos. Los edificios abandonados suelen ser objetivo de los delincuentes que desmantelan y sustraen todo lo aprovechable. Enciende una linterna y camina entre los escombros. Las paredes están llenas de frases de protesta, garabatos y dibujos obscenos pintados con aerosoles. Oye un crujido bajo los pies y tuerce el gesto.

—¡Dieter! ¿Eres tú? —pregunta dirigiendo la luz de la linterna hacia un agujero abierto en el suelo. La cabeza de un oficial aparece próxima a sus pies.

—Sí. He bajado a echar un vistazo. —Sauer le ofrece la mano para salvar el último escalón. Dieter es un hombre grueso y alcanza con torpeza la superficie. Se sacude de polvo la gabardina, tiene los zapatos y los bajos de los pantalones empapados. Apesta a agua estancada—. Ahí abajo hay un refugio antiaéreo que está prácticamente inundado. El gobierno debería derribar estas naves cuanto antes. No valen más que para albergar ratas y basura. Redactaré un informe y...

—¿Ni rastro de lo que buscamos? —se impacienta Sauer.

—Nada. En la entreplanta parece que hay una oficina. Si quieres subimos, pero, si yo fuera el cerebro de una red de disidentes, no me refugiaría en edificios en ruinas como este. Debe ganarse mucho dinero sacando camaradas del país. Demasiado como para operar entre esta escoria.

Sauer alumbra las escaleras de hierro que llevan a un cubículo prefabricado al fondo de una galería. Los dos agentes suben con cuidado, los peldaños son flotantes y carece de barandilla. La puerta de la oficina ha desaparecido del marco. Perciben un fuerte olor a excrementos humanos y se cubren la cara con el antebrazo para poder respirar. Sauer dirige el haz de luz hacia el interior. Donde antes debía de haber una mesa de despacho y unos archivadores, ahora hay una pila de botellas vacías y un colchón lleno de manchas y cientos de papeles desperdigados por el suelo. Sauer se agacha y comprueba algunos de ellos: albaranes, facturas, contratos y órdenes de compra. No hay nada que los ponga sobre la pista del grupo que facilita visados a los rebeldes. El agente escupe en el suelo.

—¡Salgamos de este vertedero, Dieter!

Un ligero sonido los pone en alerta. Antes de que puedan reaccionar, un hombre salta desde el otro lado de la galería y alcanza la escalera, desciende a toda velocidad y corre para escapar de la nave. Dieter y Sauer empuñan las armas y salen tras él, lo persiguen por un terreno encharcado a orillas del río. La zona es solitaria, oyen el chapoteo de los pasos en el agua. El hombre es rápido, corre a grandes zancadas, y les saca ventaja. Sauer trata de ponerse a su altura, pero el hombre es más veloz que el agente, logra llegar a un puente y se lanza al río. Sauer se abalanza sobre el pretil y dispara el arma desde arriba. Ilumina el agua con la linterna, pero no logra ver nada. Golpea el muro y grita de rabia. Dieter llega unos minutos después. Respira acezado, parece a punto de ahogarse. Se lleva la mano al lado izquierdo del pecho.

—¿Qué te ocurre, camarada?

Antes de que pueda contestarle, Dieter se derrumba en el suelo empedrado.

LLEGA EL SÁBADO y Martín viaja con sus vecinos en el Trabant de Edel, el marido de Muriel. Ha intentado librarse de la excursión al campo, pero Otto ha insistido en que los acompañe. Edel conduce, Otto va de copiloto y en el asiento de atrás comparten espacio Muriel, la hija de Muriel, Anïta y el doctor. La mañana es apacible, el clima se ha templado. Edel, un alemán de barba larga y brazos peludos, lo interroga sobre España, la Costa del Sol, la razón por la que se ha mudado a Berlín y su opinión sobre la República Democrática. Martín le habla de las bondades de Madrid, someramente de la investigación en la Charité y de que lo poco que conoce de la República es interesante. Mira de soslayo a Anïta cuando expresa su gusto por el país. Ella le sonríe. Cruzan Berlín y se dirigen a las afueras.

La casa de Angela y Fritz es una construcción sencilla, sin demasiadas aspiraciones, con un pequeño terreno trasero que les sirve como huerto; tienen media docena de gallinas ponedoras y una cabra. Numerosas familias como la suya han abandonado el centro de la ciudad para acceder a esas viviendas con algo de privilegio. Sus hijos pequeños corretean por el terreno y enseguida amplían el grupo con la niña de Muriel. Otto hace las presentaciones y el doctor entrega a los anfitriones unas botellas de vino checoslovaco que le ha conseguido la señora Meyer:

—No hacía falta —dice sonriente Angela, y los pómulos se le marcan en la cara amable.

Un guiso de albóndigas palpita en los fogones.

—Huele de maravilla —conviene Martín.

Abren las botellas y sirven un aperitivo de queso de cabra con pan negro. Los niños se arrojan agua divertidos. Martín se siente satisfecho. La conversación es animada, cuentan anécdotas de juventud, y todos ríen. Otto se hace con la guitarra de Fritz y corean una canción. Martín trata de seguir la letra, pero canta a destiempo y provoca carcajadas entre sus nuevos amigos:

—Bueno, basta ya de gansadas. Tenéis que encender la barbacoa —ordena Angela.

Otto y Fritz van a la parte trasera de la casa a por la leña. Martín aprovecha para entrar al baño a refrescarse. Sin pretenderlo, escucha la conversación privada de los dos hombres:

—He conseguido la documentación para salir del país —dice triunfal Otto.

—Sabes que pienso que tu plan es una locura; si os pillan, os matarán. La guardia del muro tiene esa orden, tirar a matar al que trate de escapar —responde Fritz, y acomete un tronco grueso con un golpe seco del hacha.

—A nosotros no nos pasará. Saldremos confundidos con los que vienen del oeste a visitar a sus familias. Lo haremos el próximo domingo a última hora. En el último turno los guardias están cansados, no comprueban tanto las identidades. Además —le muestra la documentación falsificada—, es imposible que se den cuenta del engaño.

Fritz saca unos anteojos del bolsillo de la camisa y se los ajusta en el puente de la nariz.

—Desde luego, parecen auténticos…

Edel se une y les impele a darse prisa con la leña.

—¿Ya te ha contado este insensato su plan de huida?

Fritz se quita los anteojos y asiente con la cabeza.

—¿Y no crees que es una puñetera locura? Jamás he conocido hombre tan testarudo, ponerse a tiro de esos asesinos porque no aguanta la vida a este lado del muro. Pues yo vivo me siento de maravilla, camarada.

—Si fueras un músico como yo, un artista, comprenderías que aquí me asfixio —argumenta Otto.

—Si mi familia tuviera que vivir de mi creatividad se moriría de hambre. Por eso tengo un trabajo de verdad, con un salario fijo que me asegura el sustento —ironiza Edel.

—Conduces miles de kilómetros por una miseria. Si no fuera por el sueldo de Muriel en la escuela… Además, no todos compartimos tu espíritu de esclavo.

La tensión entre los dos hombres es palpable. Angela se acerca con las manos en las caderas para apremiarlos a terminar el trabajo. Fritz da unos últimos golpes de hacha y los tres hombres cargan los troncos para prender la barbacoa.

MARTÍN SALE DEL aseo apesadumbrado. Se siente estafado por Otto y Anïta. Ahora que creía haber encontrado unos buenos amigos, resulta que quieren marcharse del país. Anïta le parece una mujer dulce, cariñosa, bella. Inspiradora. En pocos días desaparecerá de su vida para siempre. Se le forma un nudo en la garganta. Cae en la cuenta de que sus sentimientos hacia Anïta empiezan a ser algo más que una amistad y no puede soportar la idea de perderla, de no verla más. Al volver al porche la cara le ha cambiado.

—¿Se siente mal, doctor? Parece mareado —pregunta Anïta.

—No, no me sucede nada —contesta en tono sombrío—. Tal vez el exceso de aire puro.

Los hombres encienden la barbacoa y el grupo bebe, canta, ríe, compadrea. Martín no participa del entretenimiento, se aparta sumido en la agitación que le provocan los sentimientos hacia su vecina.

Anïta procura quedarse a solas con él, en un momento en el que lavan los platos y los demás alimentan con las sobras de la comida a la cabra y las gallinas. El agua jabonosa rebosa en el fregadero y él no puede despegar los ojos de las manos blancas y la esponja de esparto.

—Le pasa algo raro, doctor, esta tarde ha estado usted especialmente callado.

—No, no. No me ocurre nada.

Ella lo mira interrogante, él carraspea.

—En fin, no sabía de sus intenciones de marcharse del país. Me ha sorprendido un poco, compréndame.

Anïta abre mucho los ojos y busca una toalla para limpiarse las manos. Se apoya en una mesa de madera y se pasa la mano por la frente. Parece a punto de desmayarse.

—Siéntese, Anïta —le ofrece una silla Martín—. He escuchado a los hombres antes, desde el baño.

Ella accede a sentarse y suelta el aire.

—Los músicos están muy limitados a este lado del muro. Hasta son perseguidos si se sospecha que son críticos con el régimen. Otto tiene aspiraciones, es un hombre con grandes ideas, quiere innovar, crear de una forma libre. Él no es feliz aquí.

—Y usted, Anïta, ¿es feliz aquí?

Uno de los niños se asoma a la ventana y les saca la lengua. Anïta sonríe al pequeño y sonríe a Martín. Baja los ojos y estruja la toalla entre las manos.

—Aquí tengo una vida hermosa. Todos mis conocidos están en Berlín, mi escuela, mis alumnos queridos, usted… —responde. Clava la mirada azul en él un instante y la baja, perturbada por su indiscreción—. Si me apura, doctor, me gusta hasta el apartamento donde vivo. Pero tengo que huir del país por el bien de mi marido. —Señala la alianza de oro que lleva Martín en la mano derecha—. Usted también es un hombre casado, entiende de estas cosas.

Martín alarga la mano y la posa sobre las de Anïta. Ella se la retira con suavidad.

—Además, debemos salir cuanto antes. —Se levanta de repente superada por la situación—. Antes de que mi embarazo lo haga más peligroso.

—Está... ¿embarazada?

Ella asiente con los labios apretados y regresa al fregadero. Martín se entristece.

—¿Usted no tiene hijos? —se vuelve Anïta a preguntar.

—No, mi mujer no puede quedarse embarazada. Tiene un problema que la medicina no puede curar.

—Y a usted... ¿le gustaría haber sido padre?

A Martín no le da tiempo a contestar. Los demás invitados entran en la cocina con ganas de charlar y de seguir la fiesta. Otto agarra a Anïta por la espalda y le besa el cuello. Todos celebran el amor de la pareja. Sirven un licor casero y brindan por las nuevas oportunidades. Martín se retira a echar un cigarrillo. Observa corretear a los niños entre las gallinas. Si Elena hubiera podido ser madre, ¿le gustaría haber sido padre? ¿Uno ausente como el suyo? Sin tener todavía la respuesta clara en la cabeza, arroja el cigarrillo y lo aplasta en el suelo. Descarga varias patadas sobre la tierra húmeda.

Llega el momento de regresar a casa y Martín sube al Trabant de Edel. Anïta y Otto se despiden emotivamente de Angela y Fritz. No se trata de una despedida momentánea. Se marchan del país y dudan de que vuelvan a encontrarse. Angela y Anïta se abrazan y sollozan.

Dentro del coche, el silencio se hace con el espacio, cada uno se entrega a sus pensamientos. La hija de Edel y Muriel duerme con la cabeza sobre el regazo de Anïta. Todos tienen en la mente que es una despedida definitiva y se sienten afectados. Otto es el único que sonríe satisfecho. Martín observa a Anïta, tan cerca de él y tan lejos; no puede soportar la idea de perderla para siempre.

10

Martín está en el quirófano. La iluminación de la lámpara es adecuada, el equipo está limpio, listo. Coge el bisturí y practica una incisión precisa en el abdomen de la paciente, por debajo del ombligo. Consulta las constantes vitales, el ritmo del corazón es correcto, la respiración está acompasada. Retira la grasa, separa los músculos y localiza el riñón que debe extirpar. Corta la arteria renal escrupulosamente. Acertado, tranquilo. Los ojos de los componentes de su equipo le sonríen por encima de las mascarillas. Martín se siente respetado y seguro. Acerca el bisturí para cortar la vena renal. Una especie de filamento serpentea entre los vasos linfáticos. Martín extrae el elemento extraño con una pinza y lo deposita en una bandeja plateada que le alarga una enfermera. «¡Un gusano!», grita ella. Los demás se apartan horrorizados. Martín vislumbra otro gusano entre la masa sanguinolenta y lo retira de un tirón. En su lugar aparece otro. Y otro, y otro más. Cientos, miles de anélidos que emergen desde el vientre de la paciente y se arrastran por la mesa de operaciones. Martín trata de deshacerse de ellos. Se le suben por los guantes hasta llegar a los brazos, le alcanzan el cuello y la cara. Atraviesan la mascarilla y le entran por la nariz, por la boca. Se limpia los ojos con el dorso de la mano, escupe los que se le han colado entre los labios cerrados. Sigue inclinado sobre la mesa de operaciones, luchando para que todo vuelva al principio, a la asepsia y a la luz brillante de la lámpara. No lo consigue, la plaga de larvas lo desborda. Teme por sí mismo, teme que vayan a tragárselo. De repente, toma conciencia de que se ha quedado solo en la sala de quirófano, de que está casi a oscuras, de que la mujer a la que opera ha abierto las cuencas vacías de los ojos. La reconoce, es la chica que mató en el San Guillermo. ¿Cómo puede ser ella? Cae de espaldas sobre una mesa de instrumental y causa un estruendo enorme. Se despierta sobresaltado: está en la cama del apartamento. Tiene sudores fríos y le palpita el corazón. Ha sufrido una pesadilla brutal.

Se lava la cara en el fregadero y regresa a la cama. No consigue dormir. Se sienta sobre las mantas. Prende un cigarrillo y fuma a oscuras. Piensa en Anïta. Embarazada. Tan fácil, tan natural. Nada que ver con el cúmulo de pruebas y tratamientos que había experimentado Elena, a sabiendas de que estaba abocada al fracaso. Si al menos hubiera confiado en él… Traer un hijo al mundo no debería suponer un trauma. Piensa en la alegría por la vida que irradia Anïta. Y en lo triste que estaba últimamente su mujer. Su matrimonio le infunde pereza. Pero Anïta… Anïta le gusta, le hace bien. Es una mujer atractiva, hermosa. El mundo se detiene cuando sonríe. Podría pasar la vida entera tan solo contemplándola. El cabello dorado, la nuca infinita, la profundidad de esos ojos azules. Rodeada de niños, caminando por la calle, esperando con ilusión de colegiala a que le vendan unas humildes naranjas. No puede soportar la idea de separarse de ella.

Nervioso, enciende la lamparita de la mesita de noche y agarra la pitillera que le regaló Elena: *Con todo mi amor*. Él no necesita el amor de una mentirosa. Sufre un ataque de furia y la estampa contra la pared. La cajita de plata se parte en dos y los cigarrillos ruedan en todas las direcciones. Martín salta de la cama y rescata uno del suelo. Ni siquiera acierta a encenderlo, lo deshace entre los dedos.

Ese Otto, ese estúpido de Otto no es más que un egoísta. Debería pensar en la situación de su mujer. Anïta es feliz en Berlín: con su trabajo, sus amistades, la promesa de una casa nueva. Y él pretende llevarla por el camino de la incertidumbre cuando más delicada está. Por esas ínfulas de artista. ¿Quién se creerá que es? ¡Un músico mediocre, como hay cientos, miles, millones! Se pensará que Europa va a rendirse a su supuesto talento. Firmará contratos de mediopelo en auditorios de provincias. Y se la quiere llevar, ¡va a apartarla de su lado!

Recorre el piso como una fiera recién capturada. Golpea el aparador, derriba varios vasos que se rompen en añicos al caer al suelo. Se arrepiente de haber vaciado la botella de whisky por el fregadero. Sobrio no piensa con claridad. Enciende otro cigarrillo y se sienta en la butaca, acaricia la madera gastada. Si Anïta se quedara en Berlín, ¿qué podría ofrecerle él, un extranjero casado? El divorcio no está permitido en España, y los dos años de investigación pasarán pronto. Podría tratar de alargar la estancia en el país o ejercer su profesión de manera clandestina. Vivir con Anïta en un bloque en las afueras, criar juntos al hijo que espera. ¡Aunque sea de otro hombre!

O podría volver con ella a Madrid. Sí, sí, se formaría un escándalo en la capital, pero en Madrid, Anïta sería dichosa. Él utilizaría sus contactos para conseguirle un puesto de maestra en el Colegio Alemán y la presentaría a sus amistades. Denunciaría a Elena ante el Tribunal Eclesiástico. Obtendría la nulidad de su matrimonio. Elena es estéril y él se casó sin conocer esa circunstancia. Incluso podría demostrar que no está en sus cabales. Quiere comprar un niño a un cura tan loco como ella.

Se levanta y se asoma a la ventana. La noche en Berlín es clara, la luna llena ilumina la ciudad. No distingue a nadie apostado en la fachada de enfrente. Se siente defraudado. Ojalá hubiera estado ahí aquel tipo extraño. Le habría gritado que sus vecinos planean escapar, que no les permita salir, que les cierre todas las puertas. Que se va a quedar sin Anïta y no sabe si podrá soportarlo. «No puede marcharse así», susurra. Está enamorado de ella. Le aterra encontrar ese sentimiento nuevo en su corazón. Se enrabieta contra Otto. Si lo tuviera delante, lo agarraría del cuello y lo mataría con sus propias manos.

A LA MAÑANA siguiente Martín regresa al hospital con Gustav y sus compañeros. Llueve con fuerza sobre las calles de Berlín. Ríos de agua plomiza recorren las avenidas. Gustav baja la velocidad del Trabant para evitar salpicar a los grupos de obreros que aguardan su turno de paso frente a los semáforos. Creus y Zambrano bromean con la posibilidad de hacer otra visita a la escuela infantil, antes de empezar la jornada, para intimar con alguna maestra guapa de esas que conoce Martín. Gustav les reprocha el comentario con la mirada desde el espejo retrovisor. El cirujano no les sigue la broma, viaja con la cabeza apoyada en el cristal del copiloto y los ojos cerrados. Siente la caricia de la lluvia tras el vidrio. Se le marcan las arrugas de la frente.

Al llegar al hospital se encuentran con un revuelo enorme. Varios camiones militares han invadido el aparcamiento. Unos soldados custodian a un grupo de estudiantes a punta de rifle. Las manos a la espalda, el cabello mojado que les cae sobre los ojos, las batas empapadas. Como un pelotón de fusilamiento. Tiemblan de frío y de miedo. Un soldado frena la entrada de los doctores y les exige con aspereza las acreditaciones.

—¿Qué ha ocurrido? —se atreve a preguntar Gustav.

—Diríjanse al ala que les corresponde. Y mantengan la boca cerrada.

Cuando cruzan la puerta de entrada, la escena en el interior es delirante. Los trabajadores del hospital están confinados en salas y los militares custodian las instalaciones. Algunos enfermos semidesnudos deambulan por los pasillos sin saber a dónde dirigirse. Gustav agarra a uno con pijama, los pies descalzos, los brazos esqueléticos y la mandíbula prominente:

—¿Qué ha pasado?

—Un intento de fuga, señor. Dicen que hay tres muertos —habla con dificultad y exhibe tres dedos raquíticos.

Una mujer lívida, con los ojos fuera de las órbitas se abalanza sobre Gustav:

—¡Deje en paz a mi marido! ¡Él solo es un enfermo! ¡No le busque problemas! ¡No sabemos nada! ¡Ni queremos saber!

Gustav se aparta del matrimonio. Otro ingresado, también en pijama y arrastrando un soporte con gotero interviene:

—He escuchado que han sido tres estudiantes de enfermería que estaban cavando un túnel en el sótano, justo bajo nuestros pies. Increíble, ¿no? Llevaban meses trabajando desde un almacén de leña, junto a las calderas. Los han pillado y los han acribillado. Los guardias tienen orden de matar a cualquiera que intente escapar del país. —El soporte se desequilibra y la bolsa del gotero cae al suelo y se derrama—. Y hacen bien, no se puede permitir que la gente se largue…

Gustav avanza por el pasillo y deja al charlatán con la palabra en la boca y el charco de suero en el suelo. Creus y Zambrano lo siguen, con los pasos hieráticos y los labios sellados.

Martín se queda rezagado de sus compañeros. Siente curiosidad por lo sucedido en el sótano. Da con una entrada sin vigilancia y se cuela en la zona prohibida. El montacargas se abre y Martín cede el paso para que pasen unos enfermeros que empujan dos camillas con dos heridos. Unos guardias los escoltan y apartan al cirujano contra la pared. La urgencia que llevan evita que le presten atención. Pronto se queda solo. Los heridos parecen haber perdido mucha sangre, el suelo del elevador es una gran mancha roja. Un fuerte olor metálico le sacude la nariz.

Martín entra en el habitáculo y pulsa la U de *Untergeschoss**. La sangre bajo sus zapatos está pegajosa, el ascensor desciende despacio, la caja va rozando las paredes, es un trasto viejo. «Si hay alguien en el sótano, debe de tener el fusil bien cargado.»

«¡Qué ocurrencia, bajar al lugar donde ha habido un tiroteo! Si al menos me hubiera puesto la bata, podría pasar desapercibido.» Siente miedo.

Las puertas se abren y va a dar a un pasillo estrecho, pobremente iluminado y vacío, como en obras, con plásticos cubriéndolo todo y pasarelas de madera para sortear el pavimento que falta. Martín piensa que puede ser una ampliación de la morgue. Sigue el rastro de sangre y avanza hasta la sala de calderas. Vislumbra un cuerpo en el suelo, tapado con una sábana. Martín se acerca y le toma el pulso. Fallecido. Se asoma al agujero que estaban cavando los estudiantes; le parece rudimentario, inestable, solo habían avanzado unos pocos metros hacia la libertad. Unos pasos sonoros le avisan de que alguien se aproxima. Por instinto, se esconde entre los tanques de agua de la caldera. Hace mucho calor allí. Tres guardias entran en el cuarto. Martín reconoce a uno de ellos. Es el hombre que vigila su apartamento. El hombre al que persiguió hasta el muelle. Una sacudida eléctrica le recorre el cuerpo. Lo ve levantar la sábana que cubre el cadáver y empujarlo con el pie. El cuerpo se balancea levemente y vuelve a su posición.

—Este está muerto. —Escupe sobre él—. Un traidor menos. Esto hará que otros se lo piensen antes de intentar salir.

Los otros dos guardias agarran el cadáver por los brazos. Por un momento, Martín teme que se acerquen a la caldera para echar el cuerpo al fuego. Por suerte, se alejan arrastrando al estudiante muerto como si fuera un animal. Martín se decide a salir. Debe volver a la planta cuanto antes, si lo descubrieran allí, podrían confundirlo con un desertor, matarlo a tiros. Suda sin parar.

---

* Sótano.

Contiene la respiración mientras el montacargas sube a la superficie. Al abrirse, le apunta a la cara el cañón de un rifle:

—¡Alto! ¿Quién es usted? ¡Identifíquese! —le grita un soldado joven. Martín se fija en la pelusa de su bigote y en la cara llena de granos. Es casi un adolescente.

—¡No dispare! ¡No dispare, por favor!

El soldado no retira el arma.

—¡Tengo orden de matar a cualquiera que se acerque a este ascensor! ¡Arrodíllese! —le golpea con fuerza el hombro.

Martín hinca las rodillas con las manos en alto. El soldado le apoya el cañón de acero en la cabeza. Martín lo nota caliente y doloroso, como si ya hubiera descargado la bala en el fondo de su cráneo. El joven tiembla. Martín piensa que morirá allí mismo, asesinado por un crío en un vestíbulo de carga. Que no volverá a ver a Anïta. Casi puede sentir cómo el dedo sudoroso del muchacho presiona lentamente el gatillo del arma. Cierra los ojos. Se rinde.

De pronto, entra en el vestíbulo el doctor Chacón seguido por Creus y Zambrano:

—¡Alto, alto! —gritan—: ¡No puede dispararle! ¡Es un colega, un investigador!

El joven duda unos instantes, mira a los doctores vestidos con la bata y aparta el rifle unos centímetros.

—Un médico, pero... ¿de dónde sale? ¿cómo ha conseguido subir por aquí? ¡Esta zona es un área restringida!

El doctor Chacón se quita las gafas empañadas y toma la palabra, enrojecido, nervioso:

—¡Yo, yo lo he enviado al sótano! Dirijo una investigación sobre trasplantes y, sabiendo lo del incidente de esta mañana, quería comprobar si alguno de los desertores es compatible para donar un riñón que esperamos. Ya que han sido traidores en vida, a la hora de la muerte lo mismo sirven para salvar a un niño enfermo.

Chacón abre la puerta para alejarse del cuarto de los montacargas. El soldado desconfía y les impide la salida interponiendo el arma. Escruta una a una la expresión de los presentes:

—No me habían informado sobre esto. Tendrán que aclararlo cuando llegue mi superior.

—Sí, hijo, daremos las explicaciones necesarias —irrumpe en la zona el doctor Schreber, aparta el arma y abre los brazos para rescatarlos a todos—. Continúe con su trabajo y permítanos hacer el nuestro.

El grupo de doctores abandona con precipitación la zona restringida antes de que el guardia reaccione. Ya a salvo, en medio del caos de enfermos, médicos y universitarios provocado por la presencia de militares en el pasillo principal, Schreber pregunta en voz baja qué ha sucedido. Martín le explica que se ha perdido y ha terminado dando con ese ascensor y ese guardia. Schreber frunce el ceño.

—Procure no volver a perderse. Y menos cuando el hospital está tomado por el ejército. Usted puede acabar con un tiro en la frente y yo no quiero verme envuelto en problemas.

Martín comprende que la cuestión es seria, que se ha puesto innecesariamente en peligro. El doctor Chacón saca un pañuelo del bolsillo del pantalón y se limpia las gafas. Agarra del brazo a Martín y lo aparta del grupo.

—No nos conviene meternos en líos que no nos incumben. Hemos venido aquí a completar una investigación y a eso debemos atenernos. Lo único que conllevan los conflictos políticos es miseria a sus ciudadanos. Si no, dime qué necesidad hay de disparar contra tres estudiantes desarmados.

Con el mismo pañuelo, se seca la nariz y la frente. Tiene la respiración acelerada y se apoya en los azulejos blancos de la pared. Martín teme que se desmaye, le tiende la mano, que Chacón rechaza con aspereza:

—Deje, deje, entremos en el quirófano, si alguno de los heridos muere, tal vez podamos darle un riñón a ese chiquillo que tanto lo necesita.

Ambos entran en el antequirófano. Observan lo que ocurre a través de un cristal. Los dos jóvenes parecen haber salido de peligro, aunque uno de ellos ha perdido mucha sangre y le han amputado una pierna. Le oyen llorar, llamar a su madre. Martín cae en la cuenta de su juventud y de lo osados que han sido al tratar de salir del país de una forma tan poco elaborada. Piensa en lo desesperados que debían de estar para tramar un plan de huida semejante. Los militares vigilan todo lo que acontece en la sala, Martín puede distinguir los ojos sagaces bajo los cascos de acero. No se fían ni siguiera de sus camaradas médicos. En cuanto los estudiantes se recuperen de las heridas, los encarcelarán. Tal vez no salgan jamás de una de esas prisiones que maneja la Stasi. Martín piensa en Anïta. No puede seguir a ese tarado de su marido, arriesgarse a morir como un perro o pasar el resto de su vida en una cárcel en manos de asesinos. Debe hacerla recapacitar, le apremia la necesidad de hablar con ella. Tiene que contarle que ha visto las consecuencias de un intento frustrado de huida, de lo que le espera si el plan de Otto falla. Pasa el resto del día meditabundo, consultando continuamente el reloj, deseando que llegue el momento de volver a casa.

A última hora, el doctor Chacón lo informa de que ya tienen reservados los quirófanos para operar a la madre y al hijo al día siguiente. Le dice que confía en su destreza, que no pueden fallar en esta ocasión y que Schreber no les asistirá en las cirugías porque tiene otros compromisos que atender. Martín no le presta atención, le urge regresar al apartamento.

11

Cuando llega al edificio toca levemente la puerta de Otto y Anïta. Es de noche, la lluvia de la mañana ha impregnado de humedad el aire interior. Nadie transita por los pasillos, le llama la atención la quietud que reina en el bloque. Diríase que hay un silencio impuesto dentro de cada una de las viviendas. Le resulta agobiante esa atmósfera de tranquilidad.

Anïta abre y lo apremia a pasar con un dedo puesto sobre los labios. Es la primera vez que entra en el apartamento de su vecina. Le parece mucho más acogedor que el suyo. El papel pintado es alegre. Un mueble de pared a pared ocupa la salita. Un sofá de escay verdoso y una mesita de cristal y patas doradas completa la decoración. Repartidas por la sala hay fotografías de Otto y Anïta al graduarse en la universidad, instantáneas de su boda, de vacaciones en la playa. Otto con su orquesta, Anïta con Muriel en la escuela. Martín se siente incómodo al invadir la intimidad de la pareja.

—Otto no está. Está tocando con la orquesta en un local a las afueras, el último concierto de la gira; hay que cumplir los compromisos hasta el último día con estricta normalidad —recita como una letanía.

—No vengo a ver a Otto —confiesa Martín.

Ella esboza una tierna sonrisa para, de inmediato, sentirse aturdida por la presencia en su casa del médico que tanto le atrae.

—¿Quiere un café?

Martín la sigue hasta la cocina. Se sienta en un taburete junto a una mesa cubierta con un hule estampado con flores diminutas. Anïta abre un recipiente de café molido y pone en el fuego una cafetera. Enciende el quemador con una cerilla.

—¿Viene a hablarme de esos estudiantes? —pregunta, todavía de espaldas, agitando la cerilla para apagarla. El olor a fósforo se mezcla con el del café molido.

—¿Ya lo sabe? —se sorprende él.

—Claro, ha sido de lo único que se ha hablado hoy en la escuela. Cuando ocurre algo así, se filtran todos los detalles para que nos amedrentemos, para que los demás tomemos nota de lo que nos puede pasar si tratamos de huir. Para acobardarnos, subyugarnos, mantenernos atrapados en un puño invisible. Efecto disuasorio, lo llaman. Parece mentira, ¿verdad? —La sonrisa es ahora amarga—. Personas que se arriesgan a morir por intentar salir de un país que presume de prosperidad. Un plan mal trazado, un pequeño error, y das con tus huesos en el cementerio. El chico era muy joven, también lo sé. Toda la vida por delante. Pero los guardias tienen orden de disparar y disparan. Tienen orden de matar y matan. No sé qué va a ser de nosotros, doctor, tengo pánico a morir en la frontera.

Martín se acerca a ella, percibe su aroma, una mezcla de olor a miedo y a jabón, venera su cabello rubio, se sumerge en sus ojos azules, le acaricia las manos blancas y delicadas. Le gustaría besarla y abrazarla, pedirle que abandone a su marido, que está loco al obligarla a salir del país. Que él está enamorado de ella. Ella le mira a los ojos, acorta la distancia entre sus cuerpos, lo desea. Pero él controla sus instintos y mide sus palabras:

—Tal vez no sea el momento de arriesgarse, Anïta. Una mujer en su estado debería cuidarse y no meterse en problemas. Yo la he observado en la escuela, con los pequeños, y sé que le gusta enseñar; con sus amigos, disfruta; es dichosa en esta casa. Usted es libre aquí, y su libertad proviene de su capacidad de ser feliz con las cosas sencillas. No todos tenemos esa virtud para encarar la vida. Otto no debería sacarla ahora.

—Usted no lo entiende, doctor. Mi marido quiere salir del país y yo tengo que acompañarlo.

«No necesariamente…», piensa Martín.

ANÏTA RETIRA LA cafetera del fuego y prepara una bandeja de *bretzels*. Regresan a la salita y encienden el televisor. No hay ninguna noticia oficial sobre el incidente sucedido con los tres estudiantes en el hospital. Solo un cúmulo de consignas sobre los beneficios del socialismo y los peligros de occidente.

—¿Han pensado dónde van a instalarse? ¿De qué van a vivir? ¿Qué hará usted mientras Otto busca trabajo? Lejos de casa, lejos de sus amigos, lejos tal vez de su familia.

—No tengo familia —contesta Anïta llevándose las manos al vientre. El predicador del informativo le da paso a un meteorólogo—. Mis padres murieron en un accidente y mi único hermano desapareció de la casa de mis abuelos al cumplir los dieciséis. Nos criamos en el campo, ¿sabe? Mis abuelos trabajaban la tierra, un empleo duro pero que nos aseguraba la comida en la mesa. Mi hermano Volker no soportaba esa vida. Le atraía la disciplina militar, quería ser soldado. Mi abuelo era una persona sencilla que no entendía nada de la guerra. Ellos nunca se comprendieron. Creo que se fugó para alistarse en el ejército, y no supimos nada más de él. A mí no me hubiera importado quedarme en la granja, pero mis abuelos insistieron en que tenía que continuar con mis estudios en Berlín. En la universidad conocí a Otto. Y al terminar los estudios nos casamos y nos instalamos aquí.

—¿Sus abuelos ya no viven?

—No, murieron antes de que acabase la universidad.

Anïta toma entre las manos la taza de café. Le reconforta su tacto caliente. Martín le ofrece un terrón de azúcar que ella acepta. El cubito granulado cae de golpe sobre el líquido y le mancha la camisa.

—No importa —dice ella limpiándose con una servilleta que le alcanza Martín—. Solo es un poco de café. De todas formas, casi toda mi ropa se quedará aquí, no puedo llevar nada de equipaje.

—¿No se llevan sus cosas?

—No. Ni ropa, ni fotografías, ni títulos, ni contratos de trabajo. Ni siquiera esa cucharita con la que remueve usted el azúcar. Cualquier elemento que se salga de lo corriente puede alertar a los guardias fronterizos. Imagine la situación, doctor. Se supone que mi marido y yo regresamos un domingo a Berlín oeste tras una visita a nuestros familiares. No sería lógico ir con equipaje, ¿no cree? Tenemos que salir con lo puesto. Y con unos pasaportes falsos, falsísimos. ¿Qué va a ser de nosotros, doctor?

Anïta rompe a llorar y Martín la abraza. Siente el calor que emana de su cuerpo, las formas redondeadas bajo el vestido, la piel palpitante:

—Anïta, no se vaya con su marido. Ese plan es una locura. Yo, yo… Usted se merece una vida mejor de la que le espera con Otto.

Ella llora sobre su hombro. Sus caras están cada vez más cerca, las mejillas se tocan y los dos entreabren los labios para encontrarse bajo la luz tenue de la lámpara.

OTTO ABRE LA puerta de la casa y se encuentra con Martín y Anïta en la sala, abrazados. Ellos se separan, desvían la mirada para que el músico no adivine que han llegado a besarse. Otto está un poco bebido y molesto con los sucesos del hospital, el tema del que toda la ciudad habla.

—Doctor, ¿es costumbre en España abrazar por la noche a sus vecinas?

—¡No digas tonterías, Otto! —lo regaña Anïta.

—Yo solo digo lo que veo —contesta él.

Martín trata de calmarlo:

—Otto, he venido a hablar con ustedes sobre su salida del país. No sé si sabe lo que ha ocurrido hoy en el hospital...

Otto abre mucho los ojos, sorprendido de que Martín conozca sus planes de huida. Se vuelve hacia Anïta, con el puño en alto:

—Pero... ¡Ya lo sabe hasta el doctor! ¡Eres una estúpida! ¡No puedes mantener la boca cerrada! ¿No entiendes que cuantas más personas estén al corriente de nuestros planes, más peligroso será para nosotros?

—¡El doctor se enteró en casa de Angela y Fritz! ¡Te oyó conversar con Fritz y con Edel! ¡Fuiste tú quien lo invitaste al campo! ¡Eres tú el que no mides las consecuencias de tus actos!

Anïta se encierra en su habitación. Otto mira con desconfianza a Martín, lo escruta con los ojos vidriosos, vuelve a tener dudas sobre si es o no un agente de la Stasi. El cirujano está consternado, la última de sus intenciones es causarle algún problema a Anïta. Se acerca a la puerta dispuesto a salir. Por fin su vecino rebaja la tensión y lo invita a un trago.

—Yo también estoy muy afectado por lo ocurrido con los estudiantes en su hospital —argumenta mientras llena dos vasos de whisky—. Sé que voy a poner en peligro a mi mujer, pero mi situación es más complicada de lo que parece.

Martín toma el vaso y acerca los labios al borde. El alcohol le cosquillea en el olfato. Bebe y paladea su quemazón. Le tonifica la garganta. Está dispuesto a escuchar a Otto.

—¿Conoce usted a Wolf Biermann? —dice en voz baja—. No, claro que no. Se trata de un cantautor crítico con el régimen, molesto, protestatario. Lo acaban de expulsar del país. Utilizaba las iglesias para dar conciertos, porque son lugares a salvo de los comunistas. Pues bien, aprovechando un concierto en Colonia, le han negado el regreso. Su familia ha tenido que salir con urgencia del país. Su casa, fíjese, su propia casa, estaba pinchada por la Stasi. Como es un músico famoso, no pueden callarlo. Por ello, han puesto el punto de mira sobre sus seguidores, sus acólitos. Los que nos hemos quedado dentro y hemos firmado un documento en el que expresamos nuestro desacuerdo contra su persecución. El partido se ha ofendido y la presión es cada día más fuerte sobre unos cuantos de nosotros. Estamos en la lista negra. Nos amenazan, nos cancelan actuaciones, nos quitan la manera de ganarnos la vida. Hasta hace unas semanas, tenía a uno de sus agentes apostado ahí enfrente.

Se acerca a la ventana visiblemente alterado, escudriña la oscuridad, cierra las cortinas y llena otra vez los vasos. Martín piensa en el tipo extraño al que persiguió por los muelles del río.

—Tomarán represalias, doctor. Tanto Anïta como yo estamos en peligro aquí, ¿comprende? No soy un idiota caprichoso que ha decidido sacar a su mujer embarazada del país por el simple hecho de querer tocar la trompeta o componer mi música donde quiera y cuando quiera. El peligro de haber colaborado con ese músico es real, ahora mismo podrían entrar aquí y detenernos, y quién sabe qué atrocidades podrían cometer.

Martín se amedrenta. Apura el vaso de whisky. Otto amaga con llenárselo de nuevo y el cirujano se niega. Ya ha bebido demasiado. Otto señala con el vaso en la mano la habitación donde se ha encerrado Anïta. Baja aún más la voz:

—Mi mujer no me comprende, me tacha de inconsciente. Pero yo prefiero que no sepa que su vida corre peligro. La verdad es que me arrepiento de haberme metido en este embrollo. —Toma un último trago y añade, bravucón, espoleado por la bebida—: Lo más irónico de todo el asunto es que vamos a salir delante de sus propias narices, el próximo domingo, por el paso de *Invali-denstrasse*.

Martín odia a Otto por meterse en asuntos de política que no puede manejar. Asuntos que van a poner en serio peligro la vida de Anïta y que, en el mejor de los casos, la separarán de él para siempre. Entristecido, sale de la casa de sus vecinos de madru-gada y sorprende a la señora Meyer con la puerta entreabierta. Él introduce la llave en la cerradura de su casa y la mujer cierra la puerta.

12

SAUER PULSA EL timbre de la casa de Dieter. Le abre su esposa, Elke, con un delantal estampado y su habitual sonrisa, y lo invita a entrar. Suena una melodía de piano, y Elke le explica que es su hija, que ensaya para su próximo recital.

—Cada día son más exigentes con ella —comenta satisfecha—. Además, parece que la música amansa los demonios de tu camarada.

—¿Cómo está? —pregunta Sauer.

—A días. Hoy no ha querido levantarse de la cama. Le ha llegado la carta de cese del ministerio y está un poco deprimido. Pero pasa, pasa a su cuarto, le vendrá muy bien que le hagas compañía.

Elke deja solo a Sauer en el pasillo. El inspector toca con los nudillos la puerta del dormitorio. La voz de su compañero lo invita a pasar. Dieter está metido en la cama, cobijado entre almohadones. Sobre el cabecero, un cuadro evoca un paisaje de la costa del mar Báltico. En la mesita de noche reposa una foto de boda y una caja con un reloj de pulsera. Está pálido, ha perdido mucho peso, pero se incorpora y esboza una sonrisa al verlo.

—¿Qué hay, camarada? ¿Vienes a divertirte a costa de este viejo inútil?

—Tú no eres viejo, Dieter. Simplemente, has tenido mala suerte.

—Para la Stasi soy un inútil. Lo dice entre líneas la carta de cese. Y ese reloj barato que me han enviado. Me jubilan, Sauer, me jubilan por enfermedad. Un oficial con cincuenta y ocho años. ¿Cómo vamos a poder vivir los tres con la pensión del gobierno?

Elke entra en la habitación y los dos hombres callan. Lleva una bandeja con un vaso de agua y una caja de comprimidos.

—Es la hora de la medicina —dice sacando una pastilla diminuta del envase y ofreciéndosela a Dieter —. ¿Te quedarás a cenar, Sauer? —pregunta mientras le ahueca los almohadones a su marido.

Sauer niega con la cabeza. Dieter sostiene la pastilla entre los dedos y se la mete en la boca. Bebe un trago de agua para ayudarla a bajar por la garganta. Elke se lleva la bandeja y el vaso, y los hombres se quedan solos.

—¿Qué te han recetado los matasanos?

—Un comprimido de digoxina cada noche. Un compuesto milagroso recién sacado de los laboratorios farmacéuticos. Me siento como un estúpido conejillo de indias —ríe con amargura—. Pero mantiene a raya mi corazón.

—En cuanto a la pensión, Elke todavía tiene edad para trabajar —aborda Sauer un tema delicado—. Hay decenas de puestos que podría desempeñar, la misma Stasi necesita telefonistas, secretarias…

—Elke es pintora, Sauer, paisajista. Tiene su estudio, su galería. Y aunque hace nueve meses que no vende un cuadro, no puedo pedirle que abandone su sueño para coger teléfonos entre las cuatro paredes de una oficina. No puedo. Yo soy el cabeza de familia, yo debo traer el dinero a casa.

—Hablas como uno de esos occidentales. En este país nuestras mujeres trabajan igual que los hombres para ganar su sustento —apunta Sauer con orgullo.

—Elke no pertenece a este mundo, camarada. —Desvía la mirada hacia la fotografía de la mesita de noche—. Y yo juré que nunca la obligaría a dejar de pintar.

Sauer sale de la casa de Dieter pensativo, cree que su compañero no es realista y tiene idealizada a su esposa. Si Elke no trabaja tendrán que reducir los gastos, vivir como una familia modesta, quizá mudarse a un piso más pequeño, comprar menos ropa o no ir al teatro. No ve qué inconveniente hay en llevar una vida corriente como la suya, como la de la gran mayoría.

En el Trabant de Gustav, y tras una noche de insomnio, Martín decide distanciarse de sus vecinos. Se convence de que no puede evitar que se marchen y quiere alejarse de Anïta cuanto antes, para que su pérdida definitiva sea lo menos dolorosa posible. Esa mujer le despierta sentimientos que nunca había experimentado, ni siquiera en los primeros meses con Elena. Se siente vulnerable ante ella, y eso lo trastorna. Debe implicarse más en el trabajo, tomar las riendas de la investigación. Chacón tiene razón. Si pudieran alargar la esperanza de vida de los pacientes trasplantados, darían un paso de gigante en la medicina y serían pioneros en ese avance; cambiarían el curso de las enfermedades. ¡Harían ciencia!

Con esa determinación se presenta en el hospital. El doctor Schreber se ha ausentado y los quirófanos están preparados para Chacón y Martín. Los dos cirujanos se encuentran en el antequirófano. Se asean con extremo cuidado y se ponen la ropa de color verde. Permanecen silenciosos, concentrados. Repiten mentalmente la mecánica del trasplante. Chacón extraerá el riñón de la donante y Martín hará los injertos en el paciente que va a recibir el órgano. Es un trabajo escrupuloso y coordinado. Antes de ajustarse las mascarillas, Chacón le repite que no pueden fallar:

—Confío en tu experiencia, San Román.

Martín entra en el quirófano algo nervioso. Acaba de recordar la primera vez que realizó una cirugía: habían preparado una clase tutorizada en el quirófano de la universidad. El profesor iba a extraer la vesícula a un sexagenario, pero, de repente, se encontró indispuesto y él tomó el mando, ofreciéndose antes que otros compañeros, y concluyó la operación con destreza. Curiosamente, con veintitrés años, se sentía más seguro sujetando el bisturí que en ese momento.

Levanta la cabeza y observa a su alrededor: los colegas están mirándole las manos. Le parece que hasta Creus contiene el aliento. Se le cuela en la mente la imagen de la chica muerta en su quirófano. No puede dejarse vencer por el desánimo. Yergue la columna, se sacude los errores de encima. Siente que es otra vez el cirujano prestigioso del San Guillermo. Chacón ha extraído el riñón, no hay tiempo que perder. Respira hondo y corta los tejidos del abdomen con el bisturí.

EN EL DESPACHO de Chacón se reúnen los dos cirujanos. La operación ha sido un éxito y Ezequiel está exultante.

—Eres un cirujano excelente. —Le palmea la espalda a Martín—. Me alegro de haber confiado en tus capacidades.

Martín enciende un cigarrillo y se sienta en la butaca. La moqueta lo invita a descalzarse. Se masajea un pie contra el otro, han sido muchas horas de quirófano.

—Ahora deben recuperarse los dos —le responde.

Chacón pasa por alto la excentricidad de los pies desnudos del cirujano, se sienta frente a la mesa, se ajusta las gafas y revisa unas historias clínicas.

—De eso también estoy seguro. Creus y Zambrano se encargarán del postoperatorio. Deben empezar con el tratamiento cuanto antes —dice, y entrelaza las manos sobre los documentos—. El gemelo responde bien, creo que vamos por buen camino. Sin embargo, me preocupa Dominik Fischer, el chico que espera un donante cadáver. Está muy débil. Si no encontramos a alguien, no creo que aguante mucho.

Martín se calza los zapatos, apaga el cigarrillo y se levanta de la butaca. A él también le preocupa el chico.

—Antes de marcharme a casa bajaré a visitar a Dominik.

—Me parece una idea excelente —contesta Chacón, mirándolo por encima de las gafas.

Martín recorre los pasillos. No hay rastro de los militares. Parece que lo sucedido el día anterior se hubiera diluido como un mal recuerdo, pues los médicos, los enfermeros y el resto del personal están entregados a sus tareas; ni hay nadie retenido, ni pacientes semidesnudos vagan por los corredores. El doctor piensa que, si algo sale mal en la huida, Otto y Anïta pueden acabar acribillados a tiros como aquellos estudiantes. El cuerpo frágil de ella lleno de sangre, tirado en el asfalto. Sacude la cabeza para deshacerse de esa imagen terrible.

Las habitaciones pediátricas están situadas en la zona antigua del hospital. La habitación de Dominik es una sala de techos altos, espaciosa, iluminada con una luz fría, con dos hileras de camas de barrotes, casi todas vacías. Entre cama y cama hay una mesita con un vaso para el agua y una toalla limpia. Los azulejos son de colores y completan un mosaico vegetal que se repite en todas las paredes. Varios radiadores encendidos se agrupan en el centro de la sala. Aun así, el ambiente es fresco. Frente a Dominik hay otro chico que dormita aturdido por los analgésicos.

Martín saluda a la señora Fischer. Es una mujer enjuta y demacrada. Las ojeras revelan que no ha dormido ni probado bocado en días, y Martín la convence para que salga a dar un paseo. Él se quedará un par de horas con su hijo. «Tenemos que hablar de cosas de hombres», le dice. La señora Fischer duda un momento, pero al final agarra el abrigo y los deja solos.

El doctor examina a Dominik, el chico de trece años le deja hacer con docilidad. Anota los datos en la tablilla que cuelga a los pies de la cama y se sienta en la silla que ha dejado libre la madre. Observa el velo de polvo que cubre los zapatos colocados bajo la cama. Demasiado tiempo esperando un donante. Martín se fija en la bufanda de colores que reposa en los barrotes del cabecero.

—¿Eres del Bayer de Múnich? —le pregunta, sin conocer los equipos alemanes.

Dominik sonríe y se le ilumina la cara, le cuesta un poco hablar, apenas puede moverse:

—No, Múnich es una ciudad de la otra Alemania. Yo soy seguidor del Dynamo de Berlín. Son los mejores. ¿Sabe? Cuando salga de aquí voy a entrenar duro para jugar en su equipo algún día —sueña despierto.

Martín se entristece. Aunque encuentren un riñón a tiempo y el trasplante sea exitoso, no confía en que el muchacho llegue a la edad adulta.

—Yo soy del Real Madrid —le explica para congeniar con él—. Y la temporada pasada ganamos la liga. Este año no vamos tan bien. Llevo en la cartera una foto firmada por Pirri, que es el jugador que más goles metió el año pasado, ¿la quieres ver?

Dominik dice que sí y Martín se levanta de la silla y abre la cartera para enseñársela. Percibe con tristeza la esquina del documento que diagnostica la infertilidad irreversible de Elena. Lo empuja con los dedos para no volverlo a ver. Un retrato de ella cae sobre las mantas y llama la atención del chico.

—Es muy guapa. ¿Es su novia? —pregunta entregándosela.

—Es mi esposa —sonríe Martín sin quitar los ojos de la fotografía antes de volver a su silla—. Y tú, ¿tienes novia ya?

—No, pero me gusta una chica. Vamos a la misma escuela, a octavo grado. Se llama Lucille y algún día me casaré con ella.

Martín celebra la audacia del chico, abre de nuevo la cartera y saca la foto de Pirri.

—Toma, te la regalo para que hagas la colección.

Dominik la coge y la guarda con debilidad entre las páginas de un libro. Le alarga la mano para estrechársela.

—Gracias, doctor.

—¿Qué estás leyendo?

—Cosas de mi madre. Me obliga a estudiar un rato todos los días, dice que si no lo hago se me olvidará lo que sé y mis compañeros se reirán de mí cuando regrese a la escuela. No sabe lo de entrenar para jugar en el Dynamo y se cree que me van a hacer falta los libros.

—Tu madre tiene razón, Dominik. Debes estudiar todos los días.

Una enfermera entra en la habitación. Comprueba los sueros y le pone un termómetro en la boca al chico.

—Tenga cuidado con el joven Fischer, doctor, es un pequeño diablillo —asegura colocándole las mantas.

Martín y Dominik se miran con complicidad. El adolescente susurra:

—¿Cuándo llegará mi riñón, doctor?

—Pronto, Dominik, pronto —le miente Martín.

La enfermera le retira el termómetro y lo devuelve a su vaso con antiséptico. El resto de los termómetros tintinean. Apunta en la tablilla la temperatura y la hora y, antes de salir, baja la intensidad de las luces.

SE HA HECHO de noche y la señora Fischer no ha regresado aún. La habitación está a oscuras y Dominik duerme. Martín sigue sentado junto a la cama, inmerso en sus pensamientos. No tiene prisa por volver a casa. La soledad en el hospital es menos soledad que la de su apartamento. Allí sentado puede mantenerse ajeno a la realidad de sus vecinos, al hecho irremisible de que ama a Anïta y a que, dentro de pocos días, la perderá para siempre.

El doctor sale al corredor que está en penumbra y enciende un cigarrillo. En ese instante ve a un hombre de baja estatura que se aproxima; camina con los brazos a los lados y los puños apretados. Martín tensa los músculos, algo le dice que debe mantenerse alerta. Cuando están cara a cara reconoce al tipo que vigilaba su apartamento, al que persiguió por los muelles del río Spree. Al fondo del pasillo percibe la presencia de dos hombres más. El desconocido le tiende la mano:

—Buenas noches, doctor San Román. Por fin nos conocemos —dice entrecerrando los gélidos ojos azules—. Soy el inspector Sauer.

Martín no le estrecha la mano. Desconfía de ese hombre de labios finos y rostro imperturbable.

—¿Quería conocerme, inspector? No entiendo qué puede necesitar usted de mí.

—¡Claro que lo sabe! No se haga el ingenuo. La otra noche tuvo la osadía de seguirme hasta los muelles. No me haga perder el tiempo. Usted comparte planta en el edificio donde residen Otto Neumann y su esposa, ¿me equivoco?

—No sé de quiénes me habla. No conozco a mis vecinos —le tiembla la voz.

Un fluorescente del techo parpadea. Sauer se vuelve a mirar y Martín vislumbra el arma que porta bajo la axila.

—No diga tonterías, seguimos cada uno de sus movimientos desde que se instaló en Berlín —responde con enojo.

Martín se apoya en la pared, amedrentado por las palabras de ese tipo. Siente el tacto frío de los azulejos y el olor áspero del amoniaco con el que se desinfecta el suelo. Tal vez sepa lo de Anïta…

—Los señores Neumann, en concreto Otto Neumann, no frecuentan la compañía de buenos camaradas. Allá cada cual. Pero ha llegado a nuestros oídos que el matrimonio quiere huir de

Berlín. Figúrese: dejar el país que les ha proporcionado oficio, casa y comida.

El cirujano se siente intimidado, no es capaz de abrir la boca.

—Intentar abandonar el país es un error, compréndame. No podemos consentir malos ejemplos para otros camaradas. Si usted no les ayuda, morirán antes de cruzar la frontera, téngalo por seguro. Solo usted puede impedirlo, doctor.

—Le repito que no sé nada de la vida de mis vecinos.

—No mienta —lo señala con el dedo índice—. Ha entablado amistad con ellos, puede ayudarlos, evitar que los maten. Conoce el cómo y el cuándo, y le aconsejo que me lo diga. Yo puedo sacarlos de este embrollo. Es lo que le ofrezco, una mano amiga, por eso me presento aquí, de paisano y a deshoras.

Martín mira a los dos hombres apostados al fondo del pasillo. Duda de las palabras del inspector. Su expresión permanece inmutable, Martín descubre que tiene una cicatriz repulsiva que va desde el cuello hasta la oreja derecha.

—Tienen mucho que perder si no se les impide que se lancen a esa locura.

—Yo no puedo ayudarle, inspector —responde, y le da la espalda para volver a entrar a la habitación de Dominik.

Sauer se revuelve, impaciente.

—Si no quiere hacerlo por ellos, entonces hágalo por usted.

Martín se frena en seco. El inspector continúa hablando:

—Puedo conseguir que recupere el puesto en su hospital y que regrese con su esposa, ¿cómo se llamaba? ¿Elena?

—¿Cómo se atreve? ¡Deje a mi esposa en paz! —grita Martín asustado, y los hombres del fondo se alertan y se acercan.

—No grite —le ordena, y con un gesto hace que los hombres se retiren—. No se ponga nervioso. ¿Qué es lo que precisa? ¿Un riñón para el chico de los Fischer? Puedo conseguirle casi una docena esta misma noche.

—Yo no sé nada de lo que me habla… ¡Déjeme tranquilo!

—Está bien, usted decide. Con mi ayuda, sus amigos seguirán vivos. Sin mi ayuda, morirán seguro. Piénselo, doctor. Piénselo.

El extorsionador se marcha. Martín lo ve desaparecer junto a los dos hombres. Permanece unos minutos arrinconado en el pasillo, desorientado, sin saber qué hacer, hasta que la madre de Dominik regresa y puede irse a casa.

13

MARTÍN SE ENCIERRA en su apartamento y trata de ordenar las ideas. Fuma sin parar y camina con nerviosismo por los escasos veinte metros cuadrados. De la sala al cuarto y del cuarto a la sala. El encuentro con el inspector Sauer lo ha trastornado. Aún no puede creerse que se haya implicado en este asunto. Le gustaría poner sobre aviso a sus vecinos, pero teme la reacción de Sauer si se entera. El tipo no bromeaba. Dijo que había seguido sus movimientos desde que llegó a Berlín. Ahora mismo puede estar observándolo. Se asoma a la ventana. La calle está oscura, vacía. Las farolas derraman una luz raquítica y cónica sobre la acera. Le aterra pensar en que él sea un objetivo más de la temida Stasi. Se sienta en una esquina de la cama con la cabeza entre las manos. Se pasa una y otra vez los dedos por el cabello. Proporcionar información sobre el matrimonio tampoco es una opción. Puede ser una trampa. No se fía de ese inspector. ¿Con quién puede hablar sobre esto? Con sus compatriotas no, desde luego. Si la situación llegara a los oídos del doctor Schreber, sería capaz de apartarlo de la investigación. Se le viene a la mente Muriel, la cocinera de la escuela. Ella y su marido Edel son amigos, conocen las intenciones de la pareja, saben a qué se enfrentan, y tal vez puedan encontrar una solución que no los comprometa a todos. Consulta su reloj de pulsera: aún quedan un par de horas para que amanezca. Saldrá temprano e irá a la escuela para hablar con Muriel.

Camina bajo las primeras luces del día hasta la escuela y toca la campanilla de servicio, junto a la cocina. Son las siete de la mañana, los árboles parecen figuras fantasmales, la niebla emerge del río Spree y se cuela hasta los huesos. Le entreabre la puerta la propia Muriel, inconfundible con el cabello rizado bajo el gorro de cocina y las mejillas sonrosadas.

—Buenos días, doctor. ¡Qué pronto viene hoy! Anïta Neumann aún no ha llegado —lo recibe con familiaridad.

—En realidad, vengo a hablar con usted.

Ella le permite pasar, se coloca el cabello y se alisa la falda de la bata floreada. La cocina es de tamaño industrial, con mesas y extractores de acero inoxidable. Un fregadero de dos cuerpos rebosa de agua jabonosa y dos grandes pucheros borbotean en los fogones. Las ventanas están nubladas por el vaho. La sensación de calor obliga a Martín a despojarse del abrigo.

—Colóquelo donde pueda, con cuidado de no mancharlo —sugiere una Muriel sonriente—. Estoy preparando los desayunos, ¿le apetece una taza de café?

Martín agradece la bebida caliente. Muriel se sienta junto a él con las manos entrelazadas sobre el regazo. Martín observa esas manos arrugadas y blanquecinas por el agua y el detergente.

—Usted dirá, doctor.

Martín está a punto de contarle lo sucedido con Sauer, pero mantiene la lengua entre los dientes. No sabe quién es Muriel, podría ser una espía más, empieza a desconfiar de todo el mundo. Carraspea:

—Muriel, debe ayudarme, tenemos que impedir que Anïta y Otto huyan del país. Podrían… Podrían morir en la frontera.

La mujer palidece, le contesta que ella no sabe nada de eso. Con gestos de apremio, se lo lleva de la mano a una despensa, donde imagina que nadie puede oírlos y se siente segura. Ni siquiera enciende la bombilla desnuda en el techo. A oscuras, rodeados de sacos de patatas y frascos de conserva, lo increpa entre susurros:

—¿Cómo se le ocurre, doctor? ¿Es que no sabe que pueden estar vigilándonos, escuchándonos ahora mismo? Además…, ¿cómo se ha enterado de esto?

Martín titubea, se siente intimidado por la estrechez y la oscuridad de la despensa. En el techo distingue un ventanuco ciego. Sus ojos se hacen poco a poco a la penumbra.

—Escuché una conversación en la casa de Angela y Fritz. Otto me confirmó sus intenciones hace dos noches.

Ella guarda silencio, Martín se mueve y choca con una estantería. Los frascos de conserva se quejan de la intromisión con un tintineo ruidoso.

—Otto Neumann es la persona más egoísta que conozco —musita Muriel, tan cerca que Martín puede aspirar su aliento—. Siempre ha tratado a Anïta con desprecio: la humilla, le grita, ha llegado a abofetearla. ¡Oh, el afamado músico, de actuación en actuación! Es un mentiroso. La tiene engañada. Mantengo la boca cerrada porque ella es mi amiga. Pero Edel me lo confirmó. Una noche nos dijo que iba a tocar a Dresde, pero, en realidad, las carreteras del sur estaban cortadas por la nieve. Si mi Edel se había quedado atrapado con el camión, ¿cómo pudo llegar Otto a Dresde? Igual tiene una aventura y miente a su mujer. Y ahora la va a poner en peligro porque su ego no le cabe en este país.

Martín no se atreve a decirle que son sus vínculos políticos los que lo obligan a huir.

—Anïta se equivocó al casarse con él, doctor. Pero se quedó tan sola cuando sus abuelos murieron… Ella es una mujer excelente. Si yo pudiera, no consentiría que la sacase de Berlín. ¿Cree que no hemos intentado convencer a Otto de que recapacite? Mi Edel casi llega a las manos con él por sus desavenencias. Desprecia esta vida, nos desprecia a nosotros, nos tacha de cobardes, de acomodados.

En ese momento suena un timbre que señala la entrada al recinto. Un murmullo de niños los obliga a abandonar el refugio de la despensa. Ella regresa a su tarea entre fogones y Martín se despide. Agradece el aire frío al cruzar, a contracorriente de los alumnos que entran, el patio de recreo. Se encuentra con Anïta, que lo saluda cariñosa. Él mantiene las distancias y se encamina al hospital.

Anïta se dirige inquieta a la cocina de Muriel, el aire está cargado de humedad, huele a café recién hecho y las gotas de agua condensada empiezan a resbalar por los cristales.

—¿Estaba contigo el doctor? ¿Qué quería?

—Bah, poca cosa, sentía curiosidad sobre la dieta que seguimos aquí —contesta la cocinera con un cucharón de madera en la mano. Ha colocado decenas de vasos sobre una de las mesas de acero inoxidable y los va llenando de leche caliente—. Para no sé qué comparación con la cocina de la Charité.

Anïta se coloca una redecilla en el pelo, abre una lata de galletas y reparte cuatro unidades en unos platillos. Mira con incredulidad a su amiga.

—No me mientas, Muriel. ¿Qué quería?

La cocinera termina de llenar los vasos de leche y se seca las manos en el delantal. Pide a una compañera que se haga cargo de los desayunos:

—Salgamos al jardín a dar un paseo, Anïta.

A pesar del frío, las dos mujeres se sientan en un banco alejado del patio principal, bajo los primeros árboles del bosquecillo. Muriel se siente segura allí, sin nadie que pueda escuchar la conversación. Toma entre las manos las de su amiga y la mira a los ojos azules, curiosos.

—El doctor está preocupado por vosotros.

Anïta asiente.

—Sí, el otro día, después del suceso de los estudiantes en la Charité, vino a hablar conmigo.

Muriel le aprieta las manos y le confiesa:

—Yo también estoy muy preocupada por ti, Anïta.

—Lo sé, Muriel, sé que te preocupas por mí. Yo te voy a echar muchísimo de menos. A ti, a tu hija y a Edel. A mis pequeños y a esta escuela. —Mira a su alrededor. Saca un pañuelo del bolsillo y se seca las lágrimas—. Mi casa, mi ciudad. ¡Voy a echar de menos hasta el mal carácter de la señora Meyer!

—No estás obligada a irte, Anïta. Edel y yo hemos hablado, podrías quedarte unos meses en nuestra casa…

—No digas tonterías, Muriel. Sabes perfectamente que no puedo abandonar a Otto ahora. Si no saliese con él, las cosas se pondrían difíciles para mí y para mi bebé. La Stasi me señalaría como colaboradora, como cómplice. Y ya sabes dónde acaban los enemigos de la República.

Muriel solloza y las dos amigas se abrazan emocionadas. Algunas hojas estrelladas se desprenden de las ramas de los árboles con la ventisca. Una empleada sale a dar aviso de que las necesitan y ambas regresan al interior de la escuela, abrazadas aún por la cintura.

MARTÍN LLEGA AL hospital. Se pone la bata y baja a visitar al joven trasplantado. Allí se reúne con los compañeros y el doctor Schreber, que les felicita por el éxito de la intervención. Reconocen al enfermo, que todavía acusa los efectos de la anestesia y se encuentra muy débil, agotado. De pie, intercambian impresiones sobre su estado, y Creus y Marín le ajustan el tratamiento. Charlan también sobre el caso del chico Fischer. Les preocupa no llegar a encontrar un riñón compatible.

—Se convertiría en un candidato desechable —afirma Schreber con frialdad.

Martín frunce el ceño. Va a recriminar al alemán la dureza de sus palabras cuando una enfermera acude a avisarlo de que tiene una conferencia desde España. El doctor Chacón le ofrece el teléfono de su despacho para atenderla. Martín descuelga el auricular con recelo y se sorprende al encontrar al otro lado la voz de Elena:

—Martín, Martín, ¿te molesto en tu trabajo?

—No —miente—. ¿Ha ocurrido algo grave?

—Oh, Martín, no he podido evitar llamarte esta mañana. Ayer recibimos en casa a tu amigo, el doctor Julián Troncoso.

—¿Troncoso? ¿Qué ha ido a hacer allí? —se alarma.

—Nada, se encontraba por Madrid y vino a hacernos una visita. Es un hombre muy amable, Martín. Nos contó que había compartido poco tiempo contigo, pero que le habías hablado maravillas de mí y de mis padres. Me puse tan contenta... Nos dijo que todo va muy bien en Berlín, que la investigación avanza deprisa y que pronto podréis volver a casa. Todo gracias a un tal Sauer, me insistió. No sé ni siquiera si se pronuncia así. ¿Es un doctor alemán ese Sauer, Martín?

El cirujano casi se desmaya al oír a través del auricular el apellido del inspector. Se agarra al borde de la mesa y trata de no parecer alterado:

—Elena, escúchame con atención. No vuelvas a dejar entrar en casa a Julián Troncoso. Ni a Troncoso, ni a ningún desconocido. Aunque asegure ir de mi parte.

—No te entiendo, Martín. ¿No venía de tu parte? Pero, pero, si nos habló de ti y de tus colegas, del hospital, de la investigación…

—¡Te digo que no lo recibas! ¡Y hazme caso por una vez!

Cuelga el auricular y descarga golpes contra la mesa de madera. Algunas historias clínicas se esparcen por el suelo. Martín se siente tan rabioso que las destroza a patadas. ¡Sauer no bromea! ¡Se ha atrevido a llevar a Troncoso hasta Elena! Siente que ha perdido la batalla y se deja caer en la butaca. No quisiera poner en riesgo a sus vecinos, pero el inspector le ha demostrado que puede llegar hasta donde se proponga. ¿Y si le hace daño a Elena? Tiene que parar esa locura. No ve otra salida que confesar. Tratará con Sauer las condiciones para que nadie resulte herido. Sufre por Anïta, pero no sería justo que Elena pagara las consecuencias. Se asegurará de que no haya represalias contra sus vecinos, de que los dejen vivir en paz. Necesita ponerse en contacto con Sauer y cae en la cuenta de que no sabe a dónde dirigirse.

La solución se le presenta al salir del hospital. Es mediodía, llovizna en la ciudad y uno de los hombres de Sauer lo aguarda apostado sobre el capó de un coche negro con las cortinillas echadas. Lo invita a entrar en el automóvil. Martín acepta. En el interior, en los asientos de atrás, está el inspector. El coche se pone en marcha por las calles de Berlín.

—¿Ha hablado ya con su mujer? —le pregunta.

Martín se arma de valor y responde, agrio:

—Deje a Elena tranquila. Ella nada tiene que ver con este asunto.

—No se enfade, doctor. Tengo entendido que el camarada Troncoso solo le ha hecho una visita de cortesía.

—¿Camarada? ¿Julián Troncoso?

Martín no da crédito a lo que oye. Sauer levanta la barbilla, sonríe.

—Disponemos de informadores por todo el mundo. Desde niños a ancianos. No hay nada que pueda escaparse a la vigilancia de la Stasi.

Martín tiembla al escuchar de los labios finos de Sauer el nombre de la organización de inteligencia de la RDA. El inspector introduce la mano en el bolsillo interior del abrigo, saca una petaca de estaño y le ofrece un trago. Martín acepta. Pega un sorbo y tose. El conductor del coche observa la escena desde el espejo retrovisor. Sauer suelta una carcajada.

—¿Demasiado fuerte para usted? —pregunta acercando los labios al borde de la botella—. Es la misma gasolina que consume Honecker. Será el próximo presidente del Consejo de Estado, se lo aseguro. Ese Willi Stoph se está ablandando.

Martín se limpia la boca y le mira a los ojos azules, pequeños.

—Si le digo cómo y cuándo piensan salir del país Otto y Anïta, ¿me da su palabra de que no les sucederá nada? ¿Me da su palabra de que los pondrán en libertad?

—Otto y Anïta son el último eslabón de una cadena. Ellos están en peligro, pero yo quiero cazar a los que les proporcionan los medios para salir. Me interesan los cabecillas de la organización, no un simple músico y su esposa, doctor.

Martín se revuelve en el asiento de piel. Fuera, la llovizna engorda. El conductor pone en marcha el limpiaparabrisas.

—Pero el otro día mataron a un estudiante en la Charité, e hirieron gravemente a otros dos.

—Ese tipo de accidentes es lo que quiero evitar con la información que le pido. No podemos permitir que escapen, pero comprenda, nuestra organización también debe eludir la mala prensa. La República Democrática no es una cárcel, nuestros ciudadanos pueden salir si siguen ciertas normas. Pero admita que no es justo que se les proporcione unos estudios a una pareja, un trabajo, un techo y que desprecien todo ese esfuerzo y se busquen una organización ilegal que los ayude a escapar.

—Su actitud es muy paternalista —le recrimina Martín.

—Es lo que me han enseñado, no creo que sea un delito mirar por la integridad de mis camaradas.

Martín traga saliva, es la segunda vez que pasan por la plaza Alexander y la torre de televisión. No puede demorar más sus palabras, que se resisten a salir de la boca:

—Saldrán el próximo domingo confundidos con las visitas del lado oeste, por el paso de *Invalidenstrasse* —susurra.

Sauer asiente con la cabeza. Sus ojillos se han vuelto más brillantes.

—Gracias, doctor. —Se humedece los labios secos y le abre la puerta—. Le debo un favor. No hace falta que le diga que no debe revelar nada sobre nuestro trato. Ahora puede bajar del coche.

El conductor frena el vehículo y Martín se apea en la plaza. Por un instante se queda inmóvil bajo un cielo abisal, en medio del tráfico, deslumbrado por las luces y zarandeado por el viento. La lluvia lo empapa y él no sabe dónde refugiarse.

14

El domingo por la tarde, Martín hace guardia en el hospital. Se ha ofrecido voluntario para cubrir unas horas en el área pediátrica. Deambula entre las cunas de barrotes blancos de los más pequeños y consulta las tablillas de diagnóstico y tratamiento. Consuela a los bebés que lloran y pide mantas a las enfermeras para tapar a los que tienen frío. No se ve capaz de permanecer en el apartamento mientras sus vecinos ponen en práctica el plan de huida, por eso opta por quedarse y hacer compañía a Dominik, que cada vez está más débil y lleva días sin poder incorporarse en la cama. Martín no se quita de la cabeza a Anïta. Confía en que Sauer cumpla su palabra.

La mañana del sábado había coincidido con ella en el portal del edificio; volvía de la compra, cargada con una bolsa de red para mantener la apariencia de normalidad. Apenas pronunciaron unas palabras de despedida. Anïta estaba temerosa, cabizbaja, con los hombros arqueados hacia delante. Él se moría por decirle que no tuviera miedo, que todo acabaría pronto, que al final no iba a tener que renunciar a la forma de vida que tanto amaba. Pero Otto irrumpió en el vestíbulo. Nervioso, hablaba entre susurros, veía delatores por todas partes. Expresó su descontento por encontrarlos juntos y casi arrastró a Anïta escaleras arriba para encerrarla en el apartamento.

En el hospital, Martín se distrae, atiende a varios niños, visita al joven trasplantado y pasa tiempo charlando de fútbol con Dominik.

Consulta obsesivamente el reloj. Piensa en el mal momento que pasará Anïta cuando la detengan en la frontera. Quiere creer que Sauer no tiene intención de hacerles daño, que los devolverá pronto a casa. Además, no podía haber tomado otra decisión. Se había sentido atemorizado cuando Elena le habló de la visita de Troncoso. En ese momento entendió que el inspector Sauer estaba dispuesto a llegar hasta donde hiciera falta para obtener la información que quería. Siente una punzada en el estómago. «A llegar hasta donde hiciera falta», se repite.

Escucha bullicio en urgencias, pitidos de silbatos, sirenas de ambulancias que llegan; los médicos van a la carrera por los pasillos. Martín baja alarmado, tiene el presentimiento de que algo grave sucede. En la frontera…, ¡puede haber sido en la frontera! Teme por la vida de Anïta. Las puertas batientes se abren de golpe y unos enfermeros trasladan a una mujer en camilla hasta el quirófano. Martín no puede creer que sea Anïta a la que llevan en esa camilla.

—¡Dios mío! ¿Qué ha pasado?

—¡Un matrimonio! Trataban de cruzar la frontera con pasaportes falsos y los han pillado. A él le han disparado, y a ella le han pegado una paliza. ¡Apártese, doctor! ¡Debemos contener la hemorragia uterina!

Martín se lleva las manos a la cabeza y da un paso atrás. ¡Sauer no ha cumplido! ¡No ha cumplido! Apoya el antebrazo contra la pared y vomita en el suelo. Se seca la boca con el dorso de la mano. El cabello sudado le cae sobre la frente. Tirita. Una limpiadora se acerca y le pregunta si necesita ayuda. Martín niega. La mujer echa un cubo de serrín sobre el vómito.

El doctor Chacón aparece con la bata puesta y, sin tener en cuenta la situación de Martín, le exige que lo siga:

—¡Es providencial tu presencia aquí, San Román! Me han avisado de que hay un hombre malherido en urgencias, compatible, que esperan que fallezca en pocos minutos. Si así sucede, podríamos intentar el trasplante de Dominik Fischer.

Martín se resiste a entrar en la sala. No quiere ver con sus propios ojos a Otto moribundo. Un Otto al que él ha puesto en esa tesitura, al que él ha delatado. Ezequiel Chacón insiste y lo agarra del brazo:

—No podemos demorarlo más, Martín. Creo que Dominik tiene cavidad suficiente en el vientre para acoger un riñón adulto.

Martín y Chacón entran en la habitación de Otto. El doctor Schreber está junto al cabecero de la cama. Uno de los hombres de Sauer los vigila. Martín se atreve a mirar a su vecino Otto: el cabello ensangrentado, la mandíbula apretada y los ojos muy abiertos. Tiene el pecho destrozado, ha recibido un disparo a bocajarro en los pulmones. Una enfermera le muda las gasas empapadas en rojo brillante. Schreber le habla al moribundo, que se revuelve entre estertores, ahogado en su propia sangre.

—Señor Neumann, su grupo sanguíneo coincide con el del chico. Es usted compatible con él; si accediera a la donación, lo salvaría. Usted parece un buen hombre, es una lástima que ya no podamos hacer nada por su vida, pero piénselo, señor: ese chico del que le hablo no merece morir tan joven.

Martín se tambalea y se aferra a los barrotes del pie de la cama. No puede creer que sea su vecino Otto el que agoniza delante de sus ojos. No comprende por qué lo mantienen consciente.

—¿Es que no van a sedarlo? ¿Por qué permiten que soporte ese dolor?

—¡Cumplo órdenes precisas del Ministerio de Seguridad! —replica Schreber, visiblemente molesto. El hombre de Sauer se adelanta, muestra sin pudor la empuñadura de una pistola—. ¡Quieren que confiese quién le ha conseguido la documentación falsa para intentar salir!

Otto vomita coágulos de sangre. No le queda mucho tiempo. Martín se acerca al hombre de Sauer y le susurra que ese no era el trato. El hombre levanta la barbilla y escupe en el suelo:

—No sé a qué trato se refiere, doctor.

Chacón y Schreber se miran sin comprender lo que ocurre. Martín se abalanza sobre el vigilante para agredirle; el otro se lo quita de encima con un simple empujón y Martín cae en la cama, sobre las piernas del moribundo. De la garganta de Otto emerge un quejido atronador que los paraliza a todos. La muerte es inminente. Otto farfulla que sí, que consiente la donación. La respiración se le acelera y busca consuelo en los ojos de Martín. El cirujano no puede soportar la inquietud que percibe en esos ojos y se aparta con cobardía. Chacón se acerca a Otto, le coge la mano inerte, le susurra al oído unas palabras de gratitud y aliento, como un padre espiritual que despide a un hijo devoto. Otto se serena, las manos y los pies toman un color cerúleo, ha perdido mucha sangre, no tiene fuerzas para aguantar más. La respiración se detiene. Chacón le pasa la mano por la cara para cerrarle los ojos sin vida y musita una oración.

—¡Que bajen a Dominik Fischer al quirófano tres! —grita Schreber, y se dirige a Martín—: ¡Prepare el trasplante de inmediato!

MARTÍN SALE DE la habitación y ordena a una enfermera que trasladen a Dominik al quirófano tres. El ala de urgencias está llena de personas que esperan a ser atendidas y Martín tiene que abrirse paso a empujones. Se apresura a buscar un anestesista que pueda asistirlo en la operación. Un joven médico se ofrece a ayudarlo. En el pasillo del quirófano tres aparece un celador empujando la cama de Dominik, junto a su madre.

—¿Qué ha pasado, doctor? —pregunta la mujer, agitada.

—Tenemos un posible donante compatible con su hijo. Hay que intervenirle ahora mismo, señora Fischer.

La madre da un beso lleno de esperanza a Dominik y el chico se abraza a su cuello, temeroso. Ella le acaricia la frente y le dice que ahora tiene que ser valiente, que confíe en los cirujanos. Él consiente en soltarse, la camilla se aleja y la mujer solloza. Martín sostiene la mano de Dominik hasta que traspasan el área quirúrgica. Se separa de él para ir a esterilizarse.

Cuando entra en el quirófano, Dominik ya está dormido. En la sala contigua, Chacón y Schreber preparan el cuerpo de Otto. Esos primeros minutos son vitales. Inician la extracción del riñón al cadáver. Martín trata de concentrarse en el cuerpo de Dominik. Hasta que no abra el abdomen del chico no sabrá con exactitud si la cavidad es suficiente para hospedar el riñón adulto. Su cabeza va y viene, piensa en Anïta. Con su marido Otto fallecido, ¿quién sabe qué harán con ella? Irá a buscarla en cuanto finalice la cirugía. Ahora debe centrarse en el cuerpo de Dominik. El paciente es un buen chico. El riñón de Otto es más grande que los del adolescente, pero, si no lo rechaza, no le causará problemas. Le realiza un corte preciso en forma de ele en el bajo vientre e introduce el órgano en el lado derecho del abdomen. Luego conecta la arteria y la vena del riñón de Otto a los vasos ilíacos, la arteria y la vena de Dominik. Por último, realiza la conexión del uréter a la vejiga urinaria. «Va a funcionar, tiene que funcionar», se dice, y sutura la herida.

Deja a Dominik en manos del anestesista y las enfermeras, y abandona el área de quirófano en busca de Anïta.

Martín llega sudoroso al mostrador de recepción. Su respiración es angustiosa.

—La mujer que han traído de la frontera, Anïta Neumann, ¿dónde se la han llevado?

Las enfermeras lo miran espantadas, aún no se ha quitado la mascarilla y tiene la bata manchada de sangre de la operación de Dominik. No ha pensado en cambiarse, le urge encontrar a Anïta. Cae en la cuenta de la ferocidad de su aspecto, se arranca la mascarilla y grita:

—¡Acabo de operar! —Golpea el mostrador.

Las enfermeras se sobresaltan, se apartan del individuo ensangrentado. La más veterana les impone calma y consulta las fichas con los datos de los pacientes ingresados esa noche:

—Neumann, ha dicho. —El trasiego de expedientes entre las manos venosas de la sanitaria al cirujano le parece eterno—. Debe acudir al Área de Ginecología, la mujer por la que pregunta ha perdido al bebé que esperaba. Le están practicando un legrado de urgencia.

Martín flaquea ante el panel de información. En pocas horas, Anïta ha perdido a su marido y a su hijo. Se siente desesperadamente responsable. La enfermera veterana se acerca para aconsejarle:

—Doctor, llegará antes si se olvida de los ascensores y toma las escaleras de servicio.

Martín sube de dos en dos los escalones y alcanza la Unidad de Ginecología. Se topa con una mujer embarazada que pasea por el corredor y le pregunta por el quirófano. Ella le indica que al fondo y él penetra de golpe en la sala. El lugar está vacío, sorprende a una limpiadora que friega el suelo con una mopa gigante:

—¡Busco a Anïta Neumann! ¡Ha tenido un altercado en la frontera y ha sufrido un aborto!

—Yo no sé nada, doctor, acabo de empezar mi turno. La habrán trasladado a una de las habitaciones de la planta.

El cirujano irrumpe en varias habitaciones hasta dar con la de Anïta. La descubre maniatada en una cama, sedada, apenas cubierta con una sábana. Sentado junto a ella está el inspector Sauer.

—¡Estaba aguardando su visita! —le dice con ironía mientras se incorpora. Martín fija la mirada en la horrible cicatriz que le recorre el cuello—. Estará usted conforme con lo acontecido, doctor. Ese chico suyo, Dominik Fischer, ha encontrado por fin el donante que necesitaba gracias a nuestra intervención en la frontera. Le hemos proporcionado un riñón sano a nuestro pequeño camarada. Supongo que su intención será agradecérmelo.

Martín entra en cólera y salta sobre el agente para darle un puñetazo.

—¡Me ha mentido! ¡Me aseguró que nadie resultaría herido! ¡Y ha matado a Otto Neumann!

Sauer da un paso atrás y empuña la pistola. Apunta a Martín con ella. El cirujano lo cree capaz de apretar el gatillo:

—¡Cállese! ¿O es que quiere despertar a su amante?

—¿Cómo se atreve…?

—¡Le he dicho que se calle! —Le golpea en el cuello con la culata del arma. Martín siente un calambre que le recorre la espina dorsal y le dobla las piernas. Cae arrodillado frente a Sauer. Anïta se queja, dormida aún, y el agente le ofrece la mano para levantarlo del suelo—: ¿Ve, doctor? Para mí es fácil poner a cada uno en el lugar que le corresponde.

Sauer recupera la silla junto a la cama y ordena a Martín que se siente también. Martín obedece, se masajea dolorido el golpe del cuello. Sin dejar de apuntarlo con la pistola, el inspector observa a Anïta en silencio:

—Es guapa, ¿verdad? No me extraña que usted se sienta atraído por ella.

—¿Atraído por ella? No sé de qué me está hablando —se sorprende Martín.

—A mí no me engaña, doctor. Sé que la señora Neumann le gusta, tal vez incluso la ame. Si no fuera así…, ¿pondría en peligro su propio pellejo? —lo mira con sus ojos azules.

Martín desvía la mirada. Se vuelve a imponer el silencio entre los dos hombres. Un silencio entre los dos mundos. Un silencio de acero y pólvora.

Al cabo de unos minutos, Sauer recapacita:

—Comprenderá que no tengo por qué darle explicaciones, pero ese no es mi estilo, doctor. Verá…, lo sucedido en la frontera ha sido un accidente lamentable. Mis hombres interceptaron al matrimonio y los identificaron como desertores. Al ponerle las esposas a Anïta, Otto golpeó a un soldado y echó a correr. Imagine… Guardias armados por todas partes. Uno de ellos se puso nervioso y se le disparó el arma, justo en el pecho de ese desgraciado. Estoy profundamente decepcionado, créame. Llevo mucho tiempo trabajando en esto. El señor Neumann podría habernos proporcionado información valiosa sobre otros desertores, sobre dónde consiguen los permisos falsos para salir, por ejemplo. Tenemos métodos en nuestras cárceles, métodos efectivos para hacer hablar a la gente, aunque sean mudos de nacimiento. —Se relame los labios finos.

—¡Es usted un perturbado! —se atreve a increparlo Martín.

—No se confunda, doctor. Un perturbado no, un leal servidor de la patria, un defensor del orden democrático. —La cicatriz del cuello le brilla bajo la luz del fluorescente.

—Y a ella, ¿qué piensa hacerle? —pregunta mirando fijamente el cañón del arma.

Sauer dirige la mirada al cuerpo de Anïta. Suspira, y dice con aire paternalista:

—Esta pobre infeliz tiene poco que ofrecernos, ni siquiera sabía que su marido andaba metido en líos de política. Además, tengo entendido que es una maestra excelente en una de nuestras escuelas. Mis agentes la han sacudido un poco, esta noche ha perdido a su marido y al hijo que esperaba. Supongo que tiene bastante por ahora. Usted procure que se recupere y yo la interrogaré en las próximas semanas. Será un mero trámite, se lo aseguro.

Martín va a responder que no le cree, que sabe que tratará de hacerle más daño, pero un guardia entra de repente y susurra unas palabras al oído del agente. Sauer desata las manos de Anïta y se guarda la pistola bajo la axila.

—En fin, no puedo perder más tiempo aquí. Mis superiores requieren de mi presencia en el cuartel general. Ha sido un placer volver a verle, doctor. —Sonríe siniestro, antes de abandonar, escoltado por el guardia, la habitación.

MARTÍN OCUPA A toda prisa el lugar que ha dejado Sauer junto al cabecero de la cama. Anïta sigue dormida, le toma la temperatura de la frente con la palma de la mano. Parece normal. Tiene la cara amoratada por los golpes y el hombro que queda al descubierto de la sábana también está morado. No han tenido piedad con ella. Se atreve a levantar la tela y se le saltan las lágrimas; en su desnudez, muestra lesiones por todo el cuerpo. Un hilillo de sangre le brota desde el sexo y ennegrece el nacimiento de las piernas.

Lo sorprende una enfermera enérgica que entra en la habitación. Suelta la sábana, avergonzado.

—¡Ah, doctor! Menos mal que está usted con la señora Neumann. No conviene dejarla sola en su estado.

Cuelga la tablilla del historial a los pies de la cama y busca la vena del brazo de Anïta para suministrarle una inyección. Martín la observa de cerca. Desconfía.

—Ahora le estoy poniendo un opioide. Pobre mujer. Le han dado una paliza de muerte en la frontera. A esos animales que custodian el muro les ha dado igual que estuviera embarazada. Tiene múltiples contusiones y ha perdido mucha sangre en el aborto. Tendrá que guardar reposo varias semanas.

Martín asiente cabizbajo.

«Ese Sauer es un criminal —piensa—. Me ha engañado para matar a Otto y ha destrozado la vida de Anïta.» Le consuela que al menos ella sigue con vida. Y él tiene el privilegio de estar a su lado. Por un momento, lleva más lejos sus pensamientos: de no ser por su esposa, no habría obstáculo para que él y Anïta estuvieran juntos.

Martín enciende un cigarrillo para exorcizar los deseos prohibidos.

La enfermera los deja solos en la habitación. Es de madrugada y llueve sobre Berlín. De vez en cuando se oye a lo lejos el llanto de un recién nacido en el nido. Martín se atormenta pensando que no ha obrado bien, que es el causante de todos los problemas. Qué ingenuo ha sido al delatar a sus vecinos. Creía que los salvaba, y en realidad los estaba condenando. Con su confesión, los ha vendido al enemigo. ¿Cómo ha podido confiar en ese degenerado de Sauer? Pero, después de la visita de Troncoso a Elena, ¿qué otra salida tenía? Empieza a dudar hasta de sí mismo. ¿Los ha delatado para proteger a su esposa o para quitarse del medio a Otto? No en vano, él está enamorado de Anïta, ahora que ha estado a punto de perderla lo reconoce con todas sus consecuencias. Pero no podía saber que Otto moriría y ella sobreviviría. Lo de Elena lo acobardó. Lo acobardó, se sintió acorralado. Ese Sauer le demostró que tiene tentáculos por toda Europa. Debería telefonear a Madrid para comprobar que todo está en orden allí, pero Anïta no debe quedarse sola. Mira a la joven, que tiene el rostro deformado. Qué bella es, a pesar de los hematomas. Como una valkiria malherida. ¿Cómo le explicará que lo ha perdido todo? Se levanta y se acerca a ella. Le toma la mano, una mano suave, nacarada. Se estremece solo con ese leve contacto. Se acaricia la cara con la mano inerte y susurra:

—Duerme, mi amor, descansa. Yo velaré por ti.

15

Martín pasa la noche en la silla, junto al cabecero de Anïta. Cuando despierta, ella tiene los ojos muy abiertos y la mirada clavada en el techo amarillento de la habitación. El cirujano trata de comunicarse con ella, pero la mujer permanece inmóvil, no responde a su llamada. Martín avisa a la enfermera que la ha atendido durante la noche, que acude acompañada de un especialista. El médico observa la reacción de las pupilas a la luz de una cerilla y le toma las constantes vitales. Apunta el diagnóstico en la tablilla del historial.

—Doctor —se dirige a Martín—. Creo que la señora Neumann ha entrado en un estado de estupor melancólico. La situación vivida anoche en la frontera, ser testigo de cómo dispararon a su marido, perder al hijo que esperaba… son parte de un trauma difícil de asimilar. Además, tiene un fuerte golpe en la mejilla derecha y el cuerpo lleno de contusiones. —El cirujano cabecea para reafirmar las palabras de su colega—. No sé cuánto tiempo permanecerá en este estado de inmovilidad y de mutismo. Lo que sí sé es que la señora Neumann necesita descansar. Y presumo que usted también lo necesita —añade señalando la bata manchada de sangre reseca que todavía viste Martín—. Debería irse a casa, doctor.

Martín duda si dejar sola a Anïta o quedarse, pero observa en el cristal de la ventana su aspecto desastrado, se pasa la mano por la barba sin afeitar, se mira la ropa salpicada de sangre de la operación de Dominik y considera que el médico tiene razón. No cree que Sauer vuelva por el momento, ya que no puede sacar nada de Anïta en esa situación. Antes de salir de la habitación, le da un beso en la frente; ella no reacciona, continúa con los ojos fijos en el techo.

Sale al pasillo, se desprende de la bata sucia y la tira en un contenedor de ropa. Pasa a visitar a Fischer. Dominik lleva trasplantado unas horas y él no ha vuelto a interesarse por su estado. En el Área de Pediatría comprueba que todavía está sedado. La madre lo acompaña, y Creus y Zambrano controlan su evolución. Martín saluda a sus colegas y a la madre de Dominik, ella le toma las manos y le da las gracias por haber salvado a su hijo.

—Hay que esperar, señora Fischer —dice leyendo los apuntes de Creus y Zambrano.

Se acerca al cabecero del chico, le toma el pulso, le habla al oído y lo anima:

—Vamos, campeón, que te están esperando tus camaradas del Dynamo para jugar al fútbol.

Conversa con sus colegas sobre la evolución de las primeras horas. Ambos se muestran muy satisfechos, el riñón trasplantado empieza a generar orina.

—Por cierto, Chacón ha dejado aviso de que quiere verte en su despacho —le advierte Creus.

Martín se despide de los doctores y de la madre de Dominik. Tiene el impulso de ignorar las palabras de Creus y marcharse a casa a descansar, pero se lo piensa mejor y se dirige al pabellón universitario para entrevistarse con Ezequiel Chacón.

MARTÍN TOCA CON los nudillos la puerta del despacho. Desde dentro, le contesta una voz que le ordena que pase. Chacón está sentado a la mesa consultando un tratado de anatomía. Pasa las páginas despacio, con las gafas sostenidas en la punta de la nariz.

Schreber está de pie junto a la ventana. El alemán parece de mal humor y se está calentando las manos sobre un radiador de hierro fundido.

—Estamos muy satisfechos con la operación de Fischer, Martín. Anoche hiciste un gran trabajo —dice Chacón, que se quita las gafas y entrelaza las manos encima de las páginas ilustradas del libro. Schreber le lanza una mirada furibunda—. Pero nos llamó la atención que abandonases el quirófano tan repentinamente.

—El hombre que murió anoche —explica Martín tomando asiento y prendiendo un cigarrillo—, el que donó el riñón para Dominik, era mi vecino, Otto Neumann. La señora Neumann recibió una paliza en la frontera y se encuentra ingresada en este mismo hospital.

—¿Con qué diagnóstico? —Chacón se inclina hacia delante.

—Ha perdido al bebé que esperaba. Tiene contusiones por todo el cuerpo y la última noticia es que ha entrado en un estado de estupor melancólico.

Schreber interviene con voz bronca:

—Esas personas con las que trata no son recomendables, doctor San Román. Son contrarios al gobierno, desertores.

—Anïta Neumann es inocente —contesta Martín soltando el humo del tabaco.

—¿Cómo puede decir eso? Los dos intentaron fugarse anoche.

Martín lo mira con desdén.

—Durante estos meses he entablado amistad con ella y sé que es inocente.

El médico alemán se desespera y se aparta de la ventana. En su ataque de ira tropieza con una butaca y se lastima la rodilla.

—Inocente… ¿Y la conversación con el policía cuando el señor Neumann estaba a punto de morir? ¿De qué trato hablaba? Ambos lo escuchamos… —Se frota la pierna para mitigar el dolor y mira a Chacón en busca de apoyo—. ¿Qué trato?

—No sé de qué trato me habla, anoche estaba muy alterado, pude decir cualquier estupidez —ahoga la llama del cigarrillo entre los dedos.

Schreber se acerca a Martín y lo encara. Rabioso, con los dientes apretados y la frente hundida.

—No trate de tomarme el pelo, San Román. Si anda en tratos con miembros de la Stasi, es más insensato de lo que yo suponía. Yo no quiero saber nada de todo esto, pero le advierto: un paso en falso más y lo saco de la investigación. No puedo poner en peligro a mi equipo y a mis pacientes porque usted no sea consciente de las consecuencias que pueden tener sus actos aquí.

El médico sale airado del despacho y pega un portazo. Chacón permanece inalterable.

—No le hagas mucho caso, Martín. Anda enojado porque lo están presionando desde el ministerio para que obtenga resultados cuanto antes. Lo amenazan constantemente con retirar la financiación. Estos gobernantes… No se dan cuenta de que todo avance médico necesita un tiempo prudencial de estudio y desarrollo.

Una enfermera llama a la puerta y acerca a la mesa el historial de Dominik Fischer. Deja en el ambiente del despacho un olor dulce, de almendras, que Martín agradece, hastiado de la asepsia del hospital. El doctor Chacón se coloca de nuevo las gafas y abre la documentación.

—Yo, en cambio, estoy contento, la operación de Dominik ha sido un éxito, y con la ayuda de Creus y Zambrano tengo esperanza de que el chico salga adelante, como el resto de los trasplantados. —Se levanta y palmea la espalda de Martín—. Y tú también deberías estar contento. Has demostrado ser un gran profesional y con mis informes recuperarás el prestigio que tenías en el San Guillermo. En cuanto a esas compañías a las que se refiere Schreber…, solo te aconsejo que tengas cuidado. Los conflictos políticos lo entorpecen todo, Martín, y a veces es difícil mantenerse neutral ante las injusticias, pero hemos venido aquí a hacer un trabajo de investigación médica y a eso debemos dedicar todas nuestras energías.

Martín asiente ante las advertencias de Chacón, distraído. Antes de levantarse para salir, pregunta:

—¿Puedo llamar a mi esposa, doctor?

—Por supuesto, mi teléfono está a tu entera disposición.

Chacón sale del despacho, Martín ocupa la mesa y marca el número de los padres de Elena. Piensa que Schreber tiene razón, que ha sido un incauto al confiar en alguien como Sauer. Pero al menos Anïta sigue con vida.

En la casa de El Pardo, a regañadientes porque Lalita cada día está más vieja y sorda, y no cumple con sus tareas, su suegra descuelga el teléfono:

—Hola, Martín, qué alegría que nos llames, nos dejaste preocupados el otro día. Elena… Elenita está aquí con nosotros, ahora mismo te la pongo, hijo.

Percibe el traslado del auricular de mano en mano:

—¿Estás bien? —pregunta Martín.

—Sí, claro —responde su esposa con tono serio.

—Elena, espero que me perdones por lo del otro día. Estaba muy nervioso. Por eso te grité y te ordené que no recibieras a nadie. Ese tal Troncoso apenas aguantó unos días con nosotros en Berlín, no entiendo cómo se presentó en casa de tus padres con esa historia tan inverosímil.

—Nosotros lo recibimos porque creímos que venía de tu parte —se defiende Elena—. Nos contó tantas cosas agradables del trato contigo y el doctor Sauer…

Martín se estremece al escuchar el apellido del agente de la Stasi. Se esfuerza en aparentar calma:

—Entiendo, entiendo. No te preocupes, todo ha sido un malentendido que ya hemos aclarado.

—Martín —la voz de Elena se suaviza, se vuelve almibarada—, te echo muchísimo de menos. ¿Volverás pronto?

—Pronto, cariño, la investigación avanza con éxito. Regresaré a Madrid en cuanto pueda y todo volverá a ser como antes. —Enreda los dedos en el cable del teléfono.

Elena enmudece al otro lado. Martín suelta el cable y rectifica:

—Será mejor que antes, ya lo verás, Elena. Como al principio de conocernos, ¿recuerdas? —Se toca distraído la nariz, consciente de que falta a la verdad.

—Sí recuerdo, claro que lo recuerdo. Fuiste un novio maravilloso. Detallista, divertido, educado, siempre atento a mis necesidades. Entonces... ¿te pensarás lo de la adopción? —se aventura.

—Claro que sí —miente él—. Pero debes prometerme una cosa: no recibiréis a nadie en casa, aunque asegure ir de mi parte, a no ser que os avise yo antes.

—Como tú digas, Martín. ¿Volverás a llamar?

—A finales de semana —asegura él, que no ve el momento de colgar para evitar más preguntas.

—Aguardaré tu llamada. Te quiero.

Él cuelga el auricular con un regusto amargo en la garganta.

Martín abandona la Charité para regresar a su apartamento. La lluvia caída durante la noche ha dejado grandes charcos que duplican sobre el asfalto los edificios de ladrillo rojo del hospital y las nubes que vuelan hacia el oeste. Martín mira hacia la habitación de Anïta, mete las manos en los bolsillos del abrigo y se encamina a su distrito. Observa los escasos transeúntes que recorren las calles. Pese a ser lunes, le parece que hay menos movimiento de lo habitual. Como si lo sucedido en la frontera hubiera transmitido una especie de onda expansiva que impidiera a la gente acercarse a las inmediaciones del muro. Martín se sube a un autobús. Mientras cruza la ciudad, duda si visitar a Muriel en la escuela. La cocinera se habrá enterado de lo que le ha sucedido a sus amigos y estará muy afectada. Se siente agotado y decide volver al apartamento.

Al llegar al portal se cruza con dos guardias vestidos de uniforme. Se teme lo peor y sube a zancadas las escaleras. La puerta de Otto y Anïta está entreabierta. Martín la empuja con aprensión. En el interior descubre que han registrado el apartamento de manera salvaje. Han arrancado el papel pintado que cubría las paredes. Cauteloso, avanza hasta la salita. La televisión está destrozada. El sofá de escay verde, con las tripas de espuma y los muelles al aire. Los cajones del aparador cuelgan fuera de los rieles y todos los enseres del matrimonio están diseminados por el suelo. Martín se agacha y recoge la trompeta de Otto, estrellada lejos de su estuche. Se le desprenden los pistones y el cirujano se estremece.

—¿Quién anda ahí? —distingue la voz de la señora Meyer.

—Soy yo, señora Meyer, el doctor San Román.

—¡No se le ocurra robar nada, extranjero! —le advierte desde la puerta.

—No, claro que no. Solo estoy echando un vistazo. El apartamento está destrozado.

La señora Meyer entra hasta la salita y mira a su alrededor. Se lleva las manos a la cabeza y se le saltan las lágrimas:

—¡Bastardos! Arrasan sin piedad con la vida de las personas…

La giganta empieza a recoger las cosas del suelo, tratando de restablecer el orden en medio del caos. Martín la sigue y retira ruidosamente varias piezas de loza rota.

—¿Cómo está la pobre Anïta?

—Le han dado una paliza en la frontera y ha perdido a su bebé. ¿No me pregunta por Otto?

—Ya sé que ese malnacido ha muerto —contesta con repulsión.

—¿Malnacido? —se asombra Martín.

—Sí, malnacido. Se creía superior a todos nosotros. Intelectualmente, ¿comprende? Trataba mal a Anïta, la humillaba porque ella es capaz de ser feliz con muy poco. ¿Usted cree que se necesita mucho para ser feliz? —le pregunta y acerca la cara a la de Martín; un rostro constelado de rojeces—. ¿Cree que mi hijo es tremendamente feliz al otro lado del muro? No, doctor. —Se aparta y se agacha para seguir limpiando—: todos los gobiernos tienen sus problemas. Problemas que afectan a la gente corriente. La libertad, la libertad, me río yo de la libertad del mundo capitalista. Anïta es una mujer encantadora, una buena maestra, una vecina siempre dispuesta a echar una mano. Pero ese animal de Otto se empeñó en llevársela. Y ahora ha perdido a su marido y a su hijo. Debe de estar rota por dentro, destruida, como lo está su propia casa.

Se esmera en recoger, ajusta los cajones del aparador, retira los cristales rotos de la vitrina y es delicada con las fotografías expulsadas con violencia de los marcos. Mira fijamente a Martín.

—Usted parece un buen hombre, doctor, debe cuidar de ella.

—Lo haré, señora Meyer, descuide. Pero Anïta también tiene buenos amigos que contribuirán a su recuperación.

—No sea ingenuo, doctor. Los amigos desaparecen del mapa cuando hay problemas con la Stasi. Nadie quiere verse señalado, ¿me comprende?

MARTÍN SE MARCHA del apartamento sin dar crédito a las palabras de la señora Meyer. Antes de entrar en su casa, un mal pensamiento le sacude la mente. Con la llave todavía en la mano sale del edificio para encaminarse a la escuela y visitar a Muriel, la cocinera. La mujer lo recibe entre fogones. El cirujano se desabrocha el abrigo y el cuello de la camisa, hace calor en la cocina.

—¿Qué necesita de mí, doctor? —pregunta sin dejar de cortar unos filetes de una pieza de cerdo.

—Venía a contarle que sus amigos tuvieron un fatídico percance anoche, en la frontera. Otto Neumann ha fallecido y Anïta ha perdido al bebé que esperaba.

Muriel no se inmuta. Sigue fileteando el cerdo sobre la tabla gastada. Martín observa el filo del cuchillo penetrar en la carne y horadar una y otra vez la madera.

—Lo siento por la señora Neumann —dice mientras aparta un montoncito de filetes y coge de nuevo el cuchillo.

—¿La señora Neumann? ¿Ya no es Anïta, su amiga?

—¿Y qué quiere que le diga, doctor? Tampoco tenemos tanto trato.

Martín se enerva. Da un golpe sobre la tabla de cortar y Muriel respinga del susto.

—¿Cómo que no tienen tanto trato? ¡Si son íntimas!

—Creo que se equivoca, doctor, la señora Neumann y yo solo somos compañeras, no tenemos relación fuera de estas paredes —dice Muriel sin soltar el cuchillo.

Martín la agarra del brazo para hacerla entrar en razón. Muriel no se ablanda:

—¡Suélteme, doctor! No tiene derecho…

Otra mujer entra en la cocina. Martín libera el brazo de Muriel.

—¿Qué está pasando aquí? —pregunta la recién llegada con la mirada puesta en el cuchillo que sostiene la cocinera.

—Es por lo ocurrido con Anïta Neumann —contesta Muriel, doliéndose del brazo.

—La señora Neumann ya no trabaja en esta escuela —le espeta la mujer, ceñuda, con las manos apoyadas en la cintura—. No podemos emplear a traidores. Y le rogaría que se marchase, señor, si no, tendré que dar aviso a la policía.

A Martín se le pasa por la cabeza exigir explicaciones, incluso forzar la llegada de la policía, pero comprende que un escándalo solo empeoraría la situación para Anïta. Llama cobarde a Muriel entre dientes y abandona desesperanzado la cocina.

Antes de salir del recinto de la escuela, Muriel lo alcanza por la espalda. Se ha puesto el abrigo y se ha cubierto la cabeza con un gorro de lluvia. Le toma de la mano para conducirlo a la parte trasera del colegio y acceder al bosquecillo. El suelo está cubierto de hojas estrelladas que crepitan bajo la presión de los zapatos. Apenas se cruzan con un par de jóvenes que pasean acaramelados, Muriel se levanta las solapas del abrigo y toma del brazo a Martín para simular que son una pareja de novios.

—Siento lo ocurrido en la cocina. Estamos muy vigilados por esos perros de la Stasi. Están interrogando a todos. No les basta con matar al rebelde, quieren más sangre. Quieren atrapar al que les facilita los pasaportes. Y no pararán hasta que lo consigan.

—Comprendo, Muriel —dice Martín atrayéndola hacia él, para que nadie pueda identificarla.

—Y yo, yo tengo una hija pequeña, doctor. Si me sucediera algo a mí, o a mi marido… Bueno, si Edel se enterase de que he hablado con usted, me mataría.

Ambos se sientan en un banco de madera, bajo un árbol. De cuando en cuando observan mecerse en el aire una hoja seca. Un grupo de ánades reales cruza el camino y se adentra en el cauce del río. Ella apoya la cabeza sobre el hombro de Martín.

—¿Cómo está Anïta? ¿Le han dejado verla? —susurra, y saca un pañuelo del bolsillo para secarse las lágrimas.

—Tiene el cuerpo destrozado por los golpes, pero estoy seguro de que saldrá adelante. Es una mujer fuerte.

Muriel suspira aliviada. Esboza una sonrisa. Un barrendero pasa el rastrillo cerca de ellos. Martín abraza contra su pecho a Muriel. La besa en la frente, en unos mechones rebeldes que se le escapan por debajo del gorro. El barrendero se aleja, el viento sacude las ramas y caen frías gotas de agua. Ellos se levantan para despedirse.

—Quédese tranquila, Muriel. Yo cuidaré de Anïta hasta que se recupere.

Ella le estrecha las manos con agradecimiento. Se acerca y lo besa en la cara, junto al oído:

—Dígale que la quiero muchísimo, doctor.

La observa correr a través del bosquecillo hasta desaparecer al otro lado de la valla de la escuela.

MARTÍN DECIDE REGRESAR a la Charité. Tras la conversación con Muriel cree que debe vigilar que Anïta esté atendida, asegurarse de que nadie la hostigue. Toma un taxi para llegar cuanto antes al hospital. Atraviesa los pasillos del Área de Ginecología con el corazón encogido. Cuando entra en la habitación de Anïta, la descubre vacía. La ventana está abierta, el colchón desnudo y el historial ha desaparecido. Martín entra en pánico, sale al pasillo, agarra a la primera enfermera que se encuentra y la zarandea sin contemplaciones.

—¿Dónde está Anïta Neumann? ¿Dónde se la han llevado? Esta mañana la dejé ingresada en esta habitación… ¡Dígame dónde está!

La enfermera enrojece y jura que ella no sabe nada. Martín insiste en el maltrato. La enfermera pierde la cofia y comienza a sollozar. El médico que diagnosticó a Anïta por la mañana acude en su auxilio. Se lleva a un aparte a Martín. El cirujano está trastornado, babeante, los ojos saltones y las manos temblorosas.

—No se preocupe, doctor. La señora Neumann sigue en este hospital. La hemos trasladado a la zona de reposo, allí pueden ayudarla con su estado de mutismo. Era absurdo que permaneciera en el Área de Ginecología —añade.

Martín mira al médico con desprecio, el término reposo no es más que un eufemismo. A Anïta la han ingresado en el pabellón de psiquiatría.

16

EL EDIFICIO DE psiquiatría se levanta en un extremo del recinto hospitalario. A duras penas mantiene la fachada de ladrillo rojo, invadida por la hiedra, como invade algunas cabezas el desatino. Bajo las letras doradas «PSYCHIATRISCHE U NERVENKLINIK» lo recibe una puerta verde rematada por un frontón con arcadas de piedra. Martín llama al interfono. Una voz chillona le grita que se identifique. El cirujano se acredita como personal de investigación y escucha el zumbido grave que abre automáticamente la puerta de entrada. La propietaria de la voz chillona, una mujer escuálida y desgreñada, lo atiende desde una garita enrejada. Revisa los papeles.

—¿A qué se debe la visita, doctor San Román?

—Han trasladado aquí a una paciente mía. La señora Anïta Neumann.

—He leído la historia de la señora Neumann y su apellido no consta en ninguna parte, doctor.

—Formo parte del equipo que la atiende.

—¡Cuántas consideraciones para una desertora! Si me la dejaran a mí... —gruñe y sale al pasillo. Martín comprueba que cojea de la pierna izquierda. El racimo de llaves que cuelga del cinturón tintinea con la cadencia exagerada de sus caderas.

Recorren un pasillo largo y angosto, lleno de puertas cerradas de acero. Apesta a orines, y de cuando en cuando se oye un gemido o una risa metálica. La bedel le muestra la puerta que corresponde a la señora Neumann. A través de una mirilla perforada, Martín observa la habitación que le han asignado: una cama, un inodoro y una ventana imposible de alcanzar. Anïta está acostada de lado en la cama, inmovilizada con unas correas, con la mirada perdida en una pared blanquecina. La celda está vagamente iluminada por la luz invernal que penetra de soslayo. No parece que ella siga en este mundo.

—¿Por qué la tienen atada? —le pregunta a la portera, que se encoje de hombros y sonríe con malicia.

—Supongo que para que no se haga daño.

—¿Hacerse daño? ¡En su estado ni siquiera puede moverse!

—A mí eso no me importa. Yo recibo órdenes del psiquiatra. Si quiere hablar con él, está en su despacho.

Martín entra en el despacho del psiquiatra enarbolando el historial de Anïta. La pieza es demasiado grande, con las paredes forradas de moqueta y libros amontonados del suelo al techo. El psiquiatra es un hombre de edad avanzada, barba larga y anchos bigotes, al que sorprende sentado detrás de la mesa leyendo un ejemplar del *Neues Deutschland**.

—¡Por fin Honecker se pone al frente del Consejo de Estado! —exclama golpeando con el dedo índice el diario, sin tener en cuenta la visita.

—La señora Neumann no debería estar atada —observa Martín.

El psiquiatra apenas lo mira, imbuido en la lectura del artículo sobre el nuevo nombramiento político.

—Es por precaución, por si convulsiona, para que no se autolesione.

—Sabe bien que en su estado no puede convulsionar.

---

* Periódico *Diario Nacional de Alemania*. Fue el órgano oficial del Partido Socialista Unificado de Alemania (SED), que gobernó la República Democrática Alemana, y como tal sirvió como una de las herramientas informativas más importantes del partido.

—¿Usted cree? En este pabellón he visto convulsionar hasta cadáveres, señor —ironiza—. Además…, ¿quién es usted para cuestionar mis decisiones? —Dobla el periódico y posa las manos encima. El olor a tinta fresca flota en el ambiente.

—Me habían asignado a esta paciente —contesta Martín sin tener forma de demostrarlo.

—Una vez que alguien ingresa en este pabellón pasa a ser de mi incumbencia. Esperaremos un par de días más, señor —dice acariciándose los bigotes—. Si no reacciona, le aplicaremos terapia de electrochoque.

Martín se revuelve, no puede permitir que a Anïta le pongan los electrodos.

—¿Electrochoque, dice? Es usted un profesional muy valiente.

El bigotudo se queda desconcertado con las palabras de Martín.

—¿A qué se refiere? —se interesa, escamado.

—Bueno, la Stasi está esperando a que se recupere para interrogarla, la señora Neumann maneja información de gran valor. Si los electrodos le provocaran algún daño en el cerebro, tal vez esa información que esperan conseguir se borre para siempre.

El psiquiatra palidece y se levanta del asiento. Le da la espalda a Martín.

—No sabía que esa mujer tuviera cuentas pendientes con la Stasi.

Martín atesora su victoria.

—Es la cabecilla de un grupo de desertores —le cuenta. El doctor retrocede, espantado—. Todo lo que pueda decir es de vital importancia para el gobierno. ¿Todavía cree que los electrodos son la mejor idea?

—No, no, no —replica regresando a su mesa y enrollando el periódico—. Tendrá que seguir unas pautas de reposo hasta que recupere las fuerzas. Aquí estará bien atendida. Confiemos en que poco a poco salga de su mutismo.

El psiquiatra le permite entrar en la habitación de Anïta. Martín se acerca a ella y le acaricia el nacimiento del cabello, la frente, la cara. El estado es similar al que presentaba cuando la dejó hace ya varias horas, no ha mudado ni la postura ni el semblante. El cirujano se sienta frente a ella, de manera que pueda verlo. Le toma la mano y le habla con cariño para que sepa que está a su lado y se sienta segura y protegida. Anïta sigue sumergida en su mutismo. Podría atravesarlo con la mirada, puesta en la pared blanquecina. Martín se asoma al interior de esos ojos y siente su dolor, su sufrimiento. Ayer era una mujer con una vida plena y ahora está encerrada en la celda de un psiquiátrico, postrada en la cama, con escasas esperanzas. Paralizado su cuerpo y silenciados sus labios. Pero él no la abandonará, no permitirá que se rinda.

Transcurren los días y Martín sigue adelante con su trabajo y visita a Anïta siempre que puede. Casi vive en el hospital. Los trasplantados evolucionan favorablemente. Dominik está muy recuperado, tiene fuerzas para caminar sostenido por unas muletas, y del cuerpo de Anïta van desapareciendo las lesiones. Martín acude todos los días al pabellón psiquiátrico y le hace compañía. Le cuenta los progresos de Dominik y las ocurrencias de la señora Meyer, le habla de lo mucho que la quiere Muriel y le miente sobre que sus amados alumnos la aguardan en la escuela. Pero ella permanece inerte, apartada de la realidad, y el psiquiatra se impacienta.

Una tarde, tras dos meses sin evolución, en su despacho desangelado, protegido entre columnatas de papel cosido, el psiquiatra le hace saber a Martín que si Anïta no sale de su mutismo terminará por ponerle los electrodos.

—Estará de acuerdo conmigo, doctor San Román, en que en este estado tampoco es de utilidad para el ministerio.

Martín asiente mientras fuma un cigarrillo. No va a poder retenerlo más. Tiene que contárselo a Anïta y hacerla reaccionar.

La encuentra sentada en la silla de la celda, con la mirada perdida en la pared y los pies descalzos en el suelo. Se acerca a ella y le susurra:

—Estás en peligro, Anïta, pronto no podré hacer nada por ti. He intentado ganar tiempo, protegerte de los métodos abusivos del psiquiatra que sigue tu caso, pero tú no me escuchas, no colaboras, no das señal alguna de que te importe. —Observa el vaho de sus palabras evaporarse sobre la cara inexpresiva de ella y grita—: ¡Ah, entiendo! ¡A la señora Neumann no le importa nadie! ¡Qué ingenuo he sido al venir aquí, a darle consuelo, a cuidarla! —Vuelve a bajar la voz y la amenaza—: Debería haberte abandonado como todos, después de vuestro fracaso en la frontera, con ese plan de huida malparido.

Ella permanece inmóvil, impasible, ni siquiera lo mira. Martín se impacienta, la agarra del camisón del hospital y la zarandea con violencia:

—¿Me oyes, Anïta? ¡Tu marido Otto ha muerto! ¡Has perdido a tu hijo y te persigue la Stasi! Y el malnacido del psiquiatra te va a plantar los electrodos aquí y aquí —dice golpeándole las sienes con los dedos—. Y vas a sentir un dolor tan intenso en el cerebro que quizá nunca vuelvas a saber ni cómo te llamas. Y entonces te quedarás encerrada entre estas cuatro paredes para siempre, morirás aquí, Anïta, metida en esta institución para locos. ¿Quieres morir aquí, Anïta? ¿Quieres morir aquí?

De pronto, el rostro de ella se contrae, un sonido incomprensible emerge de la garganta, le cuesta articular la primera palabra que sale de su boca después de varias semanas de mutismo:

—Nooo. —Traga saliva con trabajo y balbucea—. No quiero morir.

Martín la abraza con fuerza y Anïta solloza cobijada entre sus brazos.

—Señora Neumann, ¿puede oírme? —le pregunta el psiquiatra con una cerilla encendida entre los dedos—. ¿Puede seguir esta luz con los ojos?

Martín le pone una mano en el hombro y Anïta asiente con la cabeza.

—¿Puede decirnos alguna palabra?

Con esfuerzo, ella susurra que sí y el doctor escribe unas notas en el historial.

—¿Comprende lo que le ha ocurrido?

Ella desvía la mirada hacia la pared. Llora en silencio. Martín le toma la mano.

—Doctor San Román, creo que por hoy es suficiente. Esto significa un gran progreso para la señora Neumann. Debemos dejarla descansar.

Martín está de acuerdo con el psiquiatra. Suelta la mano de Anïta y se la tiende a su colega. La portera le abre la puerta desde su jaula y el cirujano se marcha a casa.

De madrugada, Martín sufre otra pesadilla. Sueña que está sentado con Anïta en un banco del bosquecillo, cerca de la escuela. El día es templado y el sol centellea entre las ramas de los árboles. Anïta y él conversan alegres; ella está totalmente recuperada y él se siente muy atraído por su vecina. Con ternura, se atreve a ponerle la mano sobre la pierna. Ella le sonríe. Nota la tibieza que desprende la piel de la rodilla. Es un momento relajado y delicioso de intimidad entre los dos. Martín nota movimiento bajo la falda de Anïta, un latido que le resulta agradable. Se siente pleno, dichoso. De repente, una mariposa roja se le posa en el dorso de la mano. Al tratar de acariciarla, comprueba con espanto que decenas de larvas le recorren los dedos. Levanta la falda de Anïta. Cientos de crisálidas le anidan entre los muslos, le colonizan el pubis. La aparta del banco con brusquedad y multitud de mariposas escapan desde el interior de su sexo. Anïta no dice nada, no está asustada, solo mira fijamente a los ojos de Martín y lo señala con un dedo acusador. Martín se despierta sobresaltado en la cama.

—No es más que otro mal sueño —se consuela con la boca todavía pastosa.

A LA MAÑANA siguiente, cuando acude a visitar a Anïta, lo anima encontrarla algo más recuperada. Ha recobrado la expresión, el color ha regresado a sus mejillas. Al verlo entrar en el cuarto, derrama algunas lágrimas. Habla todavía muy bajito, con dificultad:

—Lo he perdido todo, doctor. Todo lo que tenía importancia en mi vida. Otto se obcecó en salir, y ahora, él ha muerto, yo he perdido a nuestro hijo, y estoy señalada. No recuperaré mi casa, ni mi trabajo. Otto era un egoísta, solo miraba por sí mismo. Y un insensato que nunca pensó en las consecuencias de un posible fracaso. Y al final, él se ha marchado para siempre. ¡Pobre Otto! —solloza desvalida.

—¿Cómo sucedió, Anïta? —pregunta Martín, ahogado por la culpa. Se sienta y le toma la mano. Ella se deja hacer.

—Nos estaban esperando. Nada más enseñar los pasaportes falsos, varios guardias nos apuntaron con los kalashnikov. Otto salió corriendo y uno de ellos le disparó a bocajarro en el pecho. Cayó malherido al suelo y el guardia le empezó a dar patadas: «Pensabas que podías escapar, traidor de mierda», le gritaba. «¡Debe llegar vivo al hospital, idiota!», dijo otro que parecía su superior, y que lo apartó a empellones. Yo traté de acercarme para socorrerlo, pero un soldado me golpeó la cara con la culata del arma. No recuerdo nada más. ¿Por qué nos ha sucedido esto, doctor, por qué? —llora con la cara entre las manos.

Martín le acaricia la cabeza, el cabello largo y rubio. Se siente apesadumbrado. Parte de la desgracia de Anïta y Otto es culpa suya. Sabe que llevará esa carga sobre su conciencia el resto de la vida. Teme que, si le confiesa su participación en la detención, la perderá para siempre. Él se había comportado como un ingenuo y Sauer no cumplió su palabra. Y Anïta y solo Anïta era quien estaba pagando las consecuencias.

—Su marido Otto obró un pequeño milagro antes de morir —le dice para consolarla—. Consintió la donación de uno de sus riñones para trasplantárselo a un adolescente muy enfermo, Dominik Fischer. Y ese gesto le ha salvado la vida al chico. Debería sentirse orgullosa de Otto, Anïta. Tal vez no era un hombre tan egoísta como cree.

Ella esboza una tibia sonrisa humedecida por las lágrimas.

—Oh, doctor. Me encantaría tener la oportunidad de conocer a ese joven —le pide, esperanzada.

—Me parece una idea estupenda, Anïta. Dominik es un chico muy especial. Estoy seguro de que conoceros será beneficioso para los dos.

MARTÍN PREPARA EL encuentro entre Anïta y Dominik. Los dos enfermos están todavía algo débiles, pero anejo al pabellón psiquiátrico hay un pequeño jardín, con setos de boj, rosales y suculentas. «A muchos de nuestros ingresados les hace bien pasear. No se apure, doctor, los que salen a nuestro jardín son locos inofensivos», le comenta el psiquiatra. Es el lugar idóneo para llevar a Dominik, que todavía se desplaza con muletas. La señora Fischer está de acuerdo con la reunión; sin el riñón de Otto, su hijo no habría sobrevivido.

—Es lo menos que podemos hacer por esa mujer —asegura conmovida.

A Dominik le deslumbra la luz del sol de mediodía. Anïta los aguarda bajo la sombra de una pérgola, aún en silla de ruedas.

—Buenas tardes, Anïta. Le presento a mi buen amigo Dominik, le gusta jugar al fútbol y es seguidor del Dynamo de Berlín —dice Martín, pletórico, animado por el verdor del recinto y la tierra bajo los zapatos.

Anïta y el chico se dan la mano. Se sientan en un banco al borde de un camino. Algunos pacientes arrastran los pies por los senderos; una mujer joven se queda extasiada con el trinar de los pájaros; un anciano rebusca con las manos entre los montoncitos de arena de un hormiguero. Los tres aspiran el aire puro del jardín. La tarde transcurre entretenida, la conversación es animada, Anïta y Dominik charlan de temas escolares:

—Desde que me ingresaron aquí, mi maestro me hace llegar las tareas, pero hay lecciones que no comprendo —confiesa el chico.

—Yo puedo ayudarte si lo deseas —se ofrece Anïta.

Dominik se lo agradece, le plantea dudas sobre álgebra y lengua que Anïta resuelve. La tarde cae y los convalecientes acusan el cansancio. Martín pide a un celador que lleve al chico a su planta y él empuja la silla de ruedas de Anïta hasta el pabellón.

—Me ha hecho mucho bien conocer a Dominik, es un joven excepcional.

—Jamás pierde la sonrisa. Quiere ser futbolista y jugar en el Dynamo de Berlín.

Martín se entristece ante las pocas posibilidades de que los sueños de Dominik se cumplan y Anïta le estrecha el brazo, comprensiva.

—Tengo ganas de volver a casa, doctor.

—Pronto, Anïta, pronto —le promete él antes de tomarla entre los brazos para acostarla en la cama.

17

TRAS VARIAS SEMANAS de reposo en el pabellón psiquiátrico, el regreso de Anïta a casa supone todo un acontecimiento. Martín y la señora Meyer han adecentado el apartamento y han colocado flores frescas en la salita. La señora Meyer ha conseguido desviar una barra de pan, un cuarto de queso emmental y una botella de vino tinto en el supermercado.

Martín la ha acompañado durante sus largas horas de silencio. A menudo, ambos sumidos en sus propios pensamientos. En ocasiones han hablado sobre sus respectivas infancias, tan opuestas y, no obstante, tan cercanas. Anïta sufrió la desaparición repentina de sus progenitores, y el doctor San Román creció con la ausencia en vida de su padre y la enfermedad y muerte de su madre. En los contados momentos que se tomaban de la mano, con el disimulo y la torpeza de dos adolescentes, sentían fluir bajo la piel el pulso de la sangre caliente.

Anïta se emociona al entrar en su casa. Martín y la señora Meyer han hecho un trabajo fantástico: aunque falta la televisión y la mayoría de los enseres, la casa está aceptablemente ordenada. Abre la ventana, acaricia la madera del aparador, fija la mirada en las fotografías que han logrado rescatar, pero no es capaz de cruzar la puerta de la habitación que compartía con Otto. Martín se da cuenta y la acomoda en la salita. Corta unos pedazos de pan y de queso y le ofrece un vaso de vino.

—No hay mucho que celebrar —suspira ella, pesimista.

—¡Claro que sí, Anïta! —dice la señora Meyer—: Sigues viva y deberías estar agradecida. Yo pasé la juventud en la otra Alemania, la del Führer, y si algo aprendí de aquella época tan atroz, es que mantenernos con vida es un regalo y un acto de rebeldía.

Anïta parece aceptar las palabras de su vecina. Debe afrontar que su situación ha cambiado, que ahora está sola, pero que tiene la oportunidad de empezar de nuevo.

—Brindemos por tu recuperación. —La mujer levanta el vaso engullendo el queso y el pan.

Anïta acepta el brindis con la vista nublada por las lágrimas. La señora Meyer se levanta pesadamente de la silla y se despide de ellos:

—Es tarde y debo irme ya. Tengo que cuidar de mi marido —se disculpa.

Martín la acompaña hasta la puerta.

—No la deje sola, doctor, al menos por esta noche. O se la comerán las pesadillas —susurra con los ojos muy abiertos.

—No se apure, señora Meyer.

La mujer le repite que la cuide y se mete en su casa.

Martín regresa a la sala. Anïta está recogiendo los platos y los vasos de vino. Uno de ellos se le resbala de las manos, cae al suelo y salpica la pared de un intenso color rojo. Ella no puede soportar la visión de esas manchas sanguinolentas y se sienta en el sofá para evitar caer desmayada. Martín se sienta junto a ella y la abraza. La unión de los cuerpos se prolonga hasta sus bocas y se besan con pasión. Sin pensar en las consecuencias de sus actos entran en el dormitorio, se tumban en la cama y empiezan a acariciarse despacio, sin urgencia. Él la desviste con delicadeza y ella le susurra que lo ama. Martín la besa tras las orejas, en el cuello, en el nacimiento del cabello rubio, y recorre su cuerpo con las yemas de los dedos. Está muy delgada tras tantas semanas de convalecencia, pero su piel blanca es suave y su rostro resplandece. Y hacen el amor. Como si se hubieran estado esperando desde el primer momento en que se vieron. Al terminar, Martín le dedica palabras amorosas y caricias llenas de ternura. Ella se queda dormida y el cirujano se levanta para fumarse un cigarrillo. Apoyado en el alféizar de la ventana, contempla la noche oscura sobre Berlín y piensa en Elena. Se siente confundido: culpable, pero a la vez dichoso. Lo que experimenta junto a Anïta es especial, nunca se había sentido así por nadie. Ni siquiera por su propia esposa. Ya no la odia por mentir, ni por las extravagancias de niña mimada. Simplemente, se halla muy lejos de ella.

MARTÍN NO CONSIGUE dormir. La calle y la casa están en silencio. Solo sus pensamientos le taladran el cerebro. De repente, oye un camión que se detiene junto a la acera, unos pasos de botas que suben, una patada en la puerta del apartamento. Varios tipos de uniforme los sacan con violencia de la cama.

—¡Anïta Neumann, tiene que venir con nosotros!

—Pero... ¿dónde me llevan? ¡Suéltenme, por favor! Martín, Martín, ¡ayúdame! —suplica aterrorizada.

Los guardias la sujetan por debajo de las axilas y la arrastran por la casa. Martín trata de oponerse a que se la lleven, pero uno de los guardias lo empuja y lo arroja al suelo. Sacan a Anïta desnuda del edificio, la meten por la fuerza en la parte de atrás del camión y Martín no puede hacer nada para impedirlo.

Se viste deprisa y, descalzo aún, aporrea la puerta de la señora Meyer.

—Se han llevado a Anïta, ¡se la han llevado, señora Meyer! ¿Dónde? ¿Dónde se la han llevado? ¡Tengo que sacarla de allí cuanto antes!

Entonces recuerda que Sauer le había dicho que la interrogaría.

—¿Dónde está el Ministerio de Seguridad?

—Tranquilícese, doctor. ¡No se comporte como un chiquillo! ¿Cómo va a presentarse en la sede de la Stasi? Lo único que puede conseguir es que le peguen un tiro. Además, la habrán llevado a uno de sus centros de detención, y no saldrá de allí hasta que no obtengan lo que buscan. Pueden pasar semanas, meses, hasta que sepamos algo de ella. Los torturan… ¿me entiende? La luz de la celda siempre encendida, no los dejan descansar hasta que no consiguen la información…

—Pero… ¡ella no sabe nada! ¡Es una víctima de su marido! ¿Qué pueden querer de Anïta? —interrumpe Martín su relato macabro.

—Ha participado en un intento de fuga, ¿le parece eso poco, doctor?

La mujer cierra la puerta del apartamento. Martín se encuentra solo en el pasillo oscuro y le parece que ha vuelto atrás en el tiempo. Está tan asustado como el primer día que llegó a Berlín, hace casi cinco meses.

TRANSCURREN LAS HORAS sin noticias. Martín se encuentra atrapado en el apartamento de Anïta: no ha acudido a trabajar al hospital, únicamente se dedica a fumar y a vigilar la calle desde la ventana. Sauer aseguró, la noche que murió Otto, que el interrogatorio a Anïta solo supondría un trámite más, pero ese hombre no se caracteriza por decir la verdad. Si le volvieran a dar una paliza, Anïta podría morir, aún no está recuperada de las lesiones. O quizá entraría otra vez en su mutismo y la ingresarían de nuevo en el pabellón psiquiátrico. El cirujano se desespera. Golpea las paredes del apartamento, tira los vasos, los platos, el jarrón con flores frescas, grita y llora a la vez. Agotado, con la espalda pegada a una de las paredes, se deja resbalar hasta llegar al suelo, mete la cabeza entre las rodillas y se queda allí sin moverse, como un animal lastimado. No sabe cuánto tiempo pasa en ese estado. No sabe cuánto tiempo espera que vuelva la mujer que ama. Sin poder hacer nada por ella, sin saber siquiera si sigue viva.

La incertidumbre le reconcome el ánimo y siente una fuerte presión en las sienes. Martín no lo soporta más. No puede quedarse en la casa sin hacer nada, sin intentar localizar a Anïta. Sale del apartamento decidido a presentarse en la sede de la Stasi. Si se tiene que ver las caras con Sauer, se verá las caras con Sauer. Llama a la puerta de la señora Meyer, sudoroso, desgreñado, casi irreconocible.

—¿Me permite usar su teléfono? —Saca unos pocos marcos de su bolsillo.

—No hace falta que me pague —gruñe ella dejándolo pasar.

Martín marca el número de Gustav. El alemán se presenta con el coche a los pocos minutos. Martín se sube y le pide que lo lleve al Ministerio de Seguridad. Gustav no enciende el motor.

—¿Está seguro? —le pregunta mirándole fijamente—. Mire que ese no es un lugar para meter las narices. Además, se trata de un recinto vigilado y cerrado al público.

—¡Pero yo debo ir allí! —se enerva Martín.

Gustav no gira la llave de contacto. Permanece inmutable unos segundos. Duda si echar al doctor del vehículo.

—¡Le pagaré la mitad de mi sueldo! —le espeta el cirujano.

Por fin, mira hacia la calzada y arranca el Trabant.

—Le acepto la oferta porque mi mujer está de nuevo embarazada, doctor San Román. Pero lo dejaré en los alrededores. Ni por un millón de marcos me acercaría al edificio de la Stasi.

Los dos hombres viajan sumidos en el silencio. Martín se apea en los aledaños de las oficinas del ministerio. Gustav aprieta el acelerador y desaparece. Martín merodea por la zona, se aposta frente a la entrada del recinto y soporta con estoicismo un repentino chaparrón. Su presencia insistente llama la atención de los vigilantes y la verja se abre para dejar salir un coche a baja velocidad. El automóvil se para junto a Martín y un guardia se baja y se pone a su altura.

—¡Enséñeme la documentación! —le exige.

Martín le tiende el pasaporte y la acreditación del hospital.

—Quiero ver al inspector Sauer. Es uno de los vuestros. Un tipo con entradas, de baja estatura, con una cicatriz llamativa que le recorre el cuello... El inspector Sauer... ¿Está ahí dentro?

El guardia se encoleriza, empuja a Martín.

—¿Quién se cree que es, maldito español? ¡Lárguese de aquí! ¡Fuera!

—Solo tengo que hablar con él unos minutos. El inspector Sauer me conoce. Solo...

El guardia pierde la paciencia, le da un puñetazo en el estómago que lo dobla por la mitad y Martín cae al suelo. Antes de subir al coche le propina una patada en la cabeza. El automóvil regresa al interior del recinto y Martín se queda tirado en la calle, sobre un charco, tragando el agua de la lluvia.

Lo DESPIERTAN DE su letargo el ruido de los coches que circulan a su lado. La noche es nubosa, sin luna, y pasan varias horas hasta que Martín consigue levantarse del suelo y llegar hasta una parada de autobús para regresar al apartamento.

Sube al autobús dolorido y empapado. El conductor lo mira con desconfianza a través del espejo retrovisor. Es el único ocupante del vehículo a esas horas de la madrugada.

Martín agradece poner los pies en su distrito. Camina con dificultad y se tambalea hasta alcanzar el edificio. Antes de entrar, ve bajar a una mujer de un coche: es Anïta, descalza y envuelta en una manta. Se aparta del portal y acude a su encuentro. El coche escapa a toda velocidad de la calle y lo salpica de barro, pero a Martín no le importa, corre hacia ella.

—¡Dios mío! ¡Estás aquí! ¡Creía que no volvería a verte! —solloza dándole besos por toda la cara como un loco.

Sus labios se encuentran y se besan con anhelo.

—¿Qué te han hecho esos asesinos? ¿Qué te han hecho? —Le retira la manta y comprueba en su desnudez que está sana y salva. La abraza, le acaricia el pelo con devoción—. No me dejes nunca más, ¡nunca! Yo cuidaré de ti. Estaremos bien, ya verás, no volverán a separarnos.

18

A Martín le gusta contemplar el cuerpo de Anïta mientras ella duerme, al amanecer, con la leve luz de invierno que entra por la ventana y destaca su cabello rubio, y su figura desnuda y blanca. Diríase que es una estatua tallada en mármol. A Martín le gusta descubrirla así, dormida, en silencio, desde la distancia que le permite su lugar en la cama, al abrigo de un sol meloso que le recorre el cuerpo. Le acaricia la cara, las pestañas doradas, el cuello y los hombros, el pecho terso y el ombligo, el pubis rubicundo y las rodillas finas. Le llega a los tobillos y a la punta de los dedos de los pies. A sus uñas nacaradas, a su piel suave y delicada.

Ella entreabre los ojos y, medio dormida, sonríe.

—Ya estás otra vez mirándome, qué dulce —bromea.

No se tapa con la sábana. No hay necesidad de ocultarse, su cuerpo desnudo no es obsceno. Martín la besa con suavidad en los labios, en el cuello, en el nacimiento de las axilas, en los pezones ya erguidos. Su piel curtida es muy diferente a la de ella. Desea tomarla así, de mañana; como testigo, un sol manso que no estorba a los ojos. Anïta se abre a su pulso apasionado, le deja penetrar su cuerpo, se besan con fervor, se aman. Al terminar, descansan abrazados sobre la cama.

—¿Qué piensas? —pregunta ella apoyando la cabeza en el pecho velloso de él.

El doctor echa mano de un cigarrillo, le acaricia el pelo y sonríe.

—A tu lado me siento vivo, Anïta.

A ella esas palabras le reconfortan el ánimo. Aún siente tristeza por la pérdida de su bebé, por el desafortunado final de su marido Otto. Martín es su esperanza, su aliento de vida. Aprieta los brazos en torno a su cuerpo y se aferra al presente.

—ME GUSTARÍA ENSEÑARTE el lugar donde me crie con mis abuelos, Martín —comenta Anïta una mañana de primeros de abril mientras prepara dos tazas de café. Han pasado varios meses desde su intento de huida y se encuentra más recuperada—: Podríamos ir en tren y pasar un fin de semana lejos de Berlín.

Martín celebra la idea. Le seduce conocer el lugar donde Anïta vivió su infancia y dedicar unos días a estar con ella, fuera de la ciudad.

—Igual alguien tiene noticias del paradero de tu hermano —le dice.

—No creo —contesta ella antes de dejar caer un terrón de azúcar en la taza—. Mi hermano Volker odiaba la granja y todo lo relacionado con ella. La llamaba «el odioso agujero del sur».

—Pero las personas cambian.

—Mi hermano no. —Se levanta de repente, exasperada. Le da la espalda y abre el grifo para enjuagar los platos del desayuno—. Prefiero no saber nada de él, la verdad. —Se lleva las manos a la cintura y se gira hacia Martín, que sopla el líquido caliente de la taza—. Volker se comportaba fatal. Disfrutaba martirizando a cualquier pobre gato que caía entre sus manos. Luego me perseguía durante días con la piel del animal clavada en un palo. Era asqueroso, créeme —le dice, y se apoya en una silla para conjurar la náusea—. Mi abuelo le daba azotes y él aguantaba de pie sin mostrar dolor ni arrepentimiento. Hasta que mi abuela salía en su defensa y lo metía en casa. A los pocos días encontraba otro animal que lastimar: perros, gatos, conejos, gallinas…

Pero una vez, fue más allá. —Se sienta y mira con los ojos azules intensamente a Martín—: Le hizo cortes en una mano al niño de unos vecinos. El niño sufrió una infección. Mi abuelo lo castigó, pero él huyó. Lo último que supimos fue que se había alistado y todos respiramos tranquilos.

Anïta rompe a llorar.

—Está bien, está bien. —Martín la abraza.

Ella se limpia los ojos con las puntas del delantal.

—Me hace ilusión que conozcas mis raíces, pero hay aspectos de mi vida que es mejor dejarlos como están.

—Y a mí me encantará que me enseñes los lugares de tu infancia, Anïta —le contesta Martín y, antes de marcharse al hospital, se despide de ella con un beso apasionado.

MARTÍN Y ANÏTA toman un tren el sábado por la mañana y viajan hacia el sur. El compartimento es estrecho y tienen compañía: un hombre que tose constantemente y su esposa, que sostiene entre los brazos a un bebé que duerme durante casi todo el trayecto. Martín se sienta junto a la ventanilla y Anïta le va explicando los cambios en el paisaje alemán: de los bosques frondosos a las explanadas infinitas. Ambos disfrutan del viaje. Entrelazan las manos, se dedican miradas y sonrisas cómplices, se atropellan al tratar de hablar al mismo tiempo. El matrimonio los observa con algo de envidia.

—¿Son ustedes recién casados? —pregunta el hombre aguantando la tos.

—Sí, sí, acabamos de contraer matrimonio —contesta Martín, que entra al juego. Anïta sonríe—. Vamos a Dollenchen, donde mi esposa pasó su niñez con sus abuelos.

—Un lugar de bellos atardeceres y aire limpio —interviene la mujer. El marido tose con estrépito para apoyar sus palabras.

—¿Necesita ayuda, señor? Soy médico —se ofrece Martín.

—Se lo agradezco, doctor. Mi bronquitis mejora en cuanto me alejo de la capital —asegura.

—Su bebé… ¿cuántos meses tiene? —pregunta Anïta.

—Un mes y medio. Se llama Bernard. ¿Quiere usted cogerlo?

Anïta rechaza el ofrecimiento y mira con tristeza a Martín. Si su hijo hubiera nacido tendría más o menos el mismo tiempo. Martín la comprende y le besa con cariño la mano. El traqueteo del tren arrulla su desconsuelo.

—Si necesitan alojamiento, han abierto un hotel balneario cerca de su pueblo —dice el hombre—. En esta época vienen muchos turistas con los programas de vacaciones del gobierno.

—Ya hemos reservado habitación en la pensión Continental de Dollenchen.

—Esa también es buena elección —apunta el hombre.

El niño llora por hambre y la madre le ofrece el pecho. Anïta lo observa mamar con fruición y odia a Otto con todas sus fuerzas.

TRAS REGISTRARSE EN la pensión, Martín y Anïta deciden dar un paseo. Hileras de casas iguales pespuntan la calle principal. No encuentran mucha gente en el camino: el sol está alto y los labriegos siguen en los campos. Anïta le muestra el lugar donde vivía con sus abuelos, una casa de madera con tejado inclinado y un pequeño porche en la parte delantera.

—Ahí, en la segunda planta, dormía yo —le cuenta, animada—. Y allí recogíamos el rebaño de ovejas. Qué bonitas eran cuando nacían. Y esas tierras que ves ahí producen el mejor trigo de la región.

Anïta recorre como una niña cada uno de los sitios que señala. Martín la sigue con entusiasmo y distingue a varios hombres y mujeres trabajando.

—Mi abuelo era uno más de los cooperativistas de la zona. Tras la guerra, convirtieron los latifundios en granjas populares colectivas. Mi abuelo era un hombre muy especial, apreciado por sus vecinos. Murió prácticamente subido a una segadora. Fue muy triste volver aquí para su entierro. Mi abuela había muerto unos años atrás, y él podría haberse retirado, pero prefirió seguir produciendo para su país. Hay un profundo vínculo entre el agricultor y la tierra.

Martín asiente a sus palabras.

—Un poco más abajo corre un arroyo, ¿quieres que te lo enseñe?

Martín contesta que sí, le encanta verla recuperada y dichosa. Se sientan en un lugar apacible junto al río. Martín estriba la espalda en el tronco de un aliso y ella se apoya sobre su pecho. Pasan un largo rato así, sin decir palabra, respirando el aire perfumado por la hierba, fijando los ojos en la corriente caprichosa del arroyo. Las libélulas revolotean junto al agua y los abejorros vibran de flor en flor.

—Me quedaría así contigo para siempre —rompe Martín el silencio.

—Eso suena muy hermoso —dice ella, buscando sus labios.

MARTÍN DECIDE TOMAR algunas fotos. Anïta se sacude el vestido y posa ante la cámara en el río, en el campo de trigo, junto a la casa de sus abuelos. Varias mujeres con pañuelos anudados en la cabeza toman el almuerzo sentadas en la parte de atrás, protegidas del calor del mediodía. Son mujeres curtidas por el sol, con manos fuertes y trabajadas. Observan a la pareja, cuchichean entre ellas y ríen escandalosas. Una joven les ofrece un vaso de vino y ambos aceptan.

—¿Eres de por aquí? —se dirige una de ellas a Anïta.

—Sí, me crie en esta misma granja. Soy la nieta de los Reichtum.

—¿Anïta? ¿Anïta Reichtum? —pregunta una pecosa quitándose el pañuelo de la cabeza y descubriendo su melena pelirroja—. Soy Ava Lange, tu mejor amiga de primaria.

—Ava Lange. ¡Ooh! —Se lanza a abrazarla—. ¡Es increíble encontrarte aquí! Te hacía, te hacía... En fin, creía que vivías con tu padre en la parte occidental.

—Sí, pero él murió hace unos años y yo regresé aquí. Estoy enamorada de este lugar.

—¡De este lugar y de tu marido! —bromea una de las chicas.

—Claro, claro, Anton es una buena razón para quedarse —se sonroja Ava.

—¡Anton tiene varias buenas razones! —siguen con la chanza las otras. El vino circula alegre de vaso en vaso.

Anïta y Ava se apartan para conversar. Su amiga le cuenta que es muy feliz en Dollenchen, que tiene tres hijos y otro que viene en camino. Que el campo es duro, pero que ella y su marido tienen suficiente con lo que ganan para vivir.

—Podríais cenar con nosotros —la invita—. Así conocerás a mi familia.

—No sé si a Martín le parecerá buena idea.

Ambas miran al español, distraído, charlando entre las campesinas.

—No creo que a él le importe conocernos —dice entre risas Ava.

La casa de Ava y Anton es sencilla y acogedora. El techo está surcado por vigas de madera y las baldosas del suelo dibujan figuras geométricas. La pieza principal, compuesta por una pequeña cocina de carbón y un comedor con una mesa alargada, acoge a tres niños pelirrojos hambrientos. En la chimenea crepita la leña. La iluminación es cálida, matizada por el reflejo del fuego. Ava se ha recogido el cabello en una coleta. Ha preparado ensalada de patata y rollo de carne de cerdo rellena. Anton, un alemán musculoso y de mejillas encarnadas, llena los vasos de los invitados con cerveza dulce. La comida es abundante. Anïta y Ava cuentan anécdotas de cuando acudían a la escuela y los pequeños las celebran. Antes de acostarse, los niños cantan una canción campestre que habla de las estaciones, de la siembra y de la cosecha. Las dos parejas convienen en tomar un licor casero frente a la chimenea. Sentados en el sofá, conversan más pausadamente:

—Así que es usted médico en la Charité —empieza Anton.

—Colaboro en una investigación sobre trasplantes. Somos varios especialistas españoles que formamos un equipo bajo la dirección de un compatriota suyo, el doctor Schreber —puntualiza jugueteando con un cigarrillo apagado—. Estamos haciendo grandes progresos en la materia, se lo aseguro.

—Muy interesante —añade Anton—. Me alegra saber que nuestro país avanza también en el campo de la medicina y brindo por ello. —Levanta su vaso y se traga el líquido de golpe. Martín secunda su entusiasmo. El anfitrión rellena los vasos.

—Y tú, Anïta... ¿Te hiciste maestra de escuela como querías? —pregunta Ava.

En la chimenea, un tronco ardiendo se quiebra sobre otro y libera miles de partículas encendidas.

—Sí, trabajo con los más pequeños —miente Anïta mirando el licor en el interior del vaso—. Los enseño a leer, a escribir, a dormir la siesta y a ir al aseo.

—Tenía entendido que te habías casado con un músico alemán —sigue la campesina.

—Sí, mi marido murió hace unos meses. Martín es un buen amigo. —Ava se sorprende y el aludido levanta la mirada—. Nos conocimos en nuestro edificio cuando llegó a Berlín y ha sido un gran apoyo después del fallecimiento de Otto.

Ava y Antón le expresan sus condolencias. Las parejas comparten un rato más de charla y las dos amigas se despiden con lágrimas en los ojos, prometiéndose que no perderán el contacto.

—Hemos mentido mucho —dice Anïta de regreso a la pensión.

—En realidad solo has mentido en lo de la escuela —contesta Martín soltando el humo del cigarrillo.

—Yo creo que se han dado cuenta.

Martín la toma del brazo y la atrae hacia él.

—Cuenta, ¿de qué?

—De que hay algo raro entre nosotros —contesta Anïta soltándose de él y siguiendo su camino.

Martín tira el cigarrillo y lo pisa en el suelo.

—Entre nosotros no hay nada raro, Anïta, somos una pareja normal.

Ella se vuelve sobre sus pasos y lo encara:

—No, de normal nada. Tú estás casado en España, llamas a tu mujer cada semana y le mientes, le mientes sobre lo que sientes por ella. Yo he perdido a mi marido y a mi hijo en circunstancias que es mejor no mencionar. No puedo regresar a mi trabajo, y la Stasi me tiene fichada.

—Anïta, yo solo sé que te quiero como nunca he querido a nadie.

Anïta le toma la mano y se la aprieta, él la abraza y aspira el aroma dulce de su cabello:

—Yo no sé cómo es una pareja corriente. O lo sé y me he dado cuenta de que no me gusta serlo —confiesa Martín besándole en la frente—: No sé qué ocurrirá mañana, dentro de una semana o en un año, pero sé que quiero estar siempre contigo, Anïta.

Ella se siente insegura, se deshace de sus brazos, lo interroga con los ojos:

—Algún día tendrás que ser sincero con tu mujer, Martín. Contarle que estamos juntos, que nos queremos, que no vas a volver con ella.

Martín aparta la mirada. Anïta debe tener paciencia, no puede abandonar a Elena a dos mil kilómetros de distancia por conferencia telefónica.

—En mi opinión, deberías buscarte un nuevo empleo cuanto antes —le aconseja la señora Meyer a Anïta.

Las dos mujeres toman café en la sala, Martín está en el hospital. La vecina ha librado en el supermercado esa mañana y se ha presentado en el apartamento de Anïta, con un paquete de leche en polvo y galletas de canela.

—Lo sé, lo sé, señora Meyer. A mí me gustaría volver a dar clases en mi escuela, pero creo que va a ser imposible. Para ellos me he convertido en un elemento indeseable. ¿Cómo van a contratar a una desertora para que adoctrine a los niños? Ni siquiera he vuelto a ver a Muriel.

—Esa Muriel sí que es una indeseable —contesta la mujer sin dejar de masticar una galleta y negando con la cabeza—. Y una cobarde. Pero tienes razón, regresar a tu escuela no es posible, de momento. En el supermercado en el que trabajo ha quedado libre un puesto de dependienta. No es gran cosa, pero te vendrá bien contar con unos ingresos. Puedes optar a él, Anïta. Yo hablaría por ti. No hacen demasiadas averiguaciones sobre el pasado. No es sano estar mucho tiempo desempleada. Pueden incluso acusarte de antisocial.

—Es verdad, pueden señalarme como si fuera una holgazana. Empezar como dependienta en el HO... —duda Anïta y se recoge mechones sueltos detrás de la oreja—. No sabe lo que me entristece no poder volver a la escuela. Pero tendré en cuenta su oferta, señora Meyer.

ANÏTA Y MARTÍN están en la habitación, sentados en la cama. Es de noche, la luz interior es cálida, en la mesilla tienen encendida una lamparita suavizada por la seda de un pañuelo. Él hojea unos documentos y ella se unta crema en las manos, en los codos, en las rodillas. El dulzor del ungüento acaricia la nariz de Martín y se siente dichoso. Es una sensación de hogar, de sábanas blancas, de tibieza del cuerpo próximo del otro. De encontrar un portal cuando llueve o tierra firme en medio de una tempestad. Anïta habla con Martín sobre la idea de trabajar de dependienta en el HO:

—No lo veo adecuado para ti, Anïta. Yo gano lo suficiente en el hospital y no tenemos muchos gastos.

—Pero yo necesito trabajar, sentirme útil. En este país, los que no trabajan o son niños o son ancianos. Si tardo mucho en encontrar empleo, podrían llegar a penalizarme. Y no quiero verme otra vez las caras con la policía. No volver a enseñar es deprimente, pero en el supermercado ganaré algo de dinero y tendré menos tiempo para pensar. Además, tú y yo no estamos casados, no puedo depender de ti.

—Entiendo que tengas tus dudas sobre nosotros —recapacita Martín, que suelta los documentos y la abraza—, pero te prometo que, en cuanto pueda, solucionaré mi situación con Elena, y tú y yo seremos libres para formalizar nuestra relación. Pero no te imagino trabajando en uno de esos grandes almacenes, Anïta. Te he observado con tus alumnos en la escuela, en el hospital con Dominik; tu pasión es la docencia y no creo que debas renunciar a ella.

A ella se le saltan las lágrimas.

—Ahora soy una especie de repudiada… ¿Dónde me van a admitir como maestra?

Martín regresa a sus papeles. Rumia una posible solución.

—Se me está ocurriendo algo, pero tienes que darme un par de días para prepararlo.

—¡Pero me quitarán el puesto! La señora Meyer…

—Olvídate del supermercado —dice estrechándola entre los brazos—. Tienes que confiar en mí.

Anïta trata de calmarse. Quiere confiar en su amante, pero, de momento, no renunciará al puesto que le ofrece la señora Meyer.

AL DÍA SIGUIENTE, Martín llama a la puerta del despacho de Schreber. El doctor lo hace pasar sin levantar la cabeza de los documentos que tiene delante. El despacho es mucho más amplio que el de Chacón. Los muebles son robustos, de madera labrada. Decenas de títulos y reconocimientos cuelgan de las paredes.

—No le esperaba, doctor San Román. Si busca a su colega, el doctor Chacón, ha bajado al laboratorio universitario acompañado de sus compatriotas.

—No, doctor, quería hablar con usted sobre una cuestión que me preocupa.

Schreber levanta la cabeza de las historias clínicas y le ofrece asiento. Martín arrastra con estrépito un sillón.

—¿Y bien? ¿Qué precisa de mí, doctor San Román?

—Pues verá. —Martín se aclara la voz—. ¿Recuerda la noche del tiroteo en la frontera?

—Claro que me acuerdo; temas políticos en los que no debemos entrar.

—Sí, sí, ya lo hemos comentado otras veces. Pero verá, doctor, el hombre que murió aquella noche, mi vecino Otto Neumann, donó en el último momento el riñón que le ha venido tan bien a ese chico, Dominik Fischer —dice agarrando un trofeo universitario de la mesa de Schreber.

—Sí, lo recuerdo perfectamente. Un acto de generosidad que no tiene precio.

—Lo tiene, se lo aseguro. —Lee para sus adentros el texto grabado en el trofeo: «Al mejor atleta de la Universidad Humboldt, Berlín, 1947»—. Así que era usted atleta.

Schreber le arrebata el trofeo de las manos y se queda mirando el texto grabado. Acaricia las letras con la yema de los dedos.

—El mejor atleta universitario en 1947 era mi hermano. Los soviéticos lo ejecutaron por participar en las protestas estudiantiles de los universitarios contra el comunismo —dice, y coloca con cuidado el trofeo en el lugar exacto que ocupaba en la mesa—. ¿A qué se refiere con que la donación del riñón del señor Neumann tiene un precio?

—La señora Neumann, la mujer embarazada que resultó herida de gravedad y sufrió un aborto, necesita un empleo.

—No sé cómo puedo ayudar, ya le digo que no quiero entrar en cuestiones políticas, San Román.

—No se trata de una cuestión política, es más bien una cuestión humanitaria, de justicia. Esa mujer de la que le hablo, Anïta Neumann, era maestra y ha perdido su trabajo. He pensado que podíamos, siempre movidos por el agradecimiento por el acto desinteresado de su marido al donarnos ese riñón, que no solo ha salvado la vida de Dominik, sino que también en cierto modo ha sacado adelante parte de nuestra investigación…

—¡Termine de explicarse! —lo apremia Schreber.

—Quiero que la contrate como maestra para el aula infantil del hospital.

El otro se enfurece:

—¿Está usted loco, San Román? Llevo advirtiéndole que nos mantenga al margen de los asuntos políticos desde que llegó usted a la Charité. ¿Y ahora quiere que contrate a esa desgraciada porque su marido tuvo la última voluntad de donarnos un riñón? —se incorpora violentamente sobre los papeles, algunos vuelan de la mesa.

—Yo no aprecié esa voluntad de donar su órgano de manera clara, doctor. Más bien recuerdo un balbuceo, una especie de jadeo que usted consideró una expresión de voluntad de donar, pero si a mí me preguntasen...

—¡Chacón estaba delante! —Recoge los documentos esparcidos por el suelo.

—Chacón es mayor, bastante duro de oído. Y, si corre el rumor de que la donación se llevó a cabo sin consentimiento, perdería algo de su prestigio aquí, ¿me equivoco?

—Aunque usted y Chacón se pongan de acuerdo, sabe que el guardia lo escuchó perfectamente. La Stasi no dejaría escapar las últimas palabras de un desertor.

—Sí, pero meter a la Stasi en esto... Usted mismo dice que no quiere líos políticos. Además, según la señora Neumann, su marido era contrario a la donación. Creencias religiosas, ya me entiende. Una donación de un riñón sin consentimiento expreso... Nuestro interés en sacar adelante la investigación se habría puesto por encima de la voluntad de un hombre en sus últimos instantes de vida.

—¡Ustedes también saldrían perjudicados! —lo señala con el dedo índice.

—Mis compañeros y yo somos unos simples invitados. Usted dirige la investigación. Cualquier irregularidad que se produzca es responsabilidad suya.

—No creo que Chacón se ponga de su parte —arguye masajeándose las sienes.

—Pruebe a ver —quema Martín su último cartucho.

El doctor Schreber descuelga el teléfono para llamarlo. Suena varias veces en un despacho cercano y cae en la cuenta de que Chacón sigue en el laboratorio. No puede perder más tiempo. Resopla, cuelga el teléfono y se rinde ante la trampa de Martín.

—Y bien, ¿qué es exactamente lo que quiere?

—Que proponga a Anïta Neumann para trabajar en el aula infantil. Es una gran maestra, no se arrepentirá.

—Disponemos ya de una maestra en el aula infantil.

—Una única maestra necesita apoyo. Son muchos los niños ingresados, se pueden dividir en grupos por edades. Yo soy un simple cirujano, usted sabrá cómo negocia el nuevo contrato con la dirección del hospital.

—Veré lo que puedo hacer.

Martín se pone en pie y sale del despacho con la sensación de haber obtenido una enorme victoria.

UNA SEMANA DESPUÉS, tras disculparse con la señora Meyer por haber rechazado el puesto de dependienta, Anïta acude a trabajar al aula del hospital. Se siente dichosa cuando cruza la puerta de entrada y muestra sus credenciales en la recepción.

—Nuestro trabajo aquí es enseñar a los niños hospitalizados, para que no pierdan su conexión con el mundo académico y puedan seguir los estudios que les corresponden —dice *fräulein* Taher al recibirla. Es una mujer madura, de voz tomada y cara angulosa. Viste un traje gris y calza unos zapatos ortopédicos—. La verdad es que estoy muy contenta con su llegada, hace años que llevo pidiendo un ayudante para esta aula —añade invitando a Anïta a sentarse—. Como ve, no contamos con mucho espacio, unas pocas mesas y escaso material, pero el trabajo diario y el entusiasmo de los chicos por aprender y relacionarse sustituyen las posibles carencias.

Anïta observa la sala: tosca, mal iluminada y fría. Unas estanterías desvencijadas clavadas a las paredes y unas manchas de humedad que afean el techo.

—Por lo menos tiene ventanas —sonríe.

Convienen en que *fräulien* Taher siga con las clases en el aula y Anïta atienda a los alumnos que no pueden moverse de las habitaciones.

—Deberá seguir sus avances en la lectura, la escritura y el álgebra, contarles cuentos para entretenerlos y enseñarles canciones que les alegren los días grises de ingreso.

Anïta se siente prendada enseguida de sus nuevas obligaciones. Se ata una bata estampada y afila lápices y compone cuadernillos, rescata cartulinas y libros manidos de texto. Se descubre una mujer nueva cuando entra en la habitación de sus primeros alumnos. Su vida es la enseñanza y el hospital le ofrece una nueva oportunidad. Ha recobrado la fe en su oficio, la energía. Se siente más enamorada de Martín, si cabe. Y aterrorizada porque él sigue casado con Elena.

19

MARTÍN Y LOS demás doctores comen juntos en el hospital cuando Anïta y *fräulein* Taher entran en la cafetería. Las dos mujeres han congeniado bien, Taher es una persona muy competente y activa, y Anïta aporta cada jornada ideas para que el aula infantil mejore en aspecto y equipamiento. Martín no puede evitar evadirse de la conversación de sus colegas y poner los ojos en la mesa de Anïta, donde ambas ocupantes conversan y se divierten mientras almuerzan. La risa franca de Anïta le hace perder el hilo de lo que dice Chacón. Creus y Zambrano no tardan en fijarse en la joven maestra que tanto llamó su atención en aquella visita a la escuela meses atrás. Los dos doctores se levantan para saludar a las mujeres. Martín se siente celoso. Los observa charlar con Anïta. Está a punto de incorporarse para interrumpirlos cuando Chacón lo agarra del brazo y lo obliga a sentarse.

—Déjalos, Martín, son jóvenes, solteros, no hacen mal a nadie por tratar de intimar con las maestras.

Martín se reprime las ganas de decirle que Anïta es suya, su mujer, su amante.

—Además —prosigue el médico—, tengo que hablar contigo de un asunto doméstico. Amalia, mi esposa, quiere pasar en Berlín unos días, figúrate, dice que está interesada en nuestros avances. En realidad, como comprenderás, lo que quiere comprobar es mi situación real aquí, meter las narices en si estoy centrado en el trabajo o ando enredado con alguna alemana. Mi esposa es una mujer desconfiada, Martín. Y no entiende que viajar hasta Berlín puede ser peligroso.

—Con los documentos en regla, no creo que entrañe ningún peligro. Y usted es un hombre honorable que no tiene nada que ocultar.

Una camarera se acerca a la mesa y les retira las bandejas vacías. Las inserta una a una en las baldas de un carrito.

—La segunda parte del asunto —carraspea Chacón— es que Amalia no se atreve a venir sola, y como es mujer de pocas amistades, me ha pedido que la ponga en contacto con tu esposa, Elena, para proponerle viajar juntas y visitarnos a los dos.

Martín se altera, apenas consigue disimular su enojo.

—¿Y no puede buscarse otra acompañante? —pregunta apretando los puños bajo la mesa.

—Ya te digo que no. Esos dos —señala a Creus y a Zambrano— son solteros, no tienen esposas que puedan acompañar a Amalia.

—Elena no consentirá venir a Berlín.

—Tú déjalo en manos de Amalia, no sabes lo testaruda que es.

Martín está a punto de estallar. Elena no debe viajar a Berlín. La tensión aumenta cuando los otros doctores se marchan de la cafetería acompañados de las dos maestras.

—Solo querían conocer el aula infantil, los materiales que utilizamos, las asignaturas, los chicos que asisten a nuestras clases…

Anïta le da explicaciones del encuentro con Creus y Zambrano mientras prepara la cena en el apartamento. Martín está furioso. Ella está terriblemente bella esa noche, el cabello recogido en una coleta que deja ver su larga nuca, el vestido ceñido a la cintura, los labios naturalmente rosados, el brillo seductor de sus ojos azules.

—Antoni y Gervasio son dos embaucadores. No son hombres en los que debas confiar —le recrimina.

—Pues esta tarde han sido muy amables. Y han aportado muchas ideas. No entiendo por qué te altera que *fräulien* Taher y yo hayamos conversado con ellos. Además, tú estabas en la misma cafetería y ni siquiera te has acercado a saludarnos.

—Tenemos que ser discretos con nuestra relación, debes comprenderlo, Anïta.

Ella se acerca y le toma las manos. Las nota frías, enervadas.

—Trato de comprenderlo. Es una situación difícil también para mí. En esta relación yo soy la otra, la que hay que ocultar, la que debe pasar desapercibida. Pero no te preocupes, Martín, jamás te pondría en un compromiso ante tus compañeros. Te amo demasiado.

Él le acaricia la cara, la atrae hacia él, la sienta en su regazo y le besa en la boca.

—Yo también te amo, Anïta. Nunca he querido a nadie como te quiero a ti. Encontrarte ha sido lo mejor que me ha pasado en la vida. Si te enamorases de otro…

—Eso no va a ocurrir, Martín. Yo no tengo ojos para otro hombre.

—Tengo mucho miedo, Anïta. Miedo de cometer un error y que te vayas. No podría soportar perderte.

—Martín, algún día tendrás que regresar a tu país, a tu hospital, a tu matrimonio. Tarde o temprano tendremos que separarnos. No nos engañemos: no somos más que un bonito entretenimiento.

—No digas eso. Aunque nuestra colaboración con la Charité se acabe y todos regresen, yo encontraré la forma de quedarme en Berlín contigo.

Ella se deshace del abrazo y retoma los fogones.

—Me gustaría creer que todo es tan sencillo, Martín, pero la investigación llegará a su fin y tienes una esposa que te espera.

Él la mira apesadumbrado. Tal vez tenga razón y se vea obligado a volver a Madrid, al San Guillermo, a su piso oscuro en el centro de la ciudad. A la compañía tediosa de Elena. Y a ese hijo que no desea adoptar. Enciende un cigarrillo y solo de pensar en ello se le encoge el corazón.

MARTÍN RECORRE LOS pasillos del hospital. Desea ponerse en contacto con Elena, pero teme que ella haya aceptado la oferta de la esposa de Chacón.

—No —se dice—. Elena no tiene arrojo para presentarse en Berlín. Pero, si la otra es muy obstinada...

La verdad es que son muchos meses sin verse, aunque procura llamarla por teléfono todas las semanas. El tiempo tiene que pasar muy lento para una mujer que aguarda el regreso de su marido. Además, Elena debe de aburrirse en Madrid, y esa tal Amalia le ofrece la aventura de un viaje por Europa. Pero Elena no es tan valiente. No sabe ir sola a ningún sitio. Sin embargo, si se presentase en el apartamento, ¿cómo podría ocultar la relación con Anïta? Y Anïta, su amor, ¿cómo va a hacer que pase por esa humillación? No, definitivamente: Elena no puede viajar a Berlín. Imposible.

Se dirige al despacho de Chacón para confirmar el fracaso del plan de viaje. El hombre lo recibe algo azorado. Martín se imagina lo peor.

—Tu esposa y la mía estarán aquí la semana próxima. Hoy me ha dicho Amalia que es algo que llevan planeando juntas desde hace más de un mes. Se puso en contacto con Elena a través del hospital San Guillermo. Han completado el papeleo con el *Reisebüro*, la agencia estatal que gestiona el turismo occidental. Tienen los billetes de tren y el cambio de divisas. Se alojarán en el hotel Stadt de Berlín, un dineral, pero por eso no te preocupes, mi señora carga con todos los gastos. Han contratado un *tour* por la ciudad y quieren viajar hasta Postdam para visitar el palacio de verano de Federico el Grande. A ti y a mí no nos quedará más remedio que pedir unos días libres y acompañarlas.

Martín palidece, no se imagina cómo Elena ha podido decidir todo esto sin contar con él. Tiene que llamarla de inmediato para saber si es verdad. En menudo lío van a meterse. Tiene entendido que esos hoteles para extranjeros los controla la Stasi. Y él no quiere volver a cruzarse con el loco de Sauer. Desde luego, la estupidez de la mujer de Chacón no tiene nombre. Quiere gritar de rabia. Chacón lo ve alterado, trata de disculparse.

—No te preocupes, San Román, serán solo tres o cuatro días.

«¿Tres o cuatro días? —piensa Martín—. ¿Qué voy a hacer sin Anïta tres o cuatro días?»

Le urge hablar con Elena.

—¿Puedo telefonear a Madrid?

—Por supuesto, ya te he dicho que mi teléfono está a tu disposición.

El doctor sale del despacho para proporcionarle intimidad. Martín marca los números nervioso. Al otro lado, descuelga su mujer:

—¡Ay, Martín! Ya te has enterado. ¡Qué lástima, quería darte una sorpresa! —le habla Elena, visiblemente excitada.

—¡Y tanto que es una sorpresa! Pero ¿cómo se te ha podido ocurrir semejante insensatez? ¡Este país no está para tonterías!

—¿No te parece buena idea? Llevamos casi nueve meses sin vernos, apenas podemos hablar por teléfono. Cuando la mujer del doctor Chacón me invitó a viajar con ella, me animé y hemos preparado los papeles. Hoy mismo nos han mandado los visados. Creí… Creí que te haría ilusión mi visita, Martín. Mi familia también me ha animado a ir. No sé, te noto enfadado y yo no quería molestarte… —solloza.

Martín se da cuenta de que está siendo desconsiderado y trata de cambiar su actitud, sosiega el tono:

—No, tranquila, la noticia me ha pillado de sopetón y me he quedado un poco trastocado. ¿Lo has pensado bien? Es un viaje duro para dos mujeres como vosotras. Y esta ciudad es un agujero.

—Yo me conformo con pasar unos días a tu lado. Son muchos meses lejos de ti, necesito verte. Exijo verte.

Martín se rinde a lo inevitable:

—Está bien, está bien. ¿Cuándo llegaréis?

—El próximo domingo.

Martín consulta el calendario de sobremesa de Chacón: domingo, 8 de mayo de 1977. La fecha se le clava en el cerebro. Debe disimular, tragarse el fastidio.

—Perfecto, querida, os esperaremos en la estación para recibiros.

MARTÍN Y CHACÓN aguardan en la estación Friedrichstrasse la llegada del tren de Amalia y Elena. Martín fuma sin parar. Se ha visto obligado a mentirle a Anïta. Le ha contado que estará unos días fuera, en una convención sobre trasplantes a la que lo han invitado junto al doctor Chacón.

Son los primeros días que pasan separados y Anïta le ha confesado que se va a sentir muy sola. «Apenas notarás mi ausencia, porque estaré de vuelta el miércoles por la noche. Además, tienes a todos esos alumnos del hospital que tanto te necesitan», ha tratado de convencerla.

Esa mañana, Anïta se ha levantado a prepararle café, tostadas y salchichas blancas con mostaza. Ambos han desayunado en silencio, sumido cada uno en sus pensamientos. Martín no se quita de la cabeza la expresión triste de ella al despedirle con la mano desde la ventana. Pero no puede hacerla partícipe de su decisión, no en ese momento. Aprovechará esos días para contarle la verdad a Elena, para decirle que está enamorado de una chica alemana, que quiere separarse, que ya no tienen nada en común. Necesita meditar con detenimiento cómo afrontar la conversación, el disgusto de su esposa, los reproches que vendrán. Y prefiere que Anïta no lo sepa, que no sufra. Es una mujer muy sensible y sabe que se va a sentir fatal por Elena. Se lo contará cuando su mujer ya esté lejos, cuando él sea un hombre libre y pueda ofrecerle a Anïta el futuro que desea.

La estación está concurrida, es domingo y los berlineses occidentales utilizan esa entrada para visitar a sus familiares del este. Hay muchos agentes pidiendo documentación. Divisiones de cristal, cámaras de vigilancia, perros policía, personal de paisano. Cualquier medida es poca para evitar que los orientales salgan del país. Las dos mujeres acceden al piso superior por la escalera automática. Tienen aspecto de cansadas, pero aun así sonríen cuando ven a sus maridos esperándolas en el vestíbulo. Chacón y Amalia se dan unos besos templados, de muchos años de matrimonio. Elena abraza efusivamente a Martín. Le besuquea la cara.

—Amor, amor, te he echado tanto de menos…Estás guapísimo. Berlín te ha sentado bien, tienes un… no sé…, algo diferente.

Martín se siente abrumado y se separa de su abrazo, toma distancia y la observa, ella también está bellísima, elegantemente vestida con un traje dos piezas azul celeste que resalta el cabello negro y los ojos verdes.

—¿Te gusta? —pregunta ella dándose una vuelta para que aprecie su figura.

—Claro que me gusta, estás preciosa, Elena —le contesta él. Y lo dice con sinceridad, porque realmente su esposa es una mujer hermosa, más de lo que recordaba. Más que en esos últimos días que pasaron juntos, cuando su belleza estaba nublada por la frustración y la tristeza.

—Tenemos que salir de aquí —apremia Chacón tomando la maleta de su esposa—. Gustav nos está esperando en el coche para trasladarnos al hotel.

Las mujeres obedecen. Están un poco apabulladas con tanta vigilancia.

Antes de salir deben pasar el control de frontera. Aguardan distendidos en la cola. Las mujeres hablan del viaje desde la estación de Barcelona. Amalia asegura que no ha dormido nada en el coche cama, que era mucho traqueteo para poder coger el sueño. Elena confiesa que se había tomado un calmante. Ambas ríen porque pensaban que el tren las dejaría en Moscú. Bromean. ¿Qué haríamos dos mujeres españolas solas en Moscú? La mujer de Chacón, más atrevida que Elena, susurra que beber vodka y buscarse un cosaco. Todos ríen la chanza, excepto Martín, que está un poco nervioso y mira con aprensión hacia todos lados. No quiere ver a Sauer ni a ninguno de sus compinches.

En el mostrador, frente a los guardias, la cosa se pone más seria. Les revisan una y otra vez la documentación que traen desde España. Comparan las fotografías con la cara de las mujeres. Rellenan unos formularios que, según les informan, enviarán a la comisaría. Les abren las maletas y examinan el interior sin miramientos. Amalia y Elena se sienten un poco violentadas cuando los agentes hurgan entre los sujetadores, los camisones, las medias de seda. Encuentran una botella de whisky que Elena le ha llevado a su marido y unos cartones de tabaco rubio. Se los requisan y las dejan pasar.

—Cuatro días —les advierte el agente—. Cuatro.

EL PEQUEÑO GRUPO se siente a salvo, ya sentados en el coche de Gustav:

—Nunca imaginé que las cosas estuviesen tan tensas aquí —dice Amalia.

Elena se queja:

—¡Nos han revuelto la maleta y nos han quitado los regalos!

Chacón y Martín les hablan de la Guerra Fría, los desertores, la política opresiva del país, la escasez de productos y la vida de trabajo que llevan.

—Para mí —asegura el doctor Chacón— son mis primeros días libres en nueve meses. Desde que me instalé en el hospital, no he tenido tiempo para hacer turismo.

Las dos mujeres miran a Martín, que miente sin pudor.

—Yo tampoco he tenido oportunidad de mezclarme mucho con los berlineses, la verdad. Conozco poco la ciudad. La mayoría de las noches, cuando llego a mi apartamento, estoy agotado. Algunos días libres he caminado junto al río Spree. Los parques son bonitos, pero el clima es horrible para pasear. Así que prefiero quedarme en casa y avanzar en mis estudios sobre los trasplantes. Tenemos un paciente muy joven, Dominik Fischer, y tengo mucho interés en su caso concreto.

Elena desconfía de Martín. El hombre que se explica no es el hombre que ella conoce, el que salía casi cada noche con los amigos y abusaba del alcohol.

Llegan a la plaza Alexander, y Gustav les deja en la entrada del hotel. Han reservado dos suites y el botones los acompaña hasta el piso veinte: abre cada habitación, introduce las maletas y les muestra la pieza para saber si están conformes con el alojamiento. Elena saca un billete a modo de propina y el botones la rechaza:

—Nada de propinas, cumplo con mi trabajo.

Elena recuerda que en la RDA está mal visto dar propinas, se mete el billete en la chaqueta y recorre la habitación. Martín despide al hombre y cierra la puerta. En cierto modo, se encuentra a gusto al estar con su mujer a solas. Ella se muestra alegre, sonriente. Le ofrece una bebida del mueble bar.

—No, ya apenas bebo —dice Martín mientras enciende un cigarrillo.

Elena se quita la ropa, comenta que va a darse una ducha y se mete en el baño. Martín ojea la carta del hotel. Piensa en cómo estará Anïta, si habrá almorzado ya. De repente, cae en la cuenta de que, si al día siguiente coincide en la cafetería con Creus y Zambrano, puede haber alguna alusión a la convención sobre trasplantes por parte de Anïta, y su mentira quedaría al descubierto. Se siente agobiado y se sirve un whisky. Las cortinas del hotel se agitan ligeramente con la brisa del exterior. Elena sale del baño envuelta en la toalla, él se acerca, ella deja caer la toalla, está completamente desnuda, aun mojada, maravillosa, huele bien.

—Has dicho que ya no bebías —le dice sensual, apartándole el vaso y acercando los labios a los de él—. Te he echado de menos.

Él no reacciona. No responde a su beso, siente que está traicionando a Anïta. Pero Elena insiste, desliza la lengua entre sus labios, presiona con los pechos desnudos el torso de su marido. Y él se siente abocado hacia un abismo que lo engulle.

—Yo también —miente Martín, abriendo finalmente la boca para recibir la lengua de Elena.

Se echan sobre la cama y enredan sus cuerpos con furia. El cuerpo de Elena lo satisface, disfruta del reencuentro con su esposa. Al acabar entre sus brazos se sorprende dudando entre las dos mujeres. Es irónico, siente que ha sido infiel a Anïta con su propia esposa.

Entre las sábanas almidonadas del hotel, Elena ríe al comentarle a su marido lo celosa que es la mujer de Chacón.

—Me tenía angustiada con sus fantasías. Que son muchos meses sin vernos, que la carne es débil, que no es bueno que el hombre esté solo. Cuando he conocido al doctor Chacón, he pensado que es un pobre viejo con poco atractivo. Vamos, que si estuviera con otra mujer tendría que ser una fulana. —Se tapa la boca por su ordinariez.

—No seas mala, Elena —la regaña Martín, divertido.

—Pero debe haber mujeres muy bellas aquí, en Berlín —añade echada sobre el torso de él, interrogándolo con la mirada.

—No sé, no me he fijado —contesta él, incómodo.

—No me digas que en ese hospital en el que trabajáis no hay enfermeras jóvenes, altas y rubias. El doctor Chacón pasará desapercibido, pero estoy segura de que tú no.

—No hemos tenido tiempo de conocer a nadie, Elena, estamos muy atareados en sacar adelante la investigación.

—¿Me juras que no has estado con otra mujer? —Sus pupilas se dilatan.

—Te lo prometo, yo nunca juro, ya lo sabes. —Aparta la mirada y busca la cajetilla de cigarrillos—. He pensado muchísimo en ti. En nosotros —continúa con duda. Ahora sería un buen momento para ser sincero, pero se siente incapaz de darle ese disgusto a Elena cuando acaba de tenerla entre sus brazos—. He llegado a comprender tu ilusión por tener hijos.

—¿De verdad, Martín? ¿Me lo dices en serio? Serás un padre maravilloso.

—Ya. Iremos despacio, Elena. Tal vez en un futuro pueda ilusionarme yo también con la idea.

—Cuando vuelvas a Madrid podemos empezar con los trámites de la adopción. —Lo mira con cautela y nota que él vacila—. Una adopción legal —matiza.

Él hace un amago de hablar. Quiere decirle que no pueden precipitarse, que quizá él no esté preparado para dar ese paso. Que tal vez deberían darse un tiempo como pareja para decidir sobre su matrimonio, pero las palabras no llegan a salir porque ella exclama:

—Oh, Martín ¡te quiero tanto!

Y él la besa para evitar contestar.

MARTÍN SALE AL balcón del hotel a fumar un cigarrillo. La plaza Alexander bulle de actividad. La torre de televisión se alza por encima de los otros edificios. La televisión que adormece las mentes de los berlineses. Observa por un instante la antena larga y puntiaguda que alcanza el cielo. No hay lugar en el este que escape a su influencia. La plaza es un trasiego de personas que van y vienen, ajenos al hombre que los mira desde arriba, ajenos a sus pensamientos, ajenos a su sensación de vértigo. Martín está confuso. Por una parte, adora a Anïta, la mujer de su vida, su mayor deseo es estar con ella. Por otra parte, Elena, tan cambiada, tan deseable ahora. Tan empeñada en darle un sentido a su matrimonio. Aunque diga que nunca jura, sí lo hizo, juró unos votos matrimoniales, sagrados, inquebrantables. Debe aclararse, descubrir qué quiere en realidad. Berlín y su amor apasionado, el riesgo. O Madrid y su amor reposado, la seguridad.

LAS DOS PAREJAS comparten cena en el restaurante del hotel. Una sala panorámica en el piso treinta les ofrece una vista privilegiada sobre la ciudad, el río sosegado, los edificios de oficinas aún iluminados, la torre de televisión. El hotel Stadt es un hotel de lujo excesivo, dedicado primordialmente a los turistas extranjeros.

—La agencia estatal de turismo nos ha sugerido con insistencia esta cadena hotelera —comenta Elena—. En realidad, no nos ha ofrecido otra opción.

Martín piensa en el afán de control del Ministerio de Seguridad. Se siente observado y se afloja el nudo de la corbata.

El lugar está impoluto y la comida es elaborada. Las copas y los cubiertos brillan sobre el mantel blanco. Las mujeres conversan animadas, Amalia habla de sus hijas, ya mayores, y les narra las travesuras de cuando niñas. Elena la escucha con satisfacción. Le ha comentado durante el viaje su intención de adoptar y la señora Chacón está de acuerdo con ella:

—Un matrimonio sin hijos es como un guiso sin sal, queridos.

Martín asiente ante las palabras de la mujer y saborea el vino. Chacón está visiblemente aburrido.

—Mi marido es una rata de laboratorio —continúa Amalia—. Lo apartas por unas horas de un recinto hospitalario y pierde el interés por todo lo que lo rodea. Eso sí, le pones una bata blanca y se siente el dueño del universo. Yo creo que quiere más a las enfermedades que a mí —añade con amargura.

Martín y Elena ríen cómplices.

—Alguna vez he pensado que se había enamorado de una moribunda, una pobre desahuciada que necesitase que mi marido le alegrara las últimas horas de su existencia. ¡Ay, esas mosquitas muertas encamadas! ¡Qué miedo me dan esas mosquitas muertas! —suspira.

—Ese comentario no es de buen gusto, Amalia —le recrimina Chacón.

Un camarero deja caer una bandeja con cristalería al otro lado de la sala y forma un ruido estrepitoso. Las mujeres se tapan los oídos con las manos. El *maître* lo regaña con severidad y el camarero retira el destrozo de rodillas en el suelo.

—No puedes negar que una cama es una cama, aunque sea de hospital —insiste Amalia con desdén a su marido. La situación se vuelve incómoda para los cuatro comensales.

Martín trata de desviar la conversación hablando de la excursión del día siguiente a Postdam, al palacio Sanssouci, que perteneció a Federico el Grande. Ambas mujeres se sienten muy excitadas ante la previsión de pasar el día allí.

—El martes tenemos contratada una ruta en autobús por la ciudad —añade Elena tomando una cucharada de tarta templada de manzana—. Nos mostrarán la fachada del Palacio de la República y los alrededores de la puerta de Brandemburgo. —Sonríe, divertida.

—Y el miércoles, antes de regresar a Madrid, nuestros queridos doctores nos enseñarán el famoso hospital la Charité —concluye Amalia empolvándose la nariz.

AL DÍA SIGUIENTE Martín se siente revuelto, distraído. La idea de la señora Chacón de conocer la Charité antes de marcharse pone en serio peligro su plan para que Anïta no se entere de que Elena está en Berlín. No tiene idea de cómo quitarle de la cabeza el empeño de visitar el hospital. Viajan hasta Postdam y recorren el palacio: las mujeres, impresionadas con el edificio regio y los jardines; Chacón, muerto de aburrimiento y Martín, deseando desaparecer. Podría tratar de buscar un teléfono público, llamar a Anïta y pedirle que no acuda el miércoles al aula del hospital, para evitar posibles encuentros entre las dos mujeres. Pero qué razón podría darle, no se le ocurre nada. Las mujeres toman fotografías y compran regalos para llevar a la familia.

—Ya sabes que no puedes gastar más de doscientos marcos en regalos —le recuerda Amalia a Elena las indicaciones que les han dado desde la Agencia Estatal de Turismo.

Al volver de la excursión, Elena no entiende por qué Martín ha estado tan callado, tan distante.

—¿Te he molestado en algo? —le pregunta dejando una bolsa llena de paquetitos en el sofá de la suite.

Martín se sirve una copa del minibar, alega que está agotado y se traga una aspirina.

—Mañana estaré mejor —dice antes de meterse en la cama.

Tras pasar la noche sin dormir, Martín está irritado. Discute con Elena en la habitación del hotel. No puede controlar las malas contestaciones. No quiere acompañarla a la visita organizada por la ciudad y Elena se disgusta.

—Creía que habías cambiado, pero sigo sin entenderte. Después de nueve meses sin vernos, no puedes soportarme ni dos días seguidos.

Se sienta en la cama y llora con la cara escondida entre las manos. Al oír su llanto, Martín recapacita. Valora la valentía de Elena por haberse desplazado hasta Berlín para visitarle, ha sido injusto con ella y trata de suavizar su mal carácter:

—No es eso, mi vida, solo que me siento un poco preocupado por estos días perdidos de trabajo.

—Mañana nos marchamos a Madrid, no creo que ocurra nada por pasar tres días con tu esposa —responde, y se cruza de brazos con gesto infantil.

—Claro que no. Además, diría que nos lo merecemos —se convence él. Ha llegado a la conclusión de que el hospital es muy grande, y que las dos mujeres no tienen por qué coincidir. Ellos se moverán por los despachos de Schreber y Chacón, el laboratorio universitario y poco más. Y Anïta imparte las clases en el área pediátrica. Con un poco de suerte, no se encontrarán.

Durante la visita guiada por la ciudad se esfuerza en mostrarse alegre, relajado, bromea con las dos mujeres, escucha las explicaciones del guía y las traduce. Pasean al lado del río Spree. Toma a su mujer del brazo. Se siente feliz con su compañía. Las mentiras de su matrimonio quedan tan lejos…

EL MIÉRCOLES, EN la Charité, sus ínfulas de tranquilidad se vienen abajo. Es verdad que visitan al doctor Schreber y el despacho de Chacón, les presentan a Creus y Zambrano en el laboratorio universitario, pero los celos enfermizos de la señora Chacón la empujan a exigir a su marido que le enseñe el apartamento en el que reside. Inspecciona el lugar con la meticulosidad de un policía. Levanta libros de los estantes y pasa los dedos por los muebles en busca de huellas acusatorias. Parece incluso defraudada ante la vida monacal que intuye en su marido. A Martín le parece que en cualquier momento una muchacha semidesnuda saldrá despavorida de algún armario asegurando a todos que sí, que es la amante alemana del doctor Chacón.

—Usted no vive en estos apartamentos, ¿cierto? —se vuelve para interrogar a Martín.

—No, estoy aguardando a que quede una plaza libre —se excusa el cirujano.

—Nos vamos a ir sin saber dónde vives tú —protesta Elena influenciada por la desconfianza de Amalia.

Martín se pone nervioso.

—Mi apartamento no es un lugar adecuado para vosotras. El distrito, la cercanía del muro, el mismo edificio está casi en ruinas... Además, tendríamos que pedir un taxi para llegar allí.

—¿Y vuestros pacientes? ¿Podemos visitarlos? —insiste Elena.

—No lo veo oportuno, su situación clínica aconseja estrictas medidas de visita —trata de deshacerse de ella.

—Pero había un chico especial, nos hablaste de él el otro día —recuerda Elena—: Se llamaba Dominik, ¿verdad?

Schreber reacciona.

—Sí, Dominik Fischer. Todo un superviviente —añade con orgullo germano—. A estas horas debe de estar en el aula pedagógica.

A Martín le entran ganas de estrangular a Schreber.

—¿Tienen un aula pedagógica? ¡Qué interesante! ¿Podemos visitarla?

Mientras Schreber guía al grupito por los pasillos hasta el aula, Martín desea morirse. Se siente agobiado y le suda todo el cuerpo. Chacón no parece estar mejor, se restriega la frente y se limpia una y otra vez las gafas. Por la cristalera ve a Dominik y otros niños con *fräulien* Taher. Martín respira un poco, Anïta no está en el aula. Suele tomar la lección en las habitaciones. Les enseñan la sala, saludan a Dominik. El chico se muestra educado y sonriente. Las dos mujeres no pueden alargar más la visita, tienen que tomar el tren de vuelta a Madrid. Deciden despedirse en ese momento de Schreber y de sus maridos. Elena abraza con fuerza a Martín. Él las apremia a marcharse cuanto antes.

—Gustav os acompañará a la estación. No podéis perder el tren —les dice.

De repente, Anïta sale bruscamente de una de las habitaciones infantiles y choca con Elena. Los libros y el material que lleva se desperdigan por el suelo del pasillo. Martín la ayuda a recoger y Schreber sonríe con malicia:

—La señora Neumann es nuestra maestra adjunta del área infantil. —Anïta se alisa la falda de la bata y alarga la mano para saludar—. Su marido falleció hace algunos meses. El doctor San Román insistió en su contratación y ha sido un descubrimiento fantástico para todos.

La señora Chacón se cruza de brazos con desagrado. Los ojos de Anïta y Elena se encuentran un instante, como si se reconocieran amantes del mismo hombre. Anïta se retira azorada y corre a refugiarse en el aula. Le pregunta a Dominik quiénes son esas mujeres y él le responde que las esposas de los doctores.

—Yo ya conocía a la del doctor Martín. Un día me enseñó la foto que guarda en su cartera. Es guapa, ¿verdad, señora Neumann?

Anïta aguarda a Martín en el apartamento. Está muy enojada, pero sobre todo triste. Ella ha sabido siempre que Martín es un hombre casado, y él no tendría por qué haberle mentido sobre que su esposa iba a pasar unos días en Berlín.

Martín entra en el apartamento cabizbajo, avergonzado por su falta de sinceridad con ella. Esa mañana, en cuanto la ha visto en el hospital, ha sentido cómo se le paralizaba el corazón. Sus dudas se han esfumado. Anïta es ahora su vida y teme que ella crea que es un hombre en el que no se puede confiar. Intenta explicarle que ocultarle la verdad era una forma de no hacerle daño.

—Ha sido Amalia, la mujer de Chacón, la que se ha empeñado en visitar Berlín. Es una mujer enferma de celos. Yo intenté evitar que Elena se presentase aquí, en la ciudad. Traté de evitarte el mal trago que has sufrido esta mañana. Quería hablar con ella, explicarle que estoy enamorado de ti, y que nuestro matrimonio no tiene futuro. Pero no me he visto capaz. Lo lamento tanto... Por ella y por ti.

—Me he sentido fuera de lugar —dice Anïta en un tono suave, poniendo a cocer unas patatas—. Por cierto, es muy guapa tu esposa. No sé, la imaginaba diferente, menos sofisticada.

Martín se siente empequeñecido. Se desprende de la chaqueta y la coloca en una silla.

—Parece cambiada. La he encontrado, no sé, más madura. Los meses que llevamos separados deben haberla hecho recapacitar...

—Y supongo que si ha venido hasta Berlín debe de quererte muchísimo —le interrumpe.

—Sí, así lo creo. —Se acerca a ella, la abraza por la espalda.

—Y tú, ¿aún la quieres? —Anïta se vuelve y lo interroga con sus ojos azules.

Martín afloja el abrazo, titubea:

—Son muchos años casado con ella, hemos vivido muchas experiencias juntos. Ahora, tras su visita, estoy algo desconcertado, pero yo te quiero a ti, Anïta.

Ella respira hondo para soltar la tensión.

—Me alegra oír eso, Martín. Porque hoy he descubierto que estoy embarazada.

Martín sonríe. Anïta, embarazada. Tan fácil, tan natural.

—Me haces el hombre más feliz del mundo. El hombre más feliz —asegura, levantándola del suelo y girando con ella en volandas por toda la sala.

20

Un año después de la visita de Elena a Berlín, Martín y Anïta viven felices en su pequeño apartamento cerca del muro. Hace muchos meses que a él le ofrecieron una plaza en la residencia del hospital, pero renunció a ella y la aprovecharon los doctores Creus y Zambrano. Martín piensa que ha sido una suerte, porque así han podido llevar su relación en secreto y con tranquilidad. La promesa de una nueva vivienda para Anïta y Otto no había terminado de materializarse, porque Otto había muerto y Anïta estaba repudiada por el gobierno.

Dominik Fischer avanza en sus estudios y se recupera de su trasplante de riñón, ha cogido peso, tiene un aspecto saludable y se ha atrevido a dar sus primeros pases con el balón.

El resto de los trasplantados no ha corrido la misma suerte. El primer intervenido, el que recibió la donación de su hermano gemelo, sigue encamado, muy débil. El joven que recibió el riñón de su madre falleció; a pesar de los esfuerzos por controlar el rechazo, sufrió una infección sistémica incompatible con la vida.

Lo de Dominik diríase que era un pequeño milagro: tal vez lo mantengan vivo sus deseos de regresar a casa y volver a la escuela, de salir a la calle con otros niños como él, de animar a su equipo y jugar en el Dynamo de Berlín. Todas esas ilusiones incrementan sus ganas de vivir.

Creus y Zambrano han apuntado todo aquello en sus observaciones, estiman que la juventud del paciente, su resistencia al desánimo y su fuerza de voluntad también estén contribuyendo a la recuperación.

Martín y Anïta han tenido un hijo. Lo han llamado Bruno, porque es moreno de piel como su padre. Martín le ha dado sus apellidos y el niño tiene la doble nacionalidad.

De esta circunstancia nada sabe Elena, que mata el tiempo recluida en Madrid con obras de caridad, ve cómo las llamadas de su marido son cada vez más infrecuentes y piensa, o quiere pensar, que se trata de exigencias de trabajo. Tiene fe en que Martín volverá pronto y cumplirán su sueño de adoptar un niño. A veces, cuando se le forman nubarrones en la cabeza y teme que su marido la engañe con una mujer alemana, llora desconsoladamente sobre el regazo de su madre, bajo la mirada taciturna de su hermana Silvia y con su padre parapetado tras el periódico mientras maldice para sus adentros los cambios en el país, la decadencia de su familia y la desfachatez de su yerno al tratar así a su hija.

—¡Deberías presentarte allí! ¡Pedirle explicaciones! —grita Silvia cuando la ve tan abatida.

Elena levanta la cabeza con los ojos inflamados por el llanto.

—¿De verdad crees que debería volver a Berlín?

El padre repliega el periódico con rabia y lo arroja sobre la mesa.

—¡De ninguna manera! ¡Una hija mía no va a ir detrás de un canalla, por mucho que sea su marido!

La madre le seca las lágrimas, le recoloca la melena, trata de hacerla recapacitar:

—Elenita, no sabemos la situación real de Martín. Si hubiera otra mujer, y te la encontrases viviendo en su misma casa, ¿qué harías?, ¿montar un escándalo? Sería muy humillante para ti. Además, una mujer decente no debe mendigar el cariño de su esposo. Debes mantenerte en tu sitio, y tu sitio está aquí, entre nosotros, hasta que la colaboración con el hospital acabe y él regrese. Todo se arreglará hija, ya verás.

Cuando Elena le ha confiado sus miedos a su director espiritual, el sacerdote ha alabado su entrega, le ha pedido paciencia con las desatenciones de su marido y le ha asegurado que, cuando él vuelva de Berlín, no tendrán ningún problema: cuentan con una buena posición y será fácil que les entreguen un bebé en adopción.

MARTÍN REGRESA AL apartamento preocupado. Anïta está cocinando y Bruno duerme en su cunita. Nada más quitarse el abrigo entra en la habitación para ver a su hijo. Mientras lo mira piensa que es un bebé robusto. Luego sale al encuentro de Anïta y se besan en los labios:

—¿Sabéis algo más? —pregunta ella.

—Nos han retirado la financiación —contesta él con tristeza.

Se sientan a cenar en la cocina, frente a frente. Ninguno de los dos tiene apetito. Sin financiación, Martín y sus compatriotas se verán obligados a regresar a España.

—Nos queda presupuesto para continuar un par de semanas —se lamenta Martín, enredando con el tenedor en el plato—. Este gobierno vuestro está arruinado y cierra la investigación. Vamos a echar a perder todo el tiempo invertido. Los pacientes pueden morir, no solo los nuestros, sino cualquiera que se someta a un trasplante, porque no podrán contar con el tratamiento que preparaban los doctores.

—¿Qué va a ser de nosotros, Martín? —pregunta Anïta.

—Nosotros… —contesta Martín, que visualiza cómo empieza a desmoronarse ese «nosotros»—. Yo no podré quedarme en Berlín mucho tiempo más, Anïta. Mi visado caduca en cuanto nos saquen de la investigación.

—Los dos sabíamos que este momento llegaría. Tendrás que regresar a Madrid, tendrás que recuperar tu matrimonio con Elena. —Trata de disimular su disgusto y se levanta a lavar unos platos casi intactos.

El llanto se apodera de ella y, aún de espaldas, Martín observa las pequeñas sacudidas de sus hombros. Se acerca para cerrar el grifo y la atrae con ternura hacia él:

—Puedes venir conmigo a Madrid. Te buscaré una casa, un trabajo… Nuestro hijo… —dice enjugando sus lágrimas sin tener en cuenta lo irreal de su propósito.

—Martín, aunque pidamos mi salida del país, mis antecedentes policiales harán que me lo denieguen una y otra vez; podríamos tardar décadas en obtener el permiso. Bruno y yo tenemos que quedarnos en Alemania, y tú debes regresar con Elena.

Él da un golpe lleno de furia sobre la encimera. Una copa resbala en el fregadero y se rompe:

—¡No me separaré de vosotros! —grita.

El bebé empieza a llorar en el cuarto. Anïta entra a consolarlo. Martín observa su figura a través de la luz tenue de la habitación y piensa en lo hermosa que es. Se acerca a la puerta, sudoroso, extenuado, se apoya en el marco y susurra:

—No me separaré de vosotros… No puedo separarme.

Al día siguiente, en el hospital, Chacón llama a Martín a su despacho:

—Ha sucedido algo que tienes que ver —le dice.

Lo conduce hasta el laboratorio universitario. La puerta está forzada. Hay un fuerte olor a formol, y Martín saca un pañuelo para taparse la nariz y la boca. Los doctores Creus y Zambrano están recogiendo del suelo lo que queda de su material: vitrinas descerrajadas, microscopios rotos, tubos de ensayo y matraces de vidrio hechos añicos, botellas de reactivos echadas a perder, guantes de goma desperdigados…

—Han asaltado nuestro laboratorio y lo han destrozado todo. Meses de preparación de cultivos, de ensayos sobre el deterioro y la supervivencia de los tejidos. Han echado a perder todas las muestras y han robado los archivos de la investigación. No quieren que nos llevemos nada y lo han hecho desaparecer.

—Nuestra colaboración con la Charité ha llegado a una vía muerta, colegas, y es mejor dejarlo así —interviene Chacón y los otros protestan—. El doctor Schreber está destrozado. Para nosotros son dieciocho meses perdidos, pero para él significa toda su trayectoria médica. Con su edad, será casi imposible empezar de nuevo.

—Sé que estábamos en el camino correcto —observa Martín, que trata de encajar violentamente la puerta de una nevera. La pieza se descuelga y cae a los pies del cirujano.

—Por supuesto, San Román, pero se nos ha adelantado ese médico belga, Borel, con la ciclosporina. No es una sustancia nueva, pero han descubierto que evita el rechazo en los trasplantes. En Suiza han empezado los ensayos en humanos. Si se comercializa ese inmunodepresor, solucionará los problemas derivados del rechazo. El gobierno alemán entiende que no tiene sentido seguir con nuestro estudio. Tardaríamos aún unos años en desarrollar un compuesto que ya está prácticamente inventado. Y el régimen prefiere invertir en los deportistas que acudirán a los Juegos Olímpicos de Moscú dentro de dos años. Los logros deportivos sacan lustre a la maquinaria propagandística.

Pone la mano sobre el hombro de Martín.

—Por tu futuro inmediato no debes preocuparte, redactaré un informe sobre tu trabajo aquí que te facilitará el reingreso en el San Guillermo.

Se rasca la frente y concluye con paternalismo:

—No nos queda más remedio que marcharnos. Aquí nos hemos convertido en un incordio, ya lo veis. —Señala el estropicio—: La próxima vez igual no es el laboratorio lo que destrozan.

MARTÍN ABANDONA EL hospital perturbado por las palabras de Chacón. Anïta y él sabían que ese momento llegaría. Duda si ha vivido una fantasía con ella y su hijo Bruno. En los últimos meses, desde que decidieron entregarse sin reservas al amor que sentían el uno por el otro, habían mantenido al margen a Elena. La distancia y la excusa del trabajo agotador habían sido determinantes para que su mujer no esperase de él mucho más que una llamada semanal, cuando se producía. Según las noticias que Martín recibía, Elena se había dedicado en cuerpo y alma a las acciones benéficas, a la ayuda de un grupo de huérfanos de la parroquia a los que, como le explicaba a través de alguna carta, llevaba de excursión al campo y los domingos a misa. «Estos niños alivian mi soledad», lloriqueaba cuando sus palabras se cruzaban a través del cableado telefónico. Martín disimulaba su incomodidad al hablar con ella, unas veces desde el despacho de Chacón, y las más desde una cabina pública con Anïta y su hijo al otro lado del cristal. Desde que las dos mujeres se habían encontrado en el hospital, había querido ser escrupulosamente sincero con la alemana: no hablaba nunca con Elena a espaldas de ella. «Algún día tendremos que separarnos», profetizaba Anïta, y Martín encendía un cigarrillo y se quedaba pensativo. La miraba a ella y a su pequeño Bruno, y deseaba quedarse para siempre en ese instante, sin saber nada más ni de Madrid, ni del hospital San Guillermo, ni de Elena.

—Tenéis que venir conmigo. Tarde o temprano aprobarán el divorcio en España, y tú y yo seremos libres. Bruno no puede crecer sin su padre —le dice al llegar al apartamento.

Ella está jugando con el niño. Bruno responde con carcajadas a los arrumacos de su madre.

—¿Estás seguro? ¿No sientes nada por Elena? Recuerda que cuando estuvo en Berlín te sentiste confundido.

—Estoy totalmente seguro. Es verdad que cuando vino de visita con la esposa de Chacón tuve alguna duda. Ella, en Berlín, fue como descubrirla de nuevo, pensé en mi matrimonio, en el juramento sagrado de mis votos, en que debía esforzarme para que funcionase. Pero fue un espejismo, en cuanto te volví a ver supe que no podría aguantar de nuevo su presencia, su ñoñería y sus caprichos. Nunca renunciaré a ti, Anïta, a los brazos que hacen que me sienta el hombre más afortunado del mundo.

—Podrías buscar trabajo en Alemania y quedarnos aquí los tres.

—No, Anïta, debemos hacer las cosas bien. Soy un buen cirujano. No tengo que mendigar un puesto en este país. O aceptar un empleo clandestino. En Madrid seremos felices. Mira, se me ocurre que ni siquiera tendremos que esperar a que permitan el divorcio. Pediré la anulación de mi matrimonio, tengo un documento que demuestra que Elena me mintió para casarse. Ella sabía que nunca podríamos tener hijos y me lo ocultó. Conseguiré la anulación y me casaré contigo. Bruno tiene mis apellidos, somos casi una familia. Y volveré a trabajar en el hospital San Guillermo.

—Pero ¿cómo podremos salir? —Anïta se acerca a la cuna y acuesta a Bruno. El niño se queja y ella le acerca a las manitas un sonajero de madera—: Me recuerdas a Otto y sus promesas. Y a todo lo que nos pasó después. Estoy muy asustada, Martín. Si me separasen de Bruno, yo, yo… —Busca refugio entre sus brazos.

—Yo cuidaré de vosotros, saldremos de aquí, ya verás, encontraré la forma.

Se desprende de ella y se asoma a la ventana, pensativo, acobardado. Mira el muro inexpugnable, omnipresente. ¿Cómo encontrar la forma de huir de un país cuando no se sabe por dónde empezar?

MARTÍN TIENE QUE hablar con alguien que lo ayude a conseguir un visado falso. Schreber se llevaría las manos a la cabeza si supiese que su implicación en la política va cada vez más lejos. El hombre no está para semejantes planteamientos, pues se encuentra muy afectado por la retirada de la financiación. Chacón tampoco le parece una opción viable. Tal vez los doctores Creus y Zambrano conozcan a alguien, no en vano llevan recorriendo los locales más alternativos de la ciudad desde que llegaron a Berlín. Pero no confía en ellos, los considera unos inmaduros. ¿Cómo va a poner la seguridad de Anïta en manos de unos mujeriegos? Solo se le ocurre hablar con Gustav. Aprovecha el viaje matutino en el Trabant hasta el hospital:

—Gustav, necesito su ayuda de nuevo.

El chófer lo mira desde el espejo retrovisor con las manos puestas en el volante.

—Doctor, no me gustaría volver a los alrededores del cuartel general de la Stasi.

—No se trata de eso. A ver por dónde empiezo… Me gustaría saber dónde podría conseguir un visado falso para salir del país.

—Pero ¿qué está diciendo? ¿Es una especie de burla? —Se aparta de la calzada y para el coche.

—No se altere, Gustav, voy totalmente en serio. Necesito que me diga si conoce a alguien que haga ese tipo de trabajos. Si ha oído algo, un hilo de donde tirar.

El hombre se gira en el asiento, habla a Martín cara a cara:

—No me gustan esa clase de asuntos, doctor. Usted mismo puede ser un chivato de la Stasi. Estoy a punto de perder este trabajo y no me vendría bien tener problemas con la seguridad del país.

—Lo comprendo, lo comprendo, y no le pondría en este aprieto si no fuera una cuestión complicada, Gustav. Confío en usted desde el principio y me he puesto en sus manos. He cometido la torpeza de enamorarme de una joven de aquí, hemos tenido un hijo y quiero sacarlos a los dos del país cuando yo me marche. Ella tiene antecedentes policiales. Si no es de forma clandestina, no podrá salir.

Gustav mira hacia delante, acaricia con las dos manos el volante. Recapacita y dice:

—No soy nadie para juzgar las decisiones de otros, doctor. Pagando bien se puede conseguir cualquier cosa. De ahí a que su plan funcione, eso no lo puedo asegurar: he visto caer a mucha gente a los pies de ese muro.

Un guardia los apremia para que pongan el coche en marcha y continúen su camino. El chófer gira la llave de contacto y vuelve a incorporarse al tráfico. Martín inspira hondo cuando se alejan del agente.

—Sé a lo que me arriesgo. Solo necesito que me indique un lugar por donde empezar. Lo demás corre de mi cuenta. Nunca diré que esta conversación ha existido.

—Visite la iglesia de Santa Eduvigis la mañana del sábado y procure que El deán lo atienda en confesión.

El cirujano le pone la mano en el hombro en señal de agradecimiento. El chófer permanece impasible, con las manos aferradas al volante y la vista puesta en la calzada.

21

Martín acude a Santa Eduvigis el sábado a primera hora: una iglesia católica en el centro de Berlín. Le llama la atención la fachada neoclásica, la cúpula verdosa y la planta circular. El interior parece vacío. Martín decide dar un paseo entre las capillas, impregnadas del olor meloso de las velas de cera. Observa el magnífico órgano principal y la figura de la santa que le da nombre. «Si fuera un buen creyente, debería rezar ahora», piensa. Se sienta en un banco bajo la cúpula. Una mujer vestida de negro entra y se arrodilla unas filas más adelante. Martín solo puede escuchar el bisbiseo de su oración. El tapiz gigante que cuelga tras la cátedra le devuelve una imagen del apocalipsis. Él empieza un padrenuestro, llevado por el recogimiento del lugar. Recuerda haber rezado con su madre todas las noches cuando era niño. A veces ella parecía tan tremendamente desgraciada…

A su espalda, se sienta un sacerdote que viste sotana y lleva un rosario entre las manos.

—No le había visto nunca por aquí. ¿Es usted nuevo en el distrito?

Martín se da la vuelta en el banco y niega con la cabeza.

—Supongo que es usted un turista. ¿Quién le ha hablado de Santa Eduvigis? —le pregunta con curiosidad.

—Un conocido. En realidad, he venido a que me confiese El deán.

Al sacerdote le cambia la expresión de la cara. Se levanta y se acerca a la mujer que reza, la guía hasta una capilla adyacente y regresa para sentarse al lado de Martín, que desconfía.

—No es fácil que le confiese El deán, no para mucho por aquí, tiene decenas de expedientes que llevar en la diócesis. Pero yo puedo trasmitirle su deseo de confesarse con él, señor. ¿Tiene usted muchos pecados?

Martín mira interrogante al sacerdote. El sacerdote le aclara entre susurros:

—Pecados, personas en peligro.

—¿Cómo puedo confiar en usted? —pregunta Martín revolviéndose en el banco.

El sacerdote desliza entre las manos las bolitas del rosario. Le muestra el crucifijo de plata.

—Mi garantía es esta cruz, señor.

Martín se lo piensa unos segundos.

—Un pecado. Una mujer alemana con la que he tenido un hijo.

El sacerdote empieza un «Dios te salve, María».

—El deán necesitará nombre y apellidos.

Martín los apunta en una libreta, arranca la hoja y se la pasa con discreción.

—*Bendita tú entre todas las mujeres.* También necesitará una fotografía de la mujer.

Martín abre la cartera, saca una foto de Anïta, de forma que queda visible la de Elena. Siente un pinchazo en el vientre y le entrega el retrato al sacerdote. El hombre se guarda el material en el bolsillo de la sotana. Le dice a Martín que prepare dos mil marcos.

—*Santa María, Madre de Dios. Ahora y en la hora de nuestra muerte.* Debe venir el próximo jueves a las cuatro de la tarde.

Martín asiente con lágrimas en los ojos. Dicen *amén* a la vez. El sacerdote besa la cruz del rosario, se santigua y se levanta.

Hace la genuflexión frente al altar de santa Eduvigis y se retira a la sacristía, no sin antes dedicarle unas palabras a la mujer que reza en la capilla adyacente.

MARTÍN NO CONSIGUE conciliar el sueño. Se levanta de la cama, mira por la ventana y le parece distinguir una figura negra en la acera de enfrente. La sombra se vuelve nítida cuando el hombre se acerca a la luz de la farola. Martín no puede creer lo que ve. Sauer acechándolo de nuevo. ¿Conoce sus movimientos? Tratar de esconderse detrás de la cortina es inútil. Ambos hombres se han visto. El inspector de la Stasi le hace una señal con la mano para que baje. Martín duda un momento, pero se arma de valor y sale a la calle.

—¿Un cigarrillo, doctor? —le ofrece Sauer cuando llega a su altura.

—Sí, gracias. —El agente le tiende también el fuego—. No esperaba encontrarle otra vez por aquí. ¿Está vigilando a algún pobre desgraciado?

—No. He venido a charlar con usted.

—¿A las dos de la madrugada? —pregunta Martín atemorizado.

—Soy un hombre bastante ocupado —alega Sauer en su defensa—. Mire, doctor, seré honesto: no se trata de una visita de cortesía. Ha llegado a mis oídos que se marcha, que les han retirado la subvención para continuar con la investigación en la Charité.

Martín baja los ojos y se pone nervioso. Le cuesta encarar las afirmaciones de Sauer.

—Sí, nos marchamos en un par de semanas. Su gobierno ha decidido que nuestra investigación ha llegado a su fin.

Sauer sonríe y arroja el cigarrillo al suelo. Sus ojos azules se vuelven brillantes bajo el haz de luz de la farola:

—Tenía entendido que los suizos les habían ganado la carrera, pero no me haga caso, doctor, yo no entiendo de cuestiones médicas. Lo que sí me interesa es su situación personal.

—¿Mi situación personal? —titubea Martín—. Regresaré a mi casa y trataré de recuperar mi puesto en el hospital San Guillermo.

—Hummm, eso está muy bien, doctor. Pero aun así me surge una duda: ¿qué planes tiene para su compañera? —Se relame los labios—. Tengo conocimiento de que vive con una mujer alemana, una vieja amiga de los dos, y que, oh, sorpresa, han tenido un hijo en común. ¿Cómo se llamaba ella?

—Anïta Reichtum.

Un perro callejero cruza la calzada. Se los queda mirando, jadeando, con la lengua fuera. Tal vez ocupen la farola que él suele marcar. Sauer levanta el brazo y lo espanta.

—Sí, Anïta Reichtum. Pero el caso es que ese apellido no me suena... —responde mientras se toca la frente como si hiciera un esfuerzo por recordar—. Estaba casada con un miserable desertor, un don nadie que, gracias a su colaboración, logramos capturar en la frontera...

—Otto Neumann —contesta Martín, dolido e impaciente por lo que considera un jueguecito macabro.

—¡Ah! La señora Neumann, ahora la recuerdo, Anïta Neumann. Preciosa joven. Seguro que ha sabido perdonarle lo que le sucedió a su marido. ¿Y qué va a ser de la señora Neumann cuando usted regrese a su confortable país? ¿Y de su pobre hijito?

—No sé —intenta disimular el médico—. Ella no significa nada para mí. Desde el principio supo que yo soy un hombre casado, y que tarde o temprano tendríamos que separarnos.

—Me gustaría creerle, doctor. Lo imaginaría como un canalla que ha dejado embarazada a una camarada y ahora la abandona a su suerte. Pero, por lo poco que le conozco, esta actitud suya no me resulta convincente. Es más, me atrevería a pensar que está intentando engañarme y planea sacarlos a ellos también del país.

Martín palidece, pisa la colilla del cigarrillo y trata de salir airoso del interrogatorio:

—No puedo hacerme cargo de Anïta. Ni de nuestro hijo. En Madrid me espera mi esposa, Elena. Usted sabe que existe. Troncoso le hizo aquella visita bajo sus órdenes. Tengo una reputación que mantener, inspector.

Sauer escudriña su expresión. Martín siente que penetra en lo más profundo de su cerebro.

—Sería una torpeza tratar de llevársela, doctor. No lo conseguirían, se lo aseguro.

El inspector se mete las manos en los bolsillos y se aleja caminando. Martín recorre en dos zancadas la distancia que lo separa del portal del apartamento. Su corazón palpita de terror. Tiene a Sauer en los talones. Es una verdadera pesadilla.

Entra en la habitación y contempla a Anïta dormida. No puede imaginar volver a Madrid sin ella. Sería un desgraciado el resto de su vida. Se asoma a la cuna de Bruno, que juguetea en la penumbra metiéndose los puñitos en la boca.

EL JUEVES A mediodía Martín sale de la Charité por la puerta de la sala de autopsias. Toma varios autobuses para dar un rodeo hasta llegar a la iglesia de Santa Eduvigis. Ha decidido tratar de hacerse invisible para Sauer y su gente, al menos hasta que haya sacado a Anïta y a Bruno del país. Cuando entra en el templo, comprueba que la nave central se ha convertido en un hormigueo de personas, sobre todo de jóvenes, que apartan bancos y protegen imágenes con sábanas blancas.

—Esta noche organizamos un festival —le dice el sacerdote cuando lo reconoce entre la multitud—. Si quiere ayudarnos, puede retirar esos reclinatorios.

—No sé si me recuerda, padre, pero yo solo he venido a ver a El deán —contesta Martín, arrastrado por la marea de gente que entra y sale.

—Claro que lo recuerdo, señor. ¿Por quién me toma? Pero mientras El deán hace acto de presencia debería ayudarme con estos animales. —Se zafa de varios chicos que empujan un banco.

—Vale, vale, les ayudo —dice Martín sosteniendo un macetero—. Pero… ¿quién toca?

—Un par de grupos del barrio, algo de folk, algo de rock, varios barriles de cerveza y muchas ganas de pasarlo bien.

—¿Y no les paran los pies? ¿La policía? ¿La Stasi?

—Esto es suelo sagrado, señor. Aquí no manda ni la Stasi ni Honecker, aquí manda el papa de Roma. Y necesitamos gente joven que llene nuestras iglesias, hay que saber aprovechar las oportunidades. No hay demasiados católicos en Berlín. Estoy seguro de que Jesucristo era un auténtico rockero —ríe el sacerdote—. Y todos estos también lo creen.

MARTÍN ESTÁ SORPRENDIDO. La iglesia se ha llenado de jóvenes que siguen las canciones de un grupo local de dudosa calidad. Son más importantes las ganas que le ponen que la música en sí. Varios apagones provocan que el concierto se interrumpa en dos o tres ocasiones, haciendo silbar a los presentes, que rápidamente encienden los mecheros y corean sin música las canciones. En uno de esos apagones un hombre se acerca a Martín por la espalda y le posa la mano sobre el hombro. «El deán lo espera», le dice al oído. Martín lo sigue hasta la sacristía de la iglesia. Tiene miedo de encontrarse con Sauer y que todo sea una trampa. Respira más tranquilo cuando reconoce entre los hombres que conversan en un rincón al sacerdote con sotana. Un tipo canoso, entrado en carnes se aparta del grupo y le ofrece la mano enfundada en un guante de cuero.

—Buenas noches, señor San Román. Me presento, soy el que llaman El deán.

—¿No es usted sacerdote?

—No, nada de eso, mi relación con la iglesia católica es simplemente comercial. Ellos me prestan sus locales y el silencio, y yo hago el bien sacando a personas de esta mierda de país.

—Otra especie de salvador de almas —ironiza Martín.

—Digámoslo así —concede el otro abriendo un armario de ropa sacerdotal y escondiendo unos documentos en un falso fondo. Se viste una casulla—. Pero no nos entretengamos, no tenemos mucho tiempo. He estudiado su caso, desea sacar a una mujer. Verá, últimamente salir con documentación falsa no es la mejor idea. Podemos facilitarle un pasaporte, pero no se lo recomiendo. Ya han caído varias organizaciones de disidentes que utilizaban ese método. La Stasi está sobre la pista de los falsificadores.

Martín piensa en Sauer y asiente.

—Nosotros hemos empezado a utilizar otras soluciones que, de entrada, pueden parecer más arriesgadas, pero que funcionan. A esa mujer, Anïta, creo que se llama, le podemos facilitar una nodriza.

—¿Una nodriza?

—Sí, la podemos sacar escondida bajo los asientos de un coche. Contamos con verdaderos expertos dedicados al camuflaje en el interior de vehículos. Ella iría siempre acompañada, con varios ocupantes sentados sobre ese asiento, de manera que su presencia sería casi indetectable. —Se coloca una estola bordada con ramas de olivo.

Martín lo medita unos instantes. Bruno es su hijo, tiene legalizada su paternidad y puede llevarlo con él cuando se marche de Berlín. Es Anïta la que tiene que salir de forma clandestina. Es un riesgo que deben correr para seguir juntos.

—Debo explicárselo a Anïta —concluye Martín—. Ella es la que va a ponerse en peligro.

Le entrega a El deán el sobre con los dos mil marcos. El hombre lo guarda bajo la casulla y añade:

—La nodriza le costará dos mil marcos más.

El deán se despide y sus hombres lo escoltan hasta una puerta lateral, por donde desaparece. Martín regresa con el sacerdote a la nave principal, el ruido es ensordecedor, cientos de jóvenes disfrutan de la fiesta, y ambos se despiden en la entrada:

—Puede confiar en ellos, doctor. Han sacado del país a muchos compatriotas. Si necesita alguna cosa, ya sabe dónde encontrarme.

—Se lo agradezco, padre —dice Martín, y le da un apretón de manos.

EL TERROR SE apodera de Anïta cuando Martín le cuenta el plan de fuga.

—¿Que salga escondida bajo los asientos de un coche? ¡Imposible! Me detectarán los perros de los guardias antes de llegar al otro lado del muro.

Sostiene fuerte a Bruno entre los brazos. Es de noche y Martín acaba de regresar a casa.

—No estamos hablando de aficionados, Anïta. Esta gente se dedica a sacar personas de manera regular. Son profesionales, no te pasará nada.

—¡Me estás hablando como lo hacía Otto! Pretendes que me ponga en manos de una especie de mafia que saca a la gente al otro lado por un precio. No quiero separarme de Bruno, ¡ni de ti! Lo que me propones… —Pasea nerviosa por el piso, acorralada.

—Yo saldría unos días antes con el niño, mientras, tú debes mantener una vida normal. El día señalado…

—Vida normal… ¡Vida normal! ¡Esta es mi vida normal! ¡No quiero que te vayas, no quiero que te lleves a Bruno y no quiero irme yo!

Se mete en la habitación y da un portazo. El niño empieza a llorar. Martín trata de hablar con ella, de tranquilizarla a través de la puerta cerrada.

—No podemos quedarnos aquí, Anïta. A finales de este mes se acaba el proyecto y tenemos que marcharnos. Quiero que vengáis conmigo, vosotros sois mi familia. La única familia que conozco. Mi vida no tiene sentido si me separo de ti y de nuestro hijo. Debemos hacer lo que nos digan. Debes ser fuerte, sobreponerte al miedo. Confía en mí. Un esfuerzo más y seremos libres.

Ella sale de la habitación con la cara enrojecida, los ojos llenos de lágrimas:

—¿Y si me descubre la Stasi?

—Eso no pasará, mi amor, no pasará —contesta Martín tratando de apartar de su mente el fantasma de Sauer.

22

EL DÍA DE su marcha, Schreber los reúne en el despacho. Chacón y Martín se sientan frente a él. Creus y Zambrano permanecen de pie, con los brazos cruzados, apoyados junto a la puerta. El alemán parece encogido, demacrado, las ojeras evidencian las noches sin dormir. Sus diplomas y sus libros están amontonados en varias cajas de cartón. En la mesa, casi vacía, permanece el trofeo de atletismo de su hermano.

—Los he convocado aquí para agradecerles su colaboración con nuestro hospital. Han sido ustedes unos trabajadores infatigables y los admiro por ello. Lamento profundamente que mi gobierno haya decidido poner fin a la investigación de una forma tan repentina. Les deseo mucha suerte en su regreso a España.

Chacón carraspea y toma la palabra:

—Creo que hablo en nombre de todos al afirmar que ha sido una gran experiencia trabajar para la Charité y, en concreto, bajo su sabia dirección. Es una pena no haber concluido nuestro estudio, pero a veces los gobiernos no son justos con las investigaciones científicas.

—Esta vez hemos perdido la carrera —asegura Schreber acariciando el trofeo de atletismo universitario.

Los doctores se despiden y salen del despacho. Al pasar por el aula de enseñanza, Dominik y su madre aguardan en el pasillo. El chico se abraza a Martín.

—No quiero que se vaya, doctor.

Martín lo agarra por los hombros, lo aparta con cuidado y le dice que debe hacer todo lo que le ordenen los médicos, y que volverá a verlo cuando por fin juegue para el Dynamo. «Me tendrás que dedicar un gol», le sugiere. El chico asegura que sí. La madre lo apremia, no debe hacer esperar más a los otros doctores. *Fräulien* Taher también acude a despedirse al pasillo. Todos están muy emocionados. Anïta no sale del aula, se mantiene en su papel de mujer abandonada. Nadie puede conocer el plan de huida que les han preparado El deán y su equipo.

La sensación de fracaso se apodera de los cuatro doctores cuando colocan el equipaje en el maletero del Trabant. Llueve implacablemente y Gustav los refugia bajo un paraguas. Suben al automóvil con los pies empapados. Antes de ponerse en marcha, una mujer robusta increpa al doctor Chacón en alemán, le grita que es un mentiroso, que se ha comportado como un cerdo con ella y que nunca debería haberlo aceptado como amante. Los otros doctores se miran asombrados. Martín piensa en Amalia; recuerda que Elena y él la catalogaron injustamente de enferma y resulta que tenía razón en desconfiar de su marido.

—No se te ocurra juzgarme, San Román —lo regaña cuando se agazapa en el coche apabullado por los insultos de la mujer—. A ver cómo le explicas tú a Elena que vuelves a Madrid con un bebé.

Martín no se molesta en contestar, se limita a levantar la vista hacia la ventana del aula, donde está Anïta asomada. Ambos se reconocen, y ella apoya la palma de la mano en el cristal, a modo de despedida.

Gustav aparca el Trabant frente al apartamento de Martín. La señora Meyer baja a Bruno para entregárselo, junto a una bolsa de ropita y pañales y su sonajero de madera. La vecina muestra su disgusto con Martín, ni siquiera ella sabe lo del plan para sacar a Anïta del país, y la mujer cree que va a abandonarla y arrebatarle al niño.

—Me ha decepcionado, extranjero. Creía que era usted un hombre diferente. Al final, es usted un sinvergüenza más que va a dejarla sola.

—Bruno estará mejor en España —se defiende.

—Los niños deben estar con sus madres, estúpido capitalista —le replica la giganta con las manos en la cintura.

Martín quiere contestarle que no lo juzgue con tanta dureza, que él no abandonaría nunca a Anïta, que estarán juntos los tres y serán felices, pero se muerde la lengua para no dar ninguna pista de sus intenciones; no debe haber ningún cabo suelto. Solo se atreve a decir un «lo siento», que hace que la señora Meyer no entienda nada y escupa en el suelo en señal de desprecio.

Los doctores reciben a Bruno con alegría en el interior del coche, le hacen monerías, se quedan prendados del niño y están sorprendidos por la circunstancia de que Martín regrese a Madrid con su bebé. Los doctores Creus y Zambrano no se atreven ni siquiera a hacer bromas sobre el asunto. En el coche gobierna un absoluto silencio que Bruno rompe de cuando en cuando con sus balbuceos y risas. Con los guardias de la frontera no tienen problema, los papeles de todos, incluidos los de Bruno, están en orden y pueden salir del país con normalidad.

Al llegar a la zona occidental Martín les comunica a sus compatriotas que él no viajará con ellos hasta España. Que se quedará en Berlín unos días más para solucionar ciertas cuestiones personales. Les desea buen viaje y les dice que procurará verlos en un futuro próximo. Creus y Zambrano se despiden de él y Chacón se acerca y le susurra:

—No hagas tonterías, Martín. Hay veces que es mejor dejar las cosas como están.

Martín le da las gracias por la confianza que ha depositado en él desde el principio de la investigación y le dice que ha sido un privilegio trabajar a su lado. Se abrazan como un padre y un hijo. Gustav se despide, con las lágrimas asomándole a los ojos y, al final, también se funde en un abrazo con Martín:

—Tengan muchísimo cuidado, doctor. Mis camaradas —le previene señalando el otro lado del muro— no dudarán en disparar a matar.

MARTÍN SE INSTALA con Bruno en la pensión que le ha indicado El deán. El alojamiento no queda muy lejos del lado occidental del muro. Según las instrucciones recibidas a través del sacerdote de Santa Eduvigis debe aguardar allí cuarenta y ocho horas, hasta que Anïta salga con la nodriza que tienen preparada para ella. Cuarenta y ocho horas de espera en un cuartucho desabrido y maloliente. Menos mal que tiene a Bruno con él. La presencia del niño lo reconforta un poco. Él es parte del amor que siente por Anïta. Se sienta en el camastro y lo observa descansar. La lluvia implacable abre paso a una tormenta y la luz del cuarto se corta. A través de la ventana centellean los rayos y rugen los truenos. Berlín Este y Oeste bajo la misma tempestad. Tan cerca y tan lejos de Anïta. La imagina aterrorizada. Pasará las horas sola en el apartamento, tal vez acompañada por la amargura de la señora Meyer. Seguro que ella tampoco puede dormir, estará preocupada por él y por su hijo. Debe cuidar de Bruno. Debe cuidar de su amor, es lo único que tiene.

ANÏTA OBSERVA CAER la noche entre fogonazos y penumbras. Los faros encendidos de los coches acrecientan el caudal de la lluvia. Una lluvia que no cesa. Está sola en el apartamento, deprimida, muy asustada. A la mañana siguiente tiene que ir a trabajar con naturalidad, para que nadie sospeche de su intención de huir dos días más tarde. La señora Meyer llama a su puerta y Anïta se sobresalta. La vecina está preocupada por la joven. Cree que Martín la ha abandonado y piensa que ella puede hacer una tontería. Lleva una botella de Jägermeister que ha conseguido en el supermercado. Anïta pone dos vasos en la mesa. La señora Meyer abre la botella de licor de hierbas y los llena. Anïta está dispuesta a mentir. No puede abrir ninguna grieta en su plan. Las instrucciones de El deán han sido claras. Hay que mantener el tipo. Cualquiera puede ser un delator, incluso la señora Meyer.

—No sé cómo vas a poder sobreponerte a todo lo que te ha ocurrido —dice paladeando el gusto amargo del licor—. Ese maldito extranjero…

—No se apure, señora Meyer, estaré bien —contesta Anïta alerta, sin probar la bebida—. Ambos sabíamos que Martín tendría que volver a Madrid tarde o temprano. Un programa de investigación no dura eternamente.

—Ya, pero llevarse a tu Bruno…

—La decisión la hemos tomado entre los dos. Es una decisión meditada y pactada. Mi hijo crecerá feliz junto a su padre. Lo espera un buen futuro en España. Allí tendrá todas las oportunidades. Es mucho más de lo que yo puedo ofrecerle.

—Y tú, ¿qué vas a hacer?

—No lo he pensado todavía, señora Meyer. De momento, acabar mi contrato en el hospital. Luego, tal vez, me vuelva a Dollenchen, donde me crie con mis abuelos. Allí todavía conservo algunos amigos. La vida en el campo es mucho más tranquila. Berlín a veces puede ser muy asfixiante, ¿verdad?

La señora Meyer le da la razón y la mira con suspicacia: tiene la impresión de que su vecina no le cuenta toda la verdad. Rellena el vaso con el licor de color café.

Anïta piensa que la noche va a ser muy larga.

Un desconocido entra en la basílica de Santa Eduvigis. Son las once de la noche y la iglesia está vacía. El sacerdote sale de la sacristía al oír chirriar los goznes de la puerta de madera. Las pocas velas de oración que aguantan encendidas se agitan con la corriente que penetra desde la calle.

—Disculpe, señor —habla desde la distancia. La acústica de la nave central hace eco con sus palabras—. La iglesia está cerrada ya. Los servicios religiosos se reanudan mañana a las ocho.

Al comprobar que el extraño no se mueve, avanza unos pocos pasos:

—Señor, ¿escucha lo que le digo?

El hombre corre hacia él y echa abajo la mesa de ofrendas. Los copones de latón caen con estruendo, pierden la tapa y derraman el pan y el vino. Algunos cirios ruedan por el suelo. Al sacerdote no le da tiempo a escapar, el terror le hace caer de espaldas en la escalinata del altar mayor. Patalea para levantarse y la tela de la sotana se le enreda en los zapatos. Mete la mano en el bolsillo para empuñar el rosario y suplica compasión. El otro lo desgarra, las cuentas rebotan por las escaleras y el sacerdote se aferra al crucifijo. El desconocido lo inmoviliza, saca un cable de acero, le rodea la garganta y le susurra al oído:

—Siempre quise acabar con un obrero de Dios. —Tensa el cable y el sacerdote se lleva las manos al cuello para tratar de soltarse, pero es inútil: Sauer es implacable con sus presas—. Pero, antes de morir, debe confesarse, padre. ¿Cree usted que El deán estará disponible para proporcionarle el santo sacramento?

El sacerdote niega con la cabeza, balbucea con voz ronca y entrecortada:

—No sé de qué me habla. Usted no debería estar aquí. Esto es, esto es… suelo sagrado.

Sauer suelta una carcajada y arrastra al hombre a través de la nave principal hasta la calle. La tormenta mantiene a la ciudad en penumbras. El ruido de la lluvia es ensordecedor. Sauer aprieta el cable. El resplandor de un rayo deslumbra al sacerdote justo antes de perder la conciencia. El inspector se impacienta y pega el tirón definitivo. Suelta el cadáver contrariado por la poca resistencia de su víctima y regresa a la iglesia. Las imágenes de los santos parecen seguir sus pasos desde el refugio de sus hornacinas. Entra en la sacristía, enciende una linterna y comienza a registrarla. «Si los hombres no hablan, las piedras lo harán. (Lucas 19:40)», lee en una inscripción tallada en una placa de mármol.

—No podría estar más de acuerdo —sonríe, irónico, antes de forzar las cerraduras de los armarios.

Vestiduras sacerdotales, libros de liturgia, cálices, incensarios, candelabros, cirios, santos óleos y un libro de registro de bautizos. Nada que pueda servirle para seguir la pista de El deán. Sauer lleva meses tras esa organización y, rabioso por el fracaso, echa abajo los armarios. Las columnas de la nave principal de la iglesia retumban con el estrépito. El agente, sudoroso y exhausto por el ataque de ira, se deja caer en un sillón y aprieta con fuerza la madera de caoba dorada de los reposabrazos. Está a punto de gritar. Toma aire para sosegarse. Levanta la vista y observa un añadido en la parte trasera de uno de los armarios. Un falso fondo que hace saltar de una patada. Decenas de papeles se desparraman por el suelo. Se arrodilla para comprobar que es un registro de las personas que la organización ha ayudado a salir del país: Bahlow, Schwarz, Lang, Koch, Weber... Y el día exacto de la huida: el diez de enero, el cuatro de febrero, el dos de marzo, el cinco de abril, el veinte de mayo... Entre tanto desconocido, le llama la atención un apellido: Neumann. Y el plan de una salida inminente: el diez de junio. Los ojos azules del inspector brillan y se humedece los labios finos ante la imagen de su próxima captura. Pero ¿dónde esconden los coches que utilizan?

—¿Quién eres, deán? ¿Quién eres? —pregunta en voz alta.

Un leve destello le hace un guiño desde una grieta entre las piedras que cubren el suelo. Sauer se acerca a inspeccionar.

Parece un pedacito de papel de plata diminuto, como el que a veces se desprende de los envases de pastillas al extraer una dosis. Saca unas pinzas del bolsillo y abre un pañuelo para depositarlo. Se acerca a la luz de una lámpara para poder leer de qué medicamento se trata. Digoxina. Un remedio para las arritmias del corazón. Como las que toma desde hace más de un año su camarada Dieter... **Dieter E. An**delman. Una sustancia agria se le aloja en la garganta al descubrir que su apreciado Dieter puede ser El deán. Pero... ¿cómo puede ser él?

Oye unos gritos en la calle y comprende que han descubierto el cadáver del sacerdote. No puede perder más tiempo allí. Agarra la ficha de Anïta y sale a la calle por la puerta lateral sin ser visto.

El exoficial Dieter E. Andelman introduce la llave en la cerradura de su apartamento. Es de noche, lleva todo el día ayudando a Elke en una nueva exposición en la galería. Está cansado y tiene ganas de irse a dormir. Cuando prende la luz de la salita descubre a Sauer sentado en su sillón. Da un paso atrás, pero se recompone y trata de controlar el miedo.

—Me has dado un susto de muerte, camarada, ¿qué haces aquí?

—No sabía que habías comprado muebles nuevos —observa el agente pasando la mano por la tapicería verde oliva del sillón. Señala con la cabeza el lujoso aparador de líneas rectas y acabados dorados.

—Sí, ya era necesaria una renovación. Elke y yo teníamos los mismos muebles desde que nos casamos. Hace una eternidad que no vienes a verme... ¿Te apetece una copa? —sugiere al ojear las botellas de un carrito camarera que chocan entre sí con un leve tintineo. Sauer puede observar que ha recobrado el peso que tenía antes de jubilarse, aunque tiene el pelo canoso y parece más encorvado—. Tengo casi de todo: brandy, whisky, aguardiente, licor de cereza…

—No bebo cuando estoy de servicio, Dieter —le corta el otro—. ¿Dónde están Elke y la niña?

Dieter se gira y titubea con un vaso vacío en la mano.

—Ellas están… en la galería. Se han quedado ultimando detalles de la próxima exposición. Yo estaba agotado y me he adelantado para descansar.

Sauer se incorpora y le retira el vaso de la mano. Lo obliga a sentarse en uno de los sillones nuevos, uno que aún conserva el plástico protector.

—Hoy he estado en la iglesia de Santa Eduvigis, Dieter, y he conocido al sacerdote. Un tipo agradable, algo testarudo tal vez. No ha habido manera de sacarle el nombre del cabecilla de un grupo de insurgentes, uno que apodan El deán. Sin embargo, en un armario de la sacristía he encontrado un registro de personas que han salido del país de manera ilegal.

El otro baja los ojos y se retuerce los dedos con fuerza.

—Necesito esa copa… —murmura, suplicante.

Sauer se acerca al carrito camarera y sirve un vaso de brandy. Coge dos hielos con una pinza, los deposita en el líquido rojizo. Se lo acerca a su compañero, que se lo bebe de un trago.

—No habría dado contigo si no hubiera encontrado el resto de un envase de una pastilla de digoxina.

—La digoxina se la recetan a mucha gente, Sauer, ese hallazgo no significa nada —trata de defenderse con la mirada fija en el fondo del vaso vacío.

—¿Puedes mostrarme el envase que estás usando ahora, Dieter?

El exoficial saca tembloroso el envase que lleva en el bolsillo del pantalón y se lo entrega. Sauer comprueba que faltan algunas pastillas y un pedacito de papel de plata de una de las dosis utilizadas. Lo compara con el pedacito que ha encontrado en la iglesia de Santa Eduvigis. Siente un triunfo agridulce cuando verifica que encajan.

—Tenía la certeza de que El deán era alguien que conocía los entresijos del ministerio. Siempre anticipándose a nuestros movimientos. Lo que no imaginé nunca es que podrías ser tú, Dieter. Desde que entré en la Stasi has sido un referente para mí. Te he considerado mi mentor, mi amigo. No entiendo cómo puedes estar traicionando así a tu país.

—Este país que tanto defiendes oprime con crueldad a sus ciudadanos. Las personas necesitan libertad, Sauer. No se puede encerrar a toda una población eternamente detrás de un muro. No es natural. No lo es. —Niega con la cabeza para reafirmar sus palabras—. Y cada vez que acabes con un grupo organizado, surgirán otros que harán el mismo trabajo.

—Nosotros no dictamos las leyes, nuestro deber es que se cumplan. Es parte del compromiso que adquirimos al entrar en la Stasi. Hacer cumplir la ley. No puedes obviar eso.

—Te recuerdo que ya no pertenezco a la Stasi. Estoy jubilado hace más de un año. Apartado sin honores, cobrando una pensión ridícula, insuficiente…

Sauer se enerva:

—¡Lo has hecho por dinero! ¡Has traicionado a tu país y recibirás tu castigo!

El otro abre los brazos en señal de rendición, se ha envalentonado con el brandy:

—¿Y qué harás conmigo? ¿Me meterás en una celda de la prisión de Hohenschönhausen*? ¿Crees que me dan miedo nuestras propias torturas?

---

* Hohenschönhausen, prisión de la Stasi en Berlín, conocida como «El Submarino» por sus celdas sin ventanas y con gran concentración de humedad donde los prisioneros pasaban grandes temporadas incomunicados.

Sauer se queda pensativo, necesita sonsacarle información, pero antes debe minar su voluntad férrea. Se le ocurre una alternativa.

—No. El Submarino no es opción para ti. Pero puede serlo para Elke y tu hija. ¿Las imaginas? —Sonríe—. Solas, desnudas, forzadas a estar de pie, a oscuras durante semanas, con un cubo de excrementos como única compañía.

Dieter se descompone ante la visión de su esposa y su hija en una de esas celdas de la prisión, salta del sillón y lo agarra del cuello.

—No te atrevas...

Sauer empuña la pistola y Dieter afloja las manos y se deja caer en el sillón. El plástico protector cruje bajo su peso. Se mesa el cabello blanco, llora.

—¿Qué quieres de mí, Sauer?

—Poca cosa en realidad. Necesito saber la dirección del garaje de los coches nodriza. Si me proporcionas esa información, te garantizo que tu mujer y tu hija no se verán afectadas por este escándalo. El suicidio es la única salida digna para tu traición. Redactaremos una nota de arrepentimiento y de despedida. Todo el mundo puede equivocarse, el caso es rectificar a tiempo.

Dieter consiente en darle la dirección del garaje y pasan al despacho. Sauer redacta a máquina una carta de arrepentimiento que su antiguo compañero firma con trazo vacilante. Después, coloca en la mesa un arma que ha sacado del cajón del escritorio y le encaja el silenciador. Sauer le alcanza la botella de brandy y cierra la puerta corredera tras de sí. Aguarda unos minutos y oye el disparo. Entra otra vez en el despacho, sonríe al ver la cara destrozada de su camarada, las salpicaduras de sangre por todas partes. Huele a pólvora. Para Sauer es el olor de la justicia. Con su pañuelo, limpia unas gotas rojas que han caído sobre una foto familiar. Se guarda la carta de arrepentimiento en el bolsillo del abrigo y, desde una cabina telefónica, cursa orden de detención para Elke y su hija.

23

Dos DÍAS MÁS tarde, Anïta no acude a trabajar al hospital. Ha memorizado las instrucciones que le han llegado de parte de El deán. Debe cruzar la ciudad y dirigirse a un garaje clandestino al sur de Berlín. Sabe qué autobuses tiene que tomar para llegar hasta allí. Lleva zapatos planos y el cabello oculto bajo un pañuelo. Camina hasta un viejo edificio medio derruido, sus camaradas la aguardan en el sótano. Baja con cuidado las escaleras, algunos tramos ni siquiera existen. Accede a un local donde hay varios coches aparcados. Está iluminado tenuemente por bombillas desnudas que se balancean en el techo y no consigue distinguir persona alguna. Piensa que ha llegado demasiado pronto, y se acerca a una de las luces para consultar el reloj de pulsera. Comprueba que es la hora señalada y se estremece, empieza a sentir frío. Trata de entrar en calor frotándose los brazos. Mira a su alrededor: los coches están vacíos y el local, desierto. Al fondo, identifica un portón que le sugiere que tiene salida al otro lado de la calle. «Cuando me escondan bajo los asientos de alguno de estos coches, escaparé de aquí y no volveré a Berlín», trata de esperanzarse. «Bruno, Martín y yo, ¿puede haber mayor felicidad?» Pero… ¿por qué se retrasan? ¿Dónde están sus protectores? ¿Los habrán engañado y se habrán marchado con el dinero? Empieza a agobiarse y tiene la sensación de que le falta el aire. Un ruido metálico junto al portón la hace sobresaltarse. Agudiza el oído, percibe un goteo que procede de uno de los automóviles. Se acerca con paso inseguro. El goteo se hace más intenso. Descubre con horror el cadáver de un hombre con un tiro en la cabeza sobre el estribo del conductor. Es la sangre la que se derrama y produce ese ruido intermitente al empapar el suelo de cemento. Aguanta una náusea y trata de salir del garaje. Se precipita hacia las escaleras. Un hombre le corta el paso.

—¿Te vas ya, Anïta?

Ella lo mira incrédula, apenas consigue articular su nombre:

—¿Vogler? ¡Oh, Dios Santo! Pero si eres Vogler, no puede ser... ¡Mi hermano!

Va a abrazar al hombre y él le retuerce el brazo por detrás de la espalda.

—Sauer, hermanita, ahora me llamo Sauer. Inspector jefe de la Stasi. Aquel Vogler se quedó en el pueblo de los abuelos.

Cuando Anïta oye nombrar a la Stasi comprende por qué está él allí. Ha ido a capturarla. Todo está perdido. Jamás volverá a ver a su hijo ni a Martín. Sus músculos parecen perder fuerza de repente. No puede mantenerse en pie y cae al suelo desmayada.

Anïta despierta esposada al parachoques del coche. El goteo de sangre ha cesado y un charco rojo cubre el suelo. El hedor a óxido es mareante. Sauer está sentado en una silla, frente a ella. La observa con los mismos ojos con los que miraba a los animales que luego desollaba. Hay más oscuridad en el interior del garaje, debe haberse hecho de noche. Anïta piensa en Martín, estará esperando a que llegue escondida en el coche que la iba a sacar de allí.

—Creo que la repentina muerte del sacerdote de Santa Eduvigis ha puesto sobre aviso al resto de tus camaradas, Anïta. Ya se ha hecho tarde y por aquí solo ha aparecido ese infeliz de ahí. —Señala el cadáver.

—¿Por qué me has esposado? ¿Te has vuelto loco? —se revuelve ella.

—Es mi obligación detener a cualquier persona que intente huir del país. Y con más motivo si es reincidente.

—¿Yo? ¿Escapar? Había quedado aquí con… Con un vendedor de coches —miente.

—No me hagas reír, hermanita. Esto es un garaje de coches nodriza, de esos que sacan a traidores que quieren huir de Berlín. A traidores ingratos como tú. Comprenderás que no pueda dejarte marchar. La hermana de un inspector del Ministerio de Seguridad debe permanecer en el país. Y colaborar con nosotros para atrapar a los otros disidentes.

Ella se echa a llorar.

—Pero yo solo quería irme con Martín y mi hijo, tengo un hijo pequeño, ¿sabes? —intenta que recapacite y se apiade de ella.

—Ya, ya. El doctor San Román y sus embustes. Esta vez logró escabullirse. Lamento informarte de que no es tan bueno como crees, hermanita. Sin su necesaria colaboración, no habría sido posible deteneros a ti y a Otto aquella noche. Fue extremadamente fácil, una breve visita a su mujer en Madrid y nos aportó todo tipo de detalles —dice entrecerrando los ojos con malicia.

—¡Mientes! —grita ella agitando las esposas en el parachoques.

—¿Cómo habríamos podido saber el lugar, el día y la hora exacta de vuestra huida? Ese doctor resultó ser un buen informante para nosotros.

Anïta se queda callada, empieza a dudar de Martín. Si fuera el culpable de la muerte de Otto y de su aborto, no podría perdonárselo nunca. Nunca.

—Pero no debes preocuparte por ellos, hermanita. Estarán bien en cualquier infierno al que vayan. No malgastes tu energía. Ahora debes preocuparte por ti. Nunca he podido olvidar el día que le contaste a nuestro abuelo que había sido yo el que había herido al niño de los vecinos. Recuerdo vivamente cada latigazo que me dio aquella noche. Pero este —dice acercándose a ella y obligándola a pasar la mano por los pliegues de la cicatriz que le recorre el cuello hasta la oreja. Ella llora al acercar la yema de los dedos, al rozar la piel de su hermano, al que quiere y al que teme—. Este me partió la garganta en dos y tardé más de dos años en recuperar el habla. ¿Sabes lo que significa para un joven tener esta cicatriz y no poder comunicarse? Me convertiste en un ser repulsivo, Anïta. Y ahora vas a pagar por ello.

De repente, los faros de otro coche se encienden y deslumbran a Anïta. Esposada, deslumbrada, es el inicio de una tortura.

Sauer abre un maletín con diferentes herramientas de hierro. Anïta puede distinguir una tenaza rusa y varios alicates. Aparta la vista aterrorizada. Él le acerca a la cara la punta de un destornillador:

—¡Empieza a hablar de una puñetera vez! ¿Quiénes son los otros disidentes?

MARTÍN ESPERA EN el lugar señalado, una calle aledaña al muro en el sector occidental. Mira una y otra vez el reloj. El coche que tiene que traer a Anïta no aparece. Ya está anocheciendo y la calle está vacía. Llueve y hace frío. Martín se refugia bajo el saliente de un edificio. Fuma con fruición. Las farolas se encienden y Anïta no ha llegado aún. No entiende qué ha podido ocurrir. ¿Los habrán interceptado en la frontera? No puede ser, el plan ha salido bien otras veces. El deán no ha fallado nunca. ¿Por qué iba a fallar con ellos? Cree volverse loco. Golpea las paredes del edificio. «Tiene que venir, ¡tiene que venir!» Un grupo de jóvenes se lo queda mirando. Martín quiere gritarles que lo dejen en paz. Ve una cabina cerca y llama a la Charité. No debe alejarse mucho del lugar señalado. ¿Y si viene Anïta y él no está esperándola? ¿Dónde iría ella? Desde la centralita de la Charité le contestan que el aula educativa está cerrada a esas horas de la noche. No le pueden dar razón de si la señora Neumann ha ido o no a trabajar esa mañana. La angustia se adueña de Martín. «¿Dónde estás, Anïta?, ¿dónde estás?» Se sienta en el suelo, a pesar de la lluvia, a pesar del frío, y llora. «¿Dónde estás?»

24

Martín viaja en tren hasta Bonn. El viaje es agotador, Bruno está nervioso, desorientado, llorón; echa en falta los brazos de su madre. La mujer que se sienta a su lado en el compartimento del vagón se queja varias veces de la impertinencia del pequeño. Y Martín se siente apabullado por la responsabilidad.

En Berlín Oeste ha intentado descubrir el paradero de Anïta. Ha acudido repetidamente al lugar que le indicó El deán, sin suerte. Se ha acercado al punto de control Charlie y ha conversado con los soldados que custodian la frontera. Les ha suplicado que le permitan entrar, pero su visado caducado ha impedido que lo dejaran traspasar siquiera la línea de control aliado.

—Señor, comprenda la situación, nos habla de una mujer que ha intentado salir de manera ilegal del país y usted quiere entrar sin estar debidamente acreditado. Nosotros no podemos convertirnos en encubridores o cómplices de hechos delictivos. Podríamos causar un incidente diplomático —le explica un joven oficial americano que sale de la oficina.

—¡Pero tengo que entrar en el país! ¡Necesito saber qué ha pasado con ella! —se zafa del oficial y avanza unos metros a la carrera.

Los guardias fronterizos del lado este empuñan los kalashnikov al verlo aproximarse a la barrera que los separa. Los soldados aliados lo alcanzan y lo arrastran fuera de la zona. El oficial americano se sonroja, se le marcan en la cara los huesos de la mandíbula, aturdido por la pérdida repentina de control.

—¡Diríjase a su embajada! —Lo empuja ante la mirada atónita de otros soldados—. ¡Y no se le ocurra volver por aquí!

Martín se marcha tambaleándose, ebrio de desesperación. Se para varias veces y mira hacia atrás. Los soldados aliados lo vigilan de cerca. Es imposible traspasar el implacable muro.

EN LA CIUDAD de Bonn, Martín visita la oficina de la embajada de España, pero los funcionarios le advierten de que hay pocas probabilidades de saber qué le ha ocurrido realmente a Anïta.

—Si fuera una de nuestras compatriotas la que estuviera atrapada, podríamos movilizar a nuestros agentes, forzar una negociación para que saliera del país. Pero es una mujer alemana y comunista que trata de escapar, no podemos hacer nada —le asegura un funcionario tras un mostrador de mármol.

Bruno duerme por fin en el carrito. Las ventanas están veladas por cortinas de lamas verticales. El tecleo de la mecanógrafa incordia a los oídos.

—Igual no se ha atrevido a cruzar la frontera —se entromete la mujer corriendo el carro de la máquina—. Tratar de escapar de Berlín es un riesgo muy grande que no todo el mundo está dispuesto a asumir.

—¡Pero yo estoy seguro de que ella ha intentado salir! ¡Teníamos un plan trazado, he pagado a los camaradas que iban a sacarla! Ha tenido que ocurrirles algo terrible… ¡Terrible!

Los dos funcionarios se miran con lástima. El empleado abandona el mostrador y se acerca al cirujano.

—Tiene que tranquilizarse, señor. No tenemos noticia de que alguien haya sido interceptado en las últimas setenta y dos horas. Piense también que no todas las personas están preparadas para cambiar su forma de vida. Saltar el muro, instalarse en otro país, empezar de nuevo...

—¿Cree que soy un pobre infeliz, que ella me ha abandonado? —Se sienta y se pasa las manos por el cabello negro, mortificado por sus propios pensamientos.

El hombre trata de insuflarle esperanza:

—Si yo estuviese en su situación, preferiría creer que la mujer que amo me ha abandonado a imaginar que pueda estar muerta o en alguna de las prisiones de la Stasi. Lo siento mucho, señor.

Martín trata de recomponerse. Se levanta y sale a la calle empujando el carrito de Bruno. Da unos pasos junto al Rin, el río fluye entre los palacetes y en los mástiles ondean las banderas de las otras embajadas. El niño llora y lo carga en brazos. ¿Qué puede hacer él solo con un bebé de pocos meses? Su plan de crear una nueva familia se ha esfumado. Se asoma a la balaustrada del río. Bruno llora aún más fuerte. El río es profundo, si se dejaran caer en ese instante, en ese mismo instante... Se aparta con espanto de la corriente y abraza fuerte al niño. Lo besa con fervor.

—No llores, Bruno. Yo cuidaré de ti.

MARTÍN DECIDE REGRESAR a España. Si desde Bonn no puede hacer nada para encontrar a Anïta, en Madrid utilizará sus influencias hasta dar con su paradero.

Durante el vuelo nocturno piensa en Sauer. Tiene la sospecha de que el inspector de la Stasi ha tenido algo que ver con la desaparición de Anïta. Lo atormenta la idea de que ella pueda estar en manos de ese ser despreciable, y se desespera ante la posibilidad de que nunca más vuelva a verla.

Llega a Barajas de madrugada, consternado por la sensación de pérdida, de derrota. El aeropuerto tiene una apariencia fantasmal, está casi vacío, las persianas de las ventanillas de las compañías de vuelo aún están echadas. Algunos viajeros dormitan en los bancos de la terminal. Rescata la maleta del chirrido de la cinta transportadora. Todavía no sabe qué hacer respecto a Bruno. No se ve con fuerzas de abandonar a Elena y criarlo solo. Es su hijo, su responsabilidad, no quiere desprenderse de él, pero... ¿cómo presentarse con un bebé en casa de los padres de Elena? ¿Cómo hacer frente al escándalo? Puede contar que es un huérfano y convencer a su esposa para sacarlo adelante. ¿No ha querido ella siempre tener un hijo? ¿No insistía en la adopción? Sería ridículo que repudiara precisamente a Bruno.

MARTÍN SE PRESENTA en la casa de El Pardo con el niño. El día es primaveral, templado. Elena y sus padres desayunan en el porche. Los tres se muestran muy sorprendidos de su llegada.

—Nos han cancelado la investigación y nos han expulsado del país —explica entregando a Lalita a su hijo. La vieja cubana lo arrulla con dulzura y pasea con él junto al porche—. Por fin he vuelto a casa —añade con los brazos abiertos.

Elena se entrega reticente a esos brazos. Mira con desconfianza al bebé que sostiene la interna. Se aparta de su marido y agarra la mano de su madre:

—Y ese niño que traes, ¿quién es?

Martín enciende un cigarrillo e inventa sobre la marcha:

—Es el hijo de una pobre desdichada. Una chica que acribillaron junto al muro porque intentaba escapar. Murió desangrada mientras la atendía, Elena. Me hizo jurar que yo cuidaría de su pequeño y, la verdad —suelta el humo de los pulmones— al tener que marcharme, no he sabido muy bien qué hacer con él. Nadie lo ha reclamado. Era traérmelo o entregarlo a un hogar para niños. Y tendríais que ver esos lugares que llaman hogar. Son pura basura.

El padre de Elena se remueve incómodo en el asiento y la madre aprieta la mano de su hija. Martín se acerca a su esposa, le susurra al oído:

—Podemos criarlo nosotros, Elena, sería como nuestro hijo, tú siempre has querido ser madre. No tendremos que soportar el papeleo de aquí, ni pedir favores a ese sacerdote tuyo. Este niño es un regalo. Nuestro regalo.

—¿Y cómo, si puede saberse, has conseguido sacarlo del país, siendo alemán de nacimiento? —El padre de Elena se levanta de golpe y el café se derrama sobre la mesa.

—Si tienes dinero suficiente, todo está en venta —contesta retando a su suegro.

—¿Y tengo que creer que has pagado por el hijo de una infeliz? Tú nunca has demostrado ser tan generoso. Visto tu comportamiento con Elena, me inclino a pensar que ese niño sea fruto de un adulterio. ¡De tu adulterio! ¡Míralo bien, es tu vivo retrato! ¡Esa criatura es hijo tuyo! ¡Y tienes la desfachatez de presentarte aquí y pretender que nuestra hija se haga cargo de él!

La madre de Elena se lleva las manos a la boca, perturbada. Los hombres se enzarzan en una discusión y Bruno rompe a llorar en los brazos de Lalita. Elena se acerca a la interna y coge al niño. Se traslada con él a una habitación más tranquila. Necesita pensar. Ha deseado tanto ser madre que se siente abrumada por la posibilidad de serlo ahora.

—Mis brazos están hechos para ser mamá. No me importaría ser la tuya —le susurra al niño mientras lo mece. Bruno se calma y se acurruca en su pecho—. Pero antes debo saber quién eres. ¿Eres el hijo de una desdichada o eres fruto del pecado de mi esposo? En dos años en Berlín ha tenido tiempo de estar con otra mujer, tal vez aquella joven maestra del hospital. Un par de llamadas telefónicas al mes… le hubiera sido fácil llevar una doble vida. ¿Tenía razón la mujer de Chacón al decir que una cama es una cama, aunque sea de hospital? Y entonces ¿qué sería yo?

¿Una vulgar consentidora? —Mira al niño y el niño la mira a ella—. No me mires así, no puedo hacerlo. ¿Dónde está tu madre? ¿Por qué no está contigo? Eres un extraño para mí. Sería una loca si me hiciera cargo de ti.

Regresa al porche y devuelve al niño a los brazos de Martín:

—Después de más de dos años en Berlín…, ¿vienes con un bebé y quieres que yo lo acepte como nuestro? No será así, Martín, no te saldrás con la tuya.

Agarra el bolso y se dirige al coche. Al poner el motor en marcha, oye al niño llorar.

ELENA CONDUCE FRENÉTICA hasta la iglesia en la que colabora. El tráfico de Madrid es intenso y hace sonar el claxon repetidas veces porque los coches circulan con parsimonia. Ella necesita hablar con el sacerdote, su padre espiritual, explicarle sus sospechas, sus dudas, su incapacidad de tragar con la historia falsa que les ha contado Martín: «El hijo de una infeliz, muerta junto al muro…». Su marido cree que es imbécil.

El padre Gabriel la recibe en confesión. Escucha, a través de la celosía de madera que los separa, las explicaciones de Elena sin mediar palabra. Al terminar, se la lleva a un aparte para asegurarse de que nadie los oye y le habla con voz calmada, tratando de imponer su razonamiento:

—Mira, hija mía, comprendo que este acontecimiento haya alterado tu paz de espíritu. Pero, como buena cristiana, debes saber que *los caminos de Dios son misteriosos como la senda del viento, o como la forma en que el espíritu humano se infunde en el cuerpo del niño aún en el vientre de su madre**. Tú siempre has deseado ser madre, Elena. Dios no te ha concedido hijos naturales, y tal vez esta sea la forma de dar respuesta a tus oraciones. Yo te he

---

* Eclesiastés 11:5

visto cuidar de los huérfanos de la parroquia, con amor, con entrega. —Se rasca la cabeza y prosigue—: Ese bebé alemán, aunque pueda ser fruto de un gran pecado, es un inocente, un regalo del cielo. Un regalo que, si lo aceptas, te hará muy dichosa, ya verás.

—Pero, padre, ¡eso que me pide es imposible! —contesta ella llorosa, estrujando un pañuelo blanco entre las manos.

—No, hija, debes sentirte afortunada. Tú que tanto te quejabas de la ausencia de tu marido, que tenías dudas incluso de su regreso, puedes recuperar tu vida. Y bendecirla con el bebé que hasta ahora se te había negado. Si no lo aceptas así, igual tu esposo se desespera y se va de tu lado para siempre. Y eso, hija mía, sí que sería una desgracia para una mujer como tú. Dios ha puesto esta cruz en tu camino, una cruz dulce, Elena. Acéptala y cría con amor a ese angelito, que no tiene culpa, ni entiende de pecados. Trata de recuperar el amor de Martín y vive la vida en paz.

El sacerdote la bendice y Elena sale de la iglesia. Las palabras del hombre santo han influido en su ánimo, su corazón se debate entre la fe cristiana y el orgullo de mujer lastimada. Se cruza con una joven que lleva de la mano a un niño, de unos dos o tres años. Los pasos de ella son cortos, se adaptan al ritmo del niño. A esos pies tan pequeños, todavía indecisos ante lo que le ofrece el mundo. Y la mujer hace equilibrios sobre sus zapatos de tacón. Los observa caminar juntos hasta que doblan la esquina. Mira sus propios zapatos y después se encamina hacia el coche para regresar a casa de sus padres.

ELENA SE REÚNE con Martín en el salón principal. Ha pedido a sus padres que no entren, necesita hablar a solas con su marido. Ellos han accedido a disgusto a los deseos de su hija. Martín se sienta en los sillones tapizados de terciopelo de seda, Elena permanece de pie, con los brazos cruzados sobre el pecho:

—Dos años, Martín, dos años llevo esperándote. Dos años consumiéndome entre estas cuatro paredes, haciendo obras de caridad, rezando para que volvieras y formar esa familia que siempre he deseado. Y, cuando mis oraciones son atendidas, regresas con un bebé fruto de quién sabe qué clase de relación. Porque ese niño es tuyo… ¡Tuyo! ¿O acaso creías que podías engañarme con esa historia de la mujer moribunda junto al muro? ¿Cómo, si hubiese ocurrido así, habrías podido sacarlo de un país con unas leyes tan estrictas? ¡Yo he estado allí! ¡He sufrido sus controles! ¡Nunca podrías haber sacado a un niño alemán de ese país!

Martín se incorpora para acercarse a ella.

—Elena, puedo explicártelo…

—¡No te muevas de ahí! ¡Aún no he terminado! Explicarme, explicarme, ¿qué? ¿Que no has guardado tus votos matrimoniales? ¿Que durante dos años has hecho y deshecho a tu antojo y ahora te presentas con una criatura de meses aspirando a quién sabe qué arreglo? Pues te voy a decir una cosa: no sé quién será la madre de ese infeliz, y no quiero saber la razón que la ha obligado a desprenderse de él. ¡No quiero sentir pena por una adúltera! ¡Una cualquiera que se ha liado contigo!

Encara a su marido, lo mira a los ojos.

—Pero espero… Deseo que esa mujer esté muerta, Martín.
—Los celos le queman las entrañas.

Martín clava las uñas en el tapizado del sillón, baja la cabeza, se muerde los labios. No soporta que hable así de Anïta, su amor, su único amor, y no puede evitar las lágrimas.

—¡Aún tienes la desfachatez de llorar por ella!

—¡No puedes entenderlo, Elena!

Ella sonríe con amargura, se sienta en una silla y apoya la cabeza entre las manos.

—Lo entiendo, claro que lo entiendo. Entiendo que yo no te bastaba y te metiste en la cama de otra. Tal vez la distancia, tal vez estabas aburrido de mí. Tantas mujeres a tu alcance... Doctoras, enfermeras, incluso aquella maestrilla del hospital con la que me topé, esa a la que tanto ayudaste, según dijo el doctor alemán... ¿Era aquella mujer? ¿La maestrilla del hospital?

Martín asiente muy despacio, con los ojos aún húmedos y la garganta seca.

—¡No tienes vergüenza! ¡He soñado tantas veces con ella! ¡Me he despertado tantas mañanas con la desazón de haberte perdido, con la esperanza de que solo fueran obsesiones mías, miedos absurdos, peligros imaginarios producto de mi soledad! ¡He sufrido tanto por ti, Martín!

Se oye llorar a Bruno en una habitación contigua. Elena se recompone, se levanta, se alisa la falda y agarra la manilla de la puerta para salir.

—Voy a aceptar a ese niño en mi casa porque no tiene culpa de tus pecados. Pero nuestro matrimonio está acabado. ¡Ya no siento nada por ti!

Elena corre hasta la habitación de Bruno y Martín se queda unos minutos en el salón, anonadado por sus palabras. Podría haberle echado en cara que ella también le había mentido antes del matrimonio, que le había ocultado que nunca llegaría a ser madre. Que había descubierto los documentos que le diagnosticaban un útero hipoplásico, una esterilidad irreversible. Y que, desde aquella tarde, todo había cambiado para él. Pero no quiere que Elena vea a Bruno como una suerte de venganza contra ella, como un chantaje, como un castigo impuesto. Decide callar y callará para siempre. Saca la cartera y desdobla el papelito que encontró aquella tarde en uno de los bolsos bordados en pedrería. Lo lee una vez más. Prende una cerilla y la acerca a una de las esquinas del documento, que arde entre sus dedos. Lo deja caer en un cenicero y enciende un cigarrillo. Aspira el humo y lo suelta, lo observa elevarse por encima de su cabeza. No puede evitar sentirse atrapado entre las lámparas de araña, los muebles de madera maciza y las pesadas cortinas que cubren la ventana, como un trofeo de caza, de esos que lo miran desde las paredes con los ojos cristalinos. Su libertad tiene nombre de mujer, de otra mujer, y no sabe si está muerta o viva, pero sí sabe que no parará hasta encontrarla.

25

HAN PASADO MÁS de once años desde que Martín regresó con Bruno a Madrid. En ese tiempo se ha convertido en el jefe del Área de Cirugía del hospital San Guillermo. El cabello se le ha vuelto canoso y el cuerpo huesudo. El comportamiento inadecuado que provocó la muerte de la joven en el quirófano está totalmente olvidado. Nunca más ha sucedido en el hospital algo parecido. Ha trabajado duro y ha conseguido aumentar su prestigio. Su figura es todo un referente para los demás cirujanos.

Los años vividos con Elena han sido años tranquilos. Cobijados bajo la apariencia de un matrimonio corriente y liberados de las obligaciones maritales, se han convertido en buenos amigos. Ella ha cuidado de Bruno como una verdadera madre y ha encontrado junto al niño el sosiego y la felicidad que buscaba. De hecho, madre e hijo están muy unidos. A veces incluso más que con Martín, porque su trabajo en el hospital le impide compartir demasiado tiempo con ellos. Además, Bruno se le parece tanto a Anïta, en el físico, en los gestos, incluso en el carácter, que a Martín le lastima su compañía, y a veces se le hace insoportable estar a su lado.

No ha olvidado a Anïta. En estos años, ha tratado de dar con su paradero a través del consulado, a través de amistades influyentes. Sin ningún resultado: nadie ha podido proporcionarle información sobre lo sucedido con ella. Incluso en tres ocasiones ha intentado regresar al país como un simple turista, pero su solicitud ha sido rechazada una y otra vez por el *Reisebüro* sin más explicaciones.

EL NUEVE DE noviembre de mil novecientos ochenta y nueve, Elena y Martín han acabado de cenar, ella está retirando los platos y él está viendo la televisión. Bruno duerme en su cama. De pronto, en los informativos, salta la noticia de que esa misma noche ha caído el muro de Berlín. Pasan imágenes en directo del acontecimiento. Martín no puede creer lo que ve con sus propios ojos. Un río de personas cruzando sin problema al lado occidental. Ningún guardia dispara. Parece una gran fiesta, la gente se reencuentra en la frontera con sus seres queridos, lloran, ríen, se abrazan. Martín se levanta y se acerca al aparato, recorre con los dedos la pantalla, trata de situarse en el tiempo. Cielo santo, es un milagro, puede entrar libremente en el país y tratar de encontrar a Anïta. A la mujer que ha querido siempre. A la mujer que no ha podido olvidar.

Elena regresa con una bandeja para servir café y lo encuentra ahí, parado, en medio del salón.

—¿Qué te ocurre, Martín?

El hombre no la escucha, está deslumbrado con la posibilidad de volver a Berlín y buscar a su amante. Ella suelta la bandeja en la mesa y mira el televisor, pero no comprende hasta dónde llega la conmoción de su marido.

—Tengo que irme de viaje —murmura él sin apartar la vista de la pantalla.

—De viaje, pero… ¿adónde? No entiendo. ¿Es por lo que dicen sobre la caída del muro? ¿Te vas a Berlín a buscarla?

—¿A buscar a quién?

—A la madre de nuestro hijo. Dime la verdad, te lo suplico… ¿Vas a buscarla?

Martín no quiere caer en una mentira absurda. Asiente apenas a las sospechas de Elena. Ella se pone lívida y le da una bofetada.

—¡Ni se te ocurra poner en peligro la relación con mi hijo! Si esa mujer apareciese y quisiera llevárselo con ella, yo, yo... ¡me moriría de pena! —grita dispuesta a golpearlo de nuevo.

Él le agarra la mano en el aire, comprende los temores de Elena.

—No debes mortificarte así. Ni siquiera sé si Anïta sigue viva.

—Pero si viniera y se lo llevara. Mi Bruno...

Elena se sienta sobre el sofá y solloza. Martín se sienta junto a ella y le toma las manos:

—Debo encontrarla, Elena.

Ella asiente limpiándose las lágrimas y apoyando la cabeza sobre el hombro de él.

—Sí, sí, debes hacerlo, Martín. Pero tengo mucho miedo. Tú y yo hemos sido un desastre como matrimonio, pero creo que somos unos buenos padres para nuestro hijo. ¿Sabes? Al principio la odiaba. Creía que era la única responsable de nuestro fracaso como pareja. Deseaba que estuviese muerta. Ahora, después de tantos años, no puedo más que estar agradecida. Bruno ha sido un regalo para mí. Es un niño cariñoso, inteligente, valiente... ¿Recuerdas cuando lo operamos de anginas el año pasado? Apenas se quejó dos días. ¿Y aquel verano que se cayó de la bicicleta y se hizo la brecha de la barbilla? No lloró ni un poquito. Si ha heredado la fuerza de su madre de sangre, esa mujer aún debe estar viva, Martín, no me cabe la menor duda.

Bruno aparece en pijama en la puerta del salón. Los ha oído hablar y se ha despertado.

—¿Por qué lloras, mamá?

Elena se incorpora y abraza al niño. Aspira el olor dulzón que desprende su cabello.

—Nada, hijo mío, a veces las mamás se ponen tristes. Es tarde y hay que volver a la cama, mi pequeño. Mi pequeño y hermoso Bruno.

Martín la observa salir de la mano del niño, los oye reír en la habitación. Sin duda, Elena es una madre excelente.

MARTÍN SE DIRIGE temprano al aeropuerto. Nervioso, compra un billete para viajar a Berlín. El avión despega a media mañana. Mientras espera, ojea las portadas de varios periódicos y sonríe al confirmar que lo que vio ayer por televisión se reproduce hoy en el papel. La RDA se ha desmoronado. El telón de acero ha caído y los ciudadanos son libres. Acomodado en la butaca del avión, no puede creerse que vaya a poder entrar otra vez en el país. Si encuentra a Anïta y le acepta, nada les impedirá estar juntos. Ha mantenido la obsesión por ella durante once años. No ha pasado un solo día en que no evocase los momentos vividos en su compañía. A menudo se encerraba en el despacho y sacaba a escondidas las fotografías que se habían tomado años atrás, con aquel chico al que le trasplantaron un riñón, Dominik. Dominik, en el aula del hospital; Anïta embarazada de su hijo Bruno, Bruno en sus primeros meses de vida. No se puede negar que el niño es el vivo retrato de su madre. Confía en que será un buen apoyo para Elena, si por fin Anïta y él deciden vivir libremente su relación. No tendrán que esconderse porque ya se ha aprobado el divorcio en España, y Bruno puede tener dos mamás, aunque a Elena le cueste aceptarlo.

También se le presentan nubarrones durante el vuelo: ¿Y si le pasó algo a Anïta al intentar salir? No quiere pensar en eso, ahora no hay lugar para el pesimismo. Los hombres de El deán no eran aficionados, su organización estaba bien articulada. Tal vez se echó atrás en el último momento, como sugirieron aquellos funcionarios de la embajada en Bonn. Sí, sí, eso fue lo que tuvo que suceder. El miedo por la experiencia con su marido Otto la atenazó y no quiso volver a intentarlo. No debió haberla dejado sola. La encontrará y serán felices, está seguro de ello. Saca una libreta y toma notas, traza un plan para localizarla. Iniciará la búsqueda en el apartamento y el hospital, los últimos lugares en los que estuvo con ella.

ATERRIZA EN EL aeropuerto de Tegel y atraviesa la frontera. La gente que está abandonando Berlín Este lo empuja constantemente. Se producen encuentros entre familiares, cantan, bailan y brindan. Martín va en sentido contrario a la multitud: él quiere entrar en la zona este. Incluso los guardias bromean entre sí al sellarle el pasaporte.

Mártín llega en taxi a la calle donde se alzaba el apartamento. Paga al conductor y se baja despacio. No reconoce la calle, ni el edificio levantado en su lugar. Se siente agobiado, cree que el taxista ha confundido la dirección, pero toma referencias y no hay duda: deben de haber demolido el antiguo bloque y construido ese otro. Logra acceder al interior y comprueba que es un inmueble de oficinas. Nada de viviendas, solo hay locales y pequeños negocios. El aspecto aséptico del edificio lo trastorna, no encuentra rastro de lo que vivió allí. Mientras baja en el ascensor para salir a la calle, piensa en Anïta, piensa en la señora Meyer, en las familias que vivían en ese lugar. No ve forma de averiguar qué ha sido de ellos después de tantos años.

En la Charité, el caos lo recibe entre los muros de ladrillo rojo. La gente está agolpada en los mostradores de recepción, muchos quieren sacar a sus familiares del recinto, llevárselos a otros hospitales, a sus casas, al lado oeste del muro. Martín comprueba la decadencia de las instalaciones, el gran monstruo sostenido por una inversión insuficiente. Goteras, paredes desconchadas, muebles que parecen rescatados de una guerra. Cuando le llega su turno, pregunta por el aula escolar:

—El aula lleva años cerrada, señor, por falta de presupuesto —lo informa una enfermera visiblemente molesta por la intromisión del extranjero.

—¿Y el doctor Schreber? Era jefe del Área de Trasplantes.

La enfermera no sabe nada de él. Nadie tiene referencias del alemán. «Claro —piensa Martín—. Ha pasado más de una década.» Trata de llegar por su cuenta a los antiguos despachos de los doctores Schreber y Chacón. Un vigilante le impide avanzar:

—Soy cirujano, estuve dos años investigando sobre trasplantes en este hospital. En el equipo del doctor Schreber —le explica.

—Sí, señor, no se lo discuto, pero yo no conozco a ese doctor y usted quiere entrar en un área restringida del hospital.

—¿Puedo hablar con el administrador?

El vigilante lo observa intrigado. Al final, lo hace pasar a una sala de espera. Es una pieza alargada con dos hileras de bancos y una fuente artificial que pierde agua. Allí aguarda durante horas, fumando con insistencia, acompañado por el goteo incesante de la fuente. Por fin, una mujer de cabello corto se reúne con él.

—Soy la administradora de la Unidad de Investigación, doctor. Ha preguntado usted por el doctor Johann Schreber, ¿me equivoco?

Martín asiente. Apaga el enésimo cigarrillo en el cenicero de pie.

—He consultado los archivos y he dado con su ficha. Lamento comunicarle que el doctor falleció hace diez años.

Ante la sorpresa del cirujano, la mujer prosigue:

—Fue un asunto feo, yo acababa de entrar en este hospital. Su consulta me ha refrescado la memoria. El departamento que dirigía se quedó sin dinero y él decidió quitarse de en medio. Lo encontraron una mañana ahorcado en su laboratorio.

Martín cree comprender las razones que llevaron a Schreber a suicidarse. Un médico veterano comprometido con sus pacientes, ninguneado por la burocracia. ¿Qué otra cosa podría haber hecho? ¿Qué hubiera hecho él en su lugar? La administradora no sabe darle razones sobre el paradero de Anïta Neumann, *fraülien* Taher o Dominik Fischer.

—A lo largo de estos años, el gobierno ha intervenido muchos de nuestros archivos. Ahora mismo es difícil hacer un cálculo de cuántos trabajadores o pacientes han pasado por el hospital, lo siento.

Ambos se despiden y Martín se marcha abatido de la Charité, arrastrando los pies por el asfalto empapado. A su alrededor, las calles de Berlín son una fiesta. Se cruza con decenas de coches que, repletos de personas, celebran la caída del muro con bocinazos y enarbolan banderas. Él no participa de la celebración colectiva. En ese momento, las farolas se prenden y él aún no tiene ni una sola pista del paradero de Anïta. ¿En qué otro lugar puede buscar?

A LA MAÑANA siguiente y tras una noche de vigilia en el cuarto de una pensión, Martín se dirige hasta la iglesia de Santa Eduvigis. Desde la ventana del autobús observa a centenares de jóvenes encaramados al muro, las pintadas pidiendo una libertad que no llegaba, los golpes y las grúas que derriban tramos aquí y allá. Quizá en Santa Eduvigis pueda averiguar algo, pues desde esa iglesia se planeó la salida de Anïta con el equipo de El deán.

Martín dedica toda la mañana a escuchar misa, pero ninguno de los sacerdotes le recuerda a aquel que le puso en contacto con la organización. A medio día se dirige a la sacristía para hablar con el clérigo. El hombre, un joven rollizo, se desviste y cuelga la ropa sagrada en un armario parecido al que utilizó aquella noche El deán para disfrazarse.

—Nuestro decano suele estar muy ocupado, doctor —le dice el sacerdote después de las presentaciones. El aliento le huele todavía al vino de la eucaristía—. Pero tiene suerte, esta tarde oficiará la primera misa en honor a la santa, para agradecerle que por fin ha caído el muro.

Martín comprende que no hablan de la misma persona con la que él trató hace casi doce años.

—No creo que sea el mismo hombre, padre. Aquel era el cabecilla de un grupo que se dedicaba a sacar a compatriotas del país.

El joven sacerdote cierra el armario y sonríe, mofletudo.

—Cuando llegué aquí y escuché esa historia, creí que era una invención. Ahora usted me lo confirma y me alegro por todos aquellos que lograron huir. Pero yo era un niño por aquel entonces, tenía ocho o nueve años, imagine. Mi única preocupación era asistir a la escuela y el salto de altura. Quería competir en unas olimpiadas.

Al oír nombrar la escuela Martín se desequilibra y se apoya en una de las columnas de la sacristía. El sacerdote se acerca para auxiliarlo mientras él respira hondo.

Cuando se recupera, se despide y sale a la calle. Camina con la determinación de ir a la escuela infantil donde trabajaba Anïta. Sabe que es complicado que tengan noticias de ella, ya que la despidieron inmediatamente después de que tratara de huir con su marido.

Le duele aproximarse a la verja, pues parece que Anïta va a aparecer en cualquier momento con su bolsa de red para ir a comprar las naranjas que tanto le gustaban. El recinto está cerrado; un cartelito que cuelga de la verja comunica que se han suspendido las clases. Martín agita la reja con frustración.

Un celador entrado en años que está barriendo el patio se acerca:

—Hoy no encontrará a nadie por aquí, señor. Los profesores y los alumnos tienen el día libre.

—¡Fuera las escuelas que amaestran a los niños! —grita un grupo de jóvenes desde un coche en marcha, y lanzan una botella que choca en el suelo y se rompe en pedazos. El conserje los amenaza sacando un puño por los barrotes:

—¡Sé quiénes sois, idiotas! ¿Creéis que el capitalismo va a libraros de todos vuestros problemas? ¡Regresaréis con el rabo entre las piernas!

Los gamberros se burlan del viejo y desaparecen a toda velocidad. El celador refunfuña y Martín le ofrece un cigarrillo. Le acerca el fuego entre los barrotes y ambos conversan:

—Venía a preguntar por una maestra que trabajó aquí hace cosa de trece años, Anïta Neumann. ¿La conoce?

—No, yo solo llevo trabajando aquí siete años. Me contrataron después de la purga.

—¿La purga?

—Una limpieza, ya sabe. Cuando hay sospechas de que ciertos individuos están conspirando contra el ideario del gobierno, se señalan y se apartan. Se detectó que varios empleados promovían la desigualdad entre los alumnos, se relajaban con el temario que les marcaba el ministerio, incluso dejaban de lado su propio aseo. Se prescindió de ellos y se contrató nuevo personal.

—Y la cocinera… ¿Muriel? Una mujer de pelo rubio, rizado. Creo recordar que tenía una hija. Tal vez su hija…

El hombre da la última calada al cigarrillo y retoma el escobón.

—Esa Muriel de la que me habla enviudó. Su marido tuvo un accidente de tráfico. La hija se juntaba con jóvenes disidentes aquí en Berlín y la madre decidió sacarla de ese ambiente antes de que se metiera en líos con la Stasi. Se trasladaron al sur, a Dresde, allí hay muchas oportunidades de trabajo. Cientos de fábricas y menos informantes, ¿me sigue?

Martín toma el camino del bosquecillo, decepcionado por lo infructuoso de la búsqueda. Algunos árboles han sido talados. Piensa en Anïta y duda de que haya sido buena idea haber regresado a Berlín. Han pasado tantos años, ¿qué habrá sido de ella? No sabe por dónde seguir; las personas que podían ayudarlo están desaparecidas o muertas. Él mismo morirá sin saber qué pasó con Anïta. Se sienta abatido en un banco, se ha comportado como un ingenuo. Si el mismo consulado no consiguió dar con ella, ¿cómo va a hacerlo él? Tendrá que volver a Madrid, a sus pacientes, a su existencia anodina. Olvidarse por completo de lo que vivió allí.

Observa las barcas que se balancean en el río con las pequeñas ondulaciones del agua. Una pareja de novios está sentada junto a la orilla, ella recostada en el pecho de él, ríen y se besan. Le viene a la memoria el día que Anïta y él viajaron hasta Dollenchen, el pueblo de sus abuelos, y pasaron la mañana junto al arroyo. «Las personas regresan a los lugares donde alguna vez fueron dichosos», decía su madre antes de que olvidara quién era él, antes de que perdiera su propia identidad. El corazón le da un pálpito. Qué estúpido ha sido; si Anïta vive todavía, estará en Dollenchen, donde fue feliz con sus abuelos. ¿En qué otro lugar podría estar?

MARTÍN VIAJA EN tren hacia el sur. Está intranquilo, fuma, cavila todo el trayecto. Anïta tiene que estar allí, en el lugar donde vivió su infancia. ¿Cómo no se le había ocurrido antes? Estaba tan alterado por los acontecimientos que no se había parado a pensar. Pasase lo que pasase cuando no consiguió cruzar el muro, ha de estar allí, en la granja que perteneció a sus abuelos. ¿Qué pensará cuando lo vea? Creerá que es un demente, ir a buscarla después de tantos años. ¿Estará sola o tendrá un esposo al que conocer? ¿Habrá tenido otros hijos? ¿Querrá irse con él a Madrid y dejar su vida allí? Por lo menos deseará reencontrarse con su hijo. Tal vez debería haberlo llevado con él. No, no quiere que Bruno sepa nada de su madre natural hasta que tenga todo solucionado. Además, Elena se habría negado. ¿Cómo decirle de repente al crío que su madre no es Elena, que es otra mujer? Ve inevitable lastimar al niño. Pero es su última oportunidad de vivir la vida que siempre ha deseado junto a su verdadero amor.

Llega a Dollenchen de noche. Camina desde la estación hasta dar con la granja de los abuelos de Anïta. La casa está a oscuras. Se siente tan nervioso que no sabe si llamar o marcharse. Las dudas se le agolpan en la cabeza. ¿Vivirá allí? ¿Lo reconocerá? ¿Querrá saber de él? ¿Y si hay un hombre con ella? Acaricia con los nudillos la madera de la puerta, los retira, se aparta de la casa... Tiene que reunir fuerzas para llamar, no ha viajado hasta ahí para echarse atrás ahora. Al menos tiene que verla, saber qué ocurrió, por qué no cruzó la frontera en el coche nodriza como habían organizado El deán y su gente.

Llama a la puerta. Una luz en el interior se enciende. Un hombre rubio y robusto entreabre la puerta. Lo mira con curiosidad. Martín da unos pasos hacia atrás para tomar distancia.

—Creo que no le conozco, señor. ¿Qué le trae por aquí?

Martín titubea al contestar:

—Siento molestarle a estas horas. Soy un cirujano español, Martín San Román. Busco a una mujer que vivió aquí con sus abuelos hace mucho tiempo... Anïta Neumann, Reichtum... Reichtum de soltera.

El alemán frunce el entrecejo, mezcla de sorpresa y disgusto.

—Anïta es mi esposa, señor. Ella y mis hijas descansan ahora. Si desea verla, debería regresar mañana...

—Hans —lo interrumpe una voz femenina tras de él—, no pasa nada, ya me ocupo yo.

El alemán se aparta de la puerta y Anïta sale al porche abrochándose un abrigo sobre el camisón. Se pasa la mano por el cabello corto, algunas arrugas finas se le adivinan en la frente. Pero sigue siendo aquella mujer bella de la que Martín se enamoró. Él apenas puede articular palabra, deslumbrado por su presencia. Se le acerca y le roza la cara con la yema de los dedos, aún no puede creerse que la tenga delante. Casi doce años esperando ese momento y no sabe qué decir. Anïta le retira con cariño la mano y le ofrece asiento en un banco de madera junto a un macizo de rosas. Los campos sembrados de trigo se revelan plateados bajo la luna llena. Unas campanitas de viento derraman su dulce sonido en el ambiente. El olor nocturno de las flores los envuelve, se miran fijamente, en silencio, se reconocen bajo el peso de los años.

—No puedo creerme que hayas regresado. Pensé… Pensé que te habías marchado para siempre —dice Anïta conmovida, con los ojos brillantes.

Martín habla de forma atropellada:

—Pensarás que estoy loco por presentarme así, en tu país, en tu casa y a estas horas. Pero necesitaba volver a verte, saber qué pasó aquella noche, por qué no cruzaste la frontera como planeamos… ¿Acaso no me querías? Te esperé, te esperé tanto tiempo… En realidad, en estos años, no he hecho otra cosa más que esperarte.

Anïta suspira, hace un esfuerzo por recordar. El pasado es tan doloroso que aún le lastima el cuerpo.

—A veces las cosas no salen como las imaginamos, Martín. Volker, mi hermano, apareció en el garaje donde me citó El deán, y me aseguró que nunca podría salir del país: un inspector de la Stasi, con una hermana disidente… Me torturó, me encerró en la prisión de Hohenschönhausen durante cuatro años. Un maldito submarino varado en la ciudad: sin ventanas, sin ventilación, con un colchón en el suelo y un cubo para hacer mis necesidades. No podía hablar, ni asearme, ni dormir. La humedad me corroía por dentro. Llegó un momento en que no sabía ni quién era.

—¿Tu hermano? ¿Qué tiene que ver él en todo esto?

—Volker, Sauer, como tú lo conociste. Eran la misma persona. Hasta que no murió, no pude salir de aquel infierno. Lo apuñalaron una noche junto a los muelles del río. Dicen que se había ganado muchos enemigos.

—¡Sauer! ¡No me puedo creer que fuera tu hermano!

—Y yo no me puedo creer que colaborases con él en mi primera detención y en el asesinato de Otto. ¿Cómo pudiste delatarnos, Martín? ¿Cómo pudiste? —Se lleva las manos a la cara y solloza.

—Sauer me engañó… ¡Me extorsionó! ¡Creí que confiar en él era la única forma de salvaros! Y me equivoqué, ¡claro que me equivoqué! ¡Nunca quise que os ocurriera nada malo! ¡Yo te amaba! ¡Te he amado siempre! Desde el primer momento que te vi, en aquel apartamento casi en ruinas de Berlín…

Anïta se seca las lágrimas con el dorso de la mano. Sus ojos azules, enrojecidos por el llanto, atraviesan los de Martín.

—Ha pasado tanto tiempo… Oh, Martín, no puedes hacerme esto. Venir aquí a remover el pasado, después de once años. Yo también te amaba, estaba dispuesta a dejarlo todo por ti. Incluso te entregué a mi hijo, lo más valioso que tenía. Me he arrepentido tantas veces de permitir que te lo llevases… Mi único consuelo ha sido saber que me lo habrían arrebatado las autoridades al entrar en prisión, y habría malvivido en un hogar para niños abandonados. Al menos tú habrás cuidado de él, ¿verdad? —la voz se le quiebra, le toma las manos a modo de súplica.

—Bruno es un chico maravilloso, Anïta. Es estudioso, generoso y educado. Se parece muchísimo a ti. Elena ha cuidado de él como una madre durante todos estos años. Pero sigue siendo tu hijo, puedes viajar a Madrid y conocerlo.

—¿Le habéis hablado de mí?

—No, aún no. Pero, si vinieras conmigo, podríamos decirle la verdad juntos…

Ella baja la cabeza, suelta las manos de Martín y se acaricia el vientre que una vez albergó al hijo de ambos. Un dolor sordo le atraviesa las entrañas.

—No quiero interferir en la vida de mi hijo. Como dices, él ya tiene una mamá. Una madre que lo quiere, que ha cuidado de él en mi ausencia. ¿Cómo voy a presentarme yo en Madrid a desestabilizar la vida de un chico a punto de cumplir los doce años? No sería justo ni para él ni para Elena. No se puede apartar a una madre para abrazar a una desconocida.

—¿Entonces no vendrás conmigo? ¿Es que ya no me amas, Anïta?

Ella pierde la mirada en los campos infinitos sembrados de trigo. Un golpe de viento sacude las campanitas y alborota las rosas.

—Te amé una vez. Te amé como nunca he amado a nadie, Martín. Pero nuestro tiempo ya pasó. Nuestro tiempo se agotó la noche que no pude huir de Berlín. Mi vida ha cambiado en estos años. Cuando me liberé de mi hermano y salí de la cárcel de la Stasi, me refugié aquí, en Dollenchen, el lugar donde había sido tan feliz de niña, con mis abuelos. Y luego conocí a Hans, mi marido. Él se quedó viudo muy joven, su mujer falleció a causa de unas fiebres. Un hombre solo con dos niñas pequeñas. A sus hijas las he criado como habría criado a Bruno, y los cuatro formamos una bonita familia. Trabajamos la tierra, las niñas acuden a la escuela corporativista, participamos en ferias con los vecinos. Somos felices aquí. No podemos recobrar el pasado, no podemos recuperar lo que ya no somos. La vida consiste en seguir adelante, nadie recorre los caminos de espaldas.

—¡Pero esa vida de la que me hablas va a desaparecer, Anïta! ¡Ha caído el muro, y con él caerá la Alemania que conoces! ¡Eres libre! ¡Puedes ir donde quieras!

—Mi lugar está aquí, Martín. Con Hans y sus hijas.

Anïta se levanta y abre la puerta de la casa. Martín se incorpora tras ella y le susurra al oído:

—Yo sé que aún me amas, Anïta. Lo veo en tus ojos. Mi tren no sale hasta primera hora de la mañana. Piénsatelo esta noche. Tú y yo podríamos tener otra oportunidad, podríamos empezar de nuevo, en Madrid, con nuestro hijo, como planeamos…

Ella tiembla al escuchar sus palabras. La proximidad de él la hace flaquear, está a punto de desvanecerse. Toma aliento y, aún de espaldas, murmura:

—No puedo, Martín. Lo siento.

Martín la ve entrar en casa y la puerta se cierra. Se apagan las luces del interior. A solas en el porche, enciende un cigarrillo y aguarda unos minutos, dubitativo, sin saber qué hacer. Unos nubarrones ocultan la luna sobre los campos sembrados de trigo. El viento se hace más fuerte, las campanitas se golpean con fuerza entre sí, ruidosas. Unas tímidas gotas dan paso al aguacero. Martín se sube las solapas del abrigo y camina bajo la lluvia hasta dar con una pensión para pasar la noche.

Anïta no puede conciliar el sueño. Es de madrugada, la tormenta ha cesado y la casa permanece en silencio. Hans descansa a su lado en la cama y las niñas duermen en su habitación. Se levanta y baja al salón con sigilo. En el cristal de la ventana lagrimean las últimas gotas de lluvia, y en la chimenea palpitan los rescoldos del fuego. Se le agolpan los recuerdos con Martín en la mente. Revive cómo se enamoraron, los primeros días que vivieron juntos en el pequeño apartamento, la dicha que supuso el embarazo de Bruno. Su hermoso niño, Bruno. Ansía abrazarlo, contarle cuánto lo ha echado de menos. Decirle quién es su verdadera mamá. Si viajara hasta Madrid y se instalase allí con Martín… Podría visitarlo, incluso exigir que viviera con ella. Empezar los tres una nueva vida. Recorrer las calles del brazo de Martín, esperar a Bruno a la salida del colegio, volver a ejercer como maestra…

—Mamá —grita una voz infantil que la saca de su ensoñación—. Mamá, no puedo dormir, un perro quiere morderme…

—Ahora subo, cariño —contesta secándose una lágrima que le recorre la mejilla. Parpadea para impedir que otras caigan. No quiere que las niñas la vean llorar.

Las primeras luces del alba iluminan la habitación y en la chimenea solo quedan las sombras grises de las cenizas.

MARTÍN SALE DE la pensión temprano y se dirige a la estación de tren. Ha pasado despierto toda la noche y apenas ha probado bocado. Camina nervioso, pensativo, entre las hileras de casas blancas, todas iguales, sorteando el empedrado de las calles. Aún tiene esperanzas de que Anïta acepte su ofrecimiento y aparezca.

Pronto divisa la estación, un edificio de una planta pintado de color amarillo, con una pequeña cúpula acristalada. El vestíbulo está repleto de pasajeros, familias campesinas con niños pequeños. «La mayoría quiere escapar de aquí», piensa. Escudriña una a una las caras de las mujeres para ver si descubre a Anïta oculta bajo un pañuelo anudado en la cabeza o envuelta en un abrigo grueso de lana. Fuma, consulta una y otra vez el reloj de pulsera, compara los minutos que transcurren con el de la estación. Una bocina anuncia la llegada del tren y la multitud se agolpa para salir a los andenes. Martín se queda solo en el vestíbulo bajo el cielo vidriado de la cúpula. Se resiste a moverse de allí, cree firmemente que Anïta acudirá, que viajarán a Madrid juntos, que nadie volverá a separarlos. Un segundo bocinazo lo informa de la inmediata salida del convoy.

—No puede demorarse más, señor. Si lo hace, perderá el tren a Berlín, y hasta mañana no pasa otro —le advierte el jefe de estación antes de hacer sonar el silbato.

Martín se resigna. Lanza una última mirada a la entrada y corre para subir a uno de los vagones. La puerta automática chirría quejumbrosa al cerrarse tras de él.

MARTÍN SE RESISTE a abandonar Berlín. Deambula por las calles conocidas, repite una y otra vez los trayectos con paso frenético. Parece haber perdido la razón. No quiere regresar a Madrid, a sus pacientes, a su vida insignificante en compañía de Elena. No quiere ver a Bruno. La presencia del chico lo lastima demasiado. Sin la esperanza de volver a estar con Anïta, su existencia carece de sentido.

A su alrededor, los berlineses siguen celebrando la caída del muro. Las multitudes vitorean el trabajo incesante de las excavadoras. Algunos ciudadanos armados con mazas ayudan en la demolición. Escuchan canciones de libertad, beben vino y arrojan flores. El éxodo de personas es incontenible.

Martín los increpa, les grita que no se marchen, que se queden a ese lado, que él fue realmente feliz ahí. Que no necesitan a occidente. Pero la gente lo empuja, lo zarandea, se apartan de él y lo tachan de loco.

Exhausto, camina hasta el bosquecillo y se sienta en un banco, junto al río Spree. Comprende que no puede aferrarse al pasado, que el país está condenado a desaparecer. Ya no puede recuperar el apartamento con baño compartido, ni el patio de la escuela lleno de niños, ni los supermercados en los que, raras veces, vendían naranjas. Lo que daría ahora por escuchar los sueños de Dominik, las órdenes de Schreber, la risa de Muriel, los desaires de la señora Meyer. Lo daría todo por que Anïta volviera a ser la joven de la ventana donde la descubrió por primera vez. Se siente derrotado, perdido.

Los árboles se agitan y Martín se estremece dentro del abrigo. Una nube gris precipita el ocaso. Contempla con pesar las barcas que surcan el caudal del río, las piruetas en el cielo de una cometa huidiza, el vuelo en estampida de los ánades reales.

Agradecimientos

A MI MARIDO y a mis hijos, por disfrutar de la vida alrededor de mis escritos.

A María Luisa Penín, por su implicación en esta historia.

A Núria Ostáriz, porque no ha dejado de creer en mí: sin su apoyo este sueño no se habría hecho realidad.

A la editorial Maeva y a su equipo, por su trabajo y dedicación en cada etapa del proceso; es un privilegio para mí formar parte de su universo literario.

Al DDR Museum de Berlín y al Wende Museum de Culver City, California, por mantener a flote la memoria de un país desaparecido como una Atlántida del siglo xx.

Descubre a los autores que han marcado la diferencia en las librerías

Nunca estuvimos allí

La vida puede ser una sucesión de errores o la clave para enmendarlos

#VILLA DE COMILLAS #asesinato #celos #venganza #desaparición #abuso sexual #relaciones extramatrimoniales

Comillas arde bajo el fuego del verano. Una mujer ha desaparecido al borde de un acantilado. Mientras, una antigua amiga vuelve al mar de su infancia.

Cuando la periodista Olivia Llanos decide regresar a Comillas, su pueblo natal, no imagina que sus problemas no han hecho más que comenzar. Al cabo de poco tiempo debe hacer frente a la desaparición de Emma Berger, una de sus amigas de la infancia, mientras lucha contra los fantasmas del pasado: el reencuentro con un viejo amor y los recuerdos familiares que le trae su antiguo hogar.

El teniente Bruno Marciel y su equipo no solo deberán centrarse en esa investigación. Jaime Morales, propietario de una inmobiliaria, aparece asesinado poco después en su casa.

Sueños entre cenizas

¿Crimen pasional o codicia?
Un misterioso objeto encierra todas las claves

**#VALENCIA #tráfico de antigüedades
#ansia de poder #pasión #thriller
#experiencias extrasensoriales #obsesión**

El grupo de Homicidios, encabezado por los subinspectores Runa Østberg y Rodrigo Melgar, se enfrenta al asesinato de una joven estudiante en la ciudad de Valencia.

Cuando Diego Lago, profesor de Historia Antigua, se despierta aturdido, encuentra a su lado el cuerpo sin vida de Olivia, su alumna y amante. Los subinspectores no tardarán en hacerse cargo de la investigación. Diego ha desaparecido; Rebeca, la compañera de piso de la fallecida, parece que no dice toda la verdad, y Cándido, el extraño vecino de las chicas obsesionado con las experiencias extracorporales, tiene mucho que contar. Todo da un giro cuando aparecen unos restos arqueológicos en el piso de la víctima que guardan un secreto desde hace más de dos mil años.

Ocho jueves

La lealtad puede ser una virtud
o una condena

¿Qué insospechada relación puede haber entre un esqueleto hallado en una cueva y el ataque perverso a un tenista famoso?

El caos se desata en un hospital de Santander cuando llega el helicóptero que traslada a unos montañeros heridos, hallados en una cueva de los Picos de Europa. Durante el rescate, la Guardia Civil encuentra también el cadáver de un hombre indocumentado que sujeta un recorte de periódico fechado en 1983, muchos años antes de su muerte. Al mismo tiempo, un conocido tenista se despierta de la anestesia tras una intervención en la muñeca sin poder mover tres dedos de la mano derecha. Alguien le ha seccionado un nervio. Dos historias sin conexión aparente, pero con origen en un pasado que parece disponer de un solo testigo, las montañas.

Sendero de estrellas

Una joven curandera lucha contra las supersticiones en pleno siglo XVI

**#PIRINEO CATALÁN #La Cerdanya
#caza de brujas #botánica #superstición #medicina
#plantas curativas #manuscrito Voynich**

Pirineo catalán, 1522. Núria queda huérfana a los diez años y una solitaria curandera albina la acoge. La niña pronto descubrirá que tiene un don especial para procurar remedios naturales, aunque añora a su familia y no se resigna a la vida aislada.

Con el tiempo, Núria decide emprender un viaje en busca de su familia y aprender nuevas formas de curar sin ser perseguida. Junto a Guim, un joven estudiante de Medicina, logrará sortear peligros y enfrentarse a la furia desatada por la superstición.